Il posto perfetto

Sarah A. Denzil

Traduzione di

Alessandra Lorenzoni

Copertina realizzata da Damonza

Della Stessa Autrice:

Thriller psicologici:

Il bambino silenzioso

La bambina smarrita

April è scomparsa

Un perfetto colpevole

La figlia silenziosa

"Dice che le donne non amate non hanno biografia – hanno solo una storia cronologica."

F. Scott Fitzgerald, *Belli e dannati*

"Prendi l'aspetto del fiore innocente,
ma sii il serpente sotto di esso"

William Shakespeare, *Macbeth*

La stanza della musica

Fantasma è un possibile sinonimo di cameriera. È un'entità invisibile che scivola tra le stanze sistemando, pulendo, spolverando, riordinando. Quando passa in corridoio non la nota nessuno. Per lei non si provano sentimenti. Una volta ero convinta che non fosse così, ma ho capito che qualunque cosa tu sia per i padroni di casa, una confidente, un'alleata, un'amante, alla fine ti trasformerai in fantasma. Un fantasma è quello che sono diventata.

Pensavo di essere importante per lui, ma anche per *loro*, e alla fine non ero niente.

Ora ho smesso di sognare, ma se lo facessi, mi immaginerei di nuovo nella stanza della musica, seduta sullo sgabello del piano accanto a lui. Le sue lunghe dita che accarezzano i tasti bianchi e neri e il crescendo della musica che risuona nell'ambiente lussuoso. *Emily, cosa vuoi che suoni?* Sorridendo, perché sceglievo sempre il mio pezzo preferito, quello di Debussy. Lo avrebbe suonato per me, scrupolosamente. Ma non sapeva che in realtà, più di qualunque sua esecuzione, adoravo il modo in cui diceva il mio nome. Mi faceva sentire considerata, apprezzata e, per una cameriera, non è cosa da poco.

Quando un uomo, un uomo ricco e potente, ti guarda e ti chiama per nome, beh, diciamo che provoca una scarica di adrenalina che scaccia ogni buon senso.

Dentro la stanza della musica ero in un altro posto. Io e lui venivamo da mondi diversi, ma in quel luogo non era importante. Quando lui iniziava a suonare dimenticavo tutto quello che mi ero lasciata alle spalle. Forse dimenticavo troppe cose... anche me stessa.

Gli errori che ho commesso sono solo miei e non me li perdonerò mai perché, a causa loro, sono diventata l'unica cosa che avevo cercato disperatamente di non essere: un altro fantasma.

Capitolo Uno

Avevo ventun anni, ero in bolletta, senza casa e alla ricerca disperata di un lavoro. Smarrita, in senso letterale e metaforico. Appena scesa dal bus nel villaggio di Paxby, mi ero resa conto che non potevo permettermi un taxi per arrivare a destinazione. Lungo la strada avevo dovuto affrontare un costo imprevisto: la compagnia di pullman non vendeva più il biglietto giornaliero ridotto e mi era toccato pagare il prezzo pieno. Nel portafogli mi erano rimaste tre sterline e una carta di credito legata a un conto vuoto.

Fortunatamente, grazie alla mia costante paura di essere in ritardo, ero arrivata a Paxby con un'ora di anticipo. Il lavoro come cameriera a Highwood Hall era quello che desideravo ardentemente da tempo: vitto e alloggio erano compresi nell'offerta e io avevo bisogno di un posto in cui vivere.

C'era poco da scegliere: avrei camminato fino alla residenza, non avevo alternative. Partii con passo regolare, impensierita dal clima caldo. Non volevo presentarmi al colloquio inzuppata di sudore.

I bastioni e le torrette di Highwood Hall sbucavano da un manto verde digradante. Dovevo semplicemente dirigermi verso quelle mura grigio ardesia. Attraversai una strada con il cuore che batteva forte. A dire il vero, la promessa dell'alloggio aveva avuto una parte importante nel fare domanda per quel posto. Dovevo ammettere che mi eccitava l'idea di lavorare in una residenza signorile, una delle proprietà più grandi dello Yorkshire e probabilmente l'ultima di quelle dimensioni a non essere ancora stata aperta al pubblico. Gli Howard tenevano molto alla privacy ed erano in grado di mantenere la proprietà grazie al successo della società finanziaria di Lord Bertie. Almeno, avevo letto che desiderava essere chiamato Lord Bertie: il suo vero nome era Reginald Peregrine Charles Howard.

Era maggio inoltrato e raggi di sole giallo chiaro scolpivano le nuvole. Mentre mi allontanavo dal villaggio, lasciandomi alle spalle i muri di calcare e le file di villette identiche, avevo arrotolato le maniche della camicia e mi ero tirata indietro i capelli, in quello che speravo fosse uno chignon ordinato. Per fortuna avevo avuto l'intuizione di indossare scarpe da ginnastica e mettere nella borsa le scarpe eleganti con il tacco che mi avevano prestato. Considerando la ripida salita per arrivare a Highwood Hall era stata una decisione saggia.

Mi ci volle quasi mezz'ora per arrivare al bosco, camminando lentamente per non sudare troppo. L'improvvisa ombra delle chiome degli alberi offriva una piacevole pausa dal sole e ne approfittai per bere un po' d'acqua e far riposare le gambe. Mi chiesi se qualche altra candidata sarebbe arrivata a piedi dal villaggio. Era possibile. Il colloquio era per un lavoro pagato poco e probabilmente non ero la prima ragazza a non avere i mezzi per arrivare in auto. Non potevo essere l'unica cameriera che viveva alla giornata, facendo "coachsurfing" tra i contatti che avevo sul telefono e mettendomi in coda alla Tesco all'ora di chiusura per approfittare degli sconti sul cibo che stavano per buttare. No, c'era di sicuro qualcun altro come me, ne ero certa. Mi sgranchii le gambe e ripresi il cammino, seguendo la strada che serpeggiava tra gli alberi verso la cima della collina.

Decisi che, se avessi ottenuto il lavoro, avrei fatto delle camminate nei boschi. Avrei potuto alzarmi presto, appena prima dell'alba, e andarmene a spasso da sola. Non so cosa mi avesse portata a fare queste riflessioni. Non era un bel posto. Non c'era nessuna maestosità, ma la vegetazione incolta mi piaceva. Sbirciai tra gli alberi, osservando le spine, le erbacce e grandi ciuffi di ortiche. Gli stessi alberi erano contorti, con rami deformi e tronchi cresciuti con angolazioni strane; le radici scendevano serpeggiando lungo il pendio. Sentii l'aria fresca soffiarmi sulla pelle e mi srotolai le maniche. Avvolsi le braccia intorno al corpo, stringendomi le costole, e accelerai il passo, pensando che forse, dopo tutto, non sarei andata a passeggiare nei boschi, non avrei avuto abbastanza coraggio.

E poi arrivai in vista della residenza. Un cancello in ferro battuto a due ante tagliava l'edificio a metà, il metallo che sembrava disegnare curve sulla facciata principale della casa. Ad ogni passo quelle sbarre di ferro intricate mi sembravano incombere sempre più alte. Mi spostai alcune ciocche di capelli dagli occhi, fissandole nello chignon. Lisciai le maniche stropicciate della camicia e raddrizzai il colletto. Prima di arrivare al cancello mi fermai a lato della strada per cambiarmi le scarpe, controllai nello specchietto che il trucco fosse a posto e sperai che nessuno notasse che avevo camminato per quasi un miglio su per la collina. Infine, suonai il campanello, di certo non appartenente all'epoca della costruzione dell'edificio, nel periodo Tudor.

Una voce gracchiò dall'altoparlante. Chissà chi parla, mi chiesi. Una guardia di sicurezza? Un domestico? L'agenzia che aveva organizzato il colloquio non mi aveva detto quante persone erano al servizio degli Howard, ma immaginai dovessero essere parecchie. Mi avvicinai al microfono e spiegai perché ero lì. Ero in anticipo di dieci minuti, nonostante la strada a piedi, ma il cancello si aprì comunque e quando lo superai vidi quello che il ferro battuto teneva nascosto. Notai le finestre con le vetrate colorate, le rose rampicanti color magenta che risalivano i mattoni, ciuffi di foglie verdi che pendevano sull'arco del grande ingresso di legno. La casa, o piuttosto la proprietà, si estendeva in basso verso il bosco, che fiancheggiava un prato ben curato, vasi di pietra con fiori colorati, ciuffi di canne e ordinate siepi di ligustro. Accanto alla bellezza della residenza, vedevo replicata la natura selvatica che avevo notato salendo la collina. Certo, le siepi erano curate e non c'era muschio nelle fessure tra le pietre che componevano i viottoli ma osservai l'edera costringere le rose, le imperfezioni nelle vetrate, i ventagli di felce che sporgevano sul vialetto e una leggera polvere di pietre fatiscenti sulla soglia. Provai un'immediata vicinanza a questa casa. Sapevo cosa vuol dire essere consumati. Ma a differenza mia, c'era qualcuno che si occupava della casa: un'intera squadra.

Passai sotto l'arco di pietra e afferrai il battente, un cerchio di ferro intorno a una rosa dei Tudor. Nell'attesa mi schiarii la voce, per evitare che le mie prime parole uscissero gracchianti. Il silenzio si prolungò per alcuni lunghi secondi. Quando sollevai la mano per bussare di nuovo la porta si aprì, lasciando uscire il profumo di carta vecchia, fuoco di legna e pasticcini. Una donna era ferma sulla soglia.

Indossava un semplice vestito bordeaux con maniche leggermente a sbuffo e bottoni sui polsini. Lo scollo era alto ma non austero. Dal taglio squadrato del vestito usciva un collo sottile, con il mento sollevato come se fosse una ballerina. La donna aveva zigomi alti che facevano assomigliare il suo volto a uno scheletro e dagli occhi stretti scintillavano due biglie nere. La pelle color ruggine era morbida intorno alla mandibola e ciocche grigie si intravedevano all'attaccatura dei capelli. Avrei detto che avesse tra i 45 e i 50 anni. Dalle labbra carnose non arrivò nemmeno un accenno di sorriso.

"Vieni all'entrata della servitù, sul lato est della casa," disse e poi mi chiuse la porta in faccia.

Capitolo Due

Che stupida. Eccomi lì, a presentarmi sfacciatamente all'ingresso principale di Highwood Hall. Ovviamente gli Howard non volevano che il personale girasse per la casa. Dovevo imparare a stare al mio posto e questo posto era sul lato est della dimora, con gli altri dipendenti. Mi affrettai, con i tacchi delle scarpe prese in prestito che si impigliavano tra le pietre del lastricato. Una ciocca di capelli era sfuggita dallo chignon. Una donna vestita in maniera così impeccabile come quella che aveva aperto la porta non avrebbe apprezzato i capelli in disordine o le macchie di sudore. Ma nonostante mi sentissi il labbro superiore inumidito non volevo farla aspettare, così, invece di fermarmi per ricompormi, proseguii.

La donna che avevo visto doveva essere la governante. Sarebbe stata lei il mio capo, più di Lord Bertie o degli altri Howard. Il pensiero della sua schiena dritta e degli zigomi sporgenti faceva pensare a ordine e disciplina. L'agitazione mi torse la bocca dello stomaco.

Quando arrivai alla porta, la trovai spalancata e lei mi stava aspettando. Era in piedi nell'ingresso, al limitare della soglia, ostacolo da superare se volevo un posto dove vivere. Un sopracciglio sottile sollevato faceva aprire la palpebra e intravedere l'iride scura all'interno, tenebrosa come il bosco intorno alla proprietà.

"Vieni con me," disse, girandosi di scatto. Non si era nemmeno presentata né aveva lasciato che lo facessi io.

Chiusi la pesante porta di legno alle mie spalle e mi affrettai per restare al passo con lei. Il suo vestito non era particolarmente stretto, ma era piuttosto aderente e arrivava a metà polpaccio, eppure camminava veloce come se avesse avuto i pantaloni. Con il tempo avrei imparato a starle dietro, ma in quel momento facevo fatica, soprattutto dopo la camminata in salita da Paxby e con le scarpe in prestito che cominciavano a farmi male.

Dopo aver percorso un corridoio in pietra, mi introdusse in cucina e mi indicò di sedere a un lungo tavolo di legno. Capii subito che era antico, forse vecchio di secoli. Il legno era più spesso della mia mano e la sua superficie rovinata e graffiata da anni di lavoro domestico: tagliare, pelare, sfregare, pulire. Immaginai che quello fosse il cuore pulsante della casa, dove il personale si dava da fare senza risparmiarsi per mantenere tutto il resto in funzione.

All'altra estremità della lunga stanza, i cuochi stavano preparando il pranzo, fischiettando sulla musica della radio mentre affettavano e mescolavano. Il profumo di pasticcini al forno si diffondeva nell'ambiente, facendomi venire l'acquolina. Avevo saltato la colazione e ora temevo che lo stomaco mi tradisse con un sonoro brontolio.

"Io sono la signora Huxley," disse, distraendomi dal lavoro dei cuochi.

Sempre con quella schiena dritta, prese una sedia e si accomodò di fronte a me. Alle sue spalle notai un vecchio orologio sul muro accanto a una fila di campanelle. Erano le dieci di mattina.

"Sono la governante e il mio lavoro qui è proprio questo: governo in modo che tutto funzioni senza intoppi."

Annuii, immaginando che Highwood Hall ingranasse come un orologio sotto l'attento sguardo della signora Huxley.

"Penso di avere le tue credenziali. Hai già lavorato come cameriera?"

"Sì," dissi. "Per quasi cinque anni. Ho iniziato facendo le pulizie part-time quando avevo sedici anni, in un hotel di York. Da allora, ho lavorato per diverse residenze e un'agenzia. Dovrebbero esserci tre lettere di referenze allegate alla domanda."

"Le ho lette." Di nuovo, non sorrise. Non faceva niente per mettermi a mio agio. Non c'erano stati scambi di cortesie, nessuna chiacchiera sul tempo, nemmeno una veloce storia della stanza in cui ci trovavamo, in cui facevano mostra di sé varie antichità. Anche pentole e padelle appese sembravano vecchie. "Highwood Hall è diversa da ciò a cui sei abituata. Ogni parte dell'edificio deve essere preservata. Non puoi far cadere né rompere niente. Se rompi qualcosa a Highwood Hall è insostituibile. Ogni piatto, ogni vaso, ogni decorazione ha il suo posto nella residenza e nella sua storia. Dovrai seguire le mie indicazioni per fare le pulizie e il tuo lavoro deve essere svolto seguendo le regole. Tutto secondo un metodo. È chiaro?"

"Sì."

"La famiglia ti potrà assegnare altri compiti," continuò. "Resterai a disposizione per aiutarli con qualunque cosa chiedano. Il personale di Highwood è appassionato ma ridotto all'osso." Sollevò il mento in modo altezzoso, come per contrastare l'ammissione. Come se si vergognasse del fatto che la grandiosità di Highwood svaniva con il passare del tempo. "E questo significa che parte del tuo ruolo di cameriera è quello di assistente. Un po' di tutto. Capisci?"

"Sì."

"Dato che dovrai lavorare ogni volta che gli Howard ne hanno bisogno, ti verrà fornita una stanza. È una stanza perfettamente adeguata e comoda. Consumerai qui, in cucina, i pasti preparati dal personale addetto." Lo sguardo della signora Huxley scattò brevemente verso i cuochi che mormoravano e chiacchieravano, dando vita alla casa. La Huxley era l'opposto, fredda e austera, come le decorazioni a cui dava tanto valore. "Si tratta di una posizione ben pagata, che riflette le aspettative su di te. Non è un lavoro facile e ho visto tante giovani non riuscire a tenerlo."

Mi accorsi che mi sudava di nuovo il labbro mentre lei picchiettava sul tavolo.

"So da dove provieni e le difficoltà che hai dovuto affrontare. Lord Bertie ha un debole per l'assistenza ai bisognosi. Io no. Io credo che per questa posizione sia necessario un carattere forte e sinceramente non so se sei all'altezza. Se c'è qualcosa che ti preoccupa ti suggerisco di andartene ora. Sai dov'è la porta."

Mi aveva preso alla sprovvista. Sembrava volesse già liberarsi di me e non avevo nemmeno terminato il colloquio. “Ho una grande forza di volontà,” dissi. “E sono decisa a riuscire. Questo per me è un nuovo inizio.” In qualche modo riuscii a non balbettare mentre parlavo.

La signora Huxley sospirò in segno di sconfitta. “Molto bene. Ti accompagnerò da Lord Bertie. Gli piace parlare con i nuovi assunti.”

Capitolo Tre

Si muoveva come una ballerina, scorrendo sulle assi del pavimento, mentre io dovevo affannarmi per restare al suo fianco con il mio passo sgraziato. Anche se stavamo camminando lungo corridoi con soffitti affrescati vecchi di secoli e un'elegante boiserie ai lati, la signora Huxley non accennò a raccontarmene la storia. Rimaneva rigida, in silenzio, gli occhi puntati in avanti. Io, invece, piegavo il collo per godermi i dipinti e giravo il busto per sbirciare il cortile esterno. Avida di conoscenza, non mi perdevo i mobili scoloriti che probabilmente occupavano la stessa posizione anche in epoca elisabettiana o giacobina. Notavo scorci di ritratti dal volto severo di cavalieri sui loro cavalli, con piume sui cappelli, e capelli lunghi arricciati sulla schiena. Ogni tanto mi guardavo i piedi, pensando a chi potesse aver camminato dove stavo passando io. Alle tante cameriere, alcune di loro senza dubbio giovani e disperate com'ero io.

Il piano terra della residenza era immobile in modo innaturale e dava l'impressione di essere più un museo che un'abitazione. Nonostante la luce che filtrava dalle alte finestre lungo il corridoio, in Highwood Hall c'era una freddezza che mi ricordava il bosco circostante.

"Non percorrerai la parte principale della casa. Questa non ci appartiene." La signora Huxley si girò di colpo e salimmo la scalinata centrale, rivestita di moquette. "Oggi facciamo un'eccezione perché non sei mai stata qui prima. Ma quando avrai cominciato, ti mostrerò il corridoio di servizio." In cima alle scale si fermò e appoggiò una mano sulla boiserie. "Dietro la maggior parte di questi pannelli c'è un secondo corridoio nascosto dal resto della casa. La servitù di Highwood Hall ha usato questi corridoi per secoli. Abbiamo anche le nostre scale sul retro della casa. Ci vorrà un po' di tempo per abituarsi." Mi fissò come se non fosse convinta che sarei mai riuscita ad orientarmi nella vasta residenza. Cominciavo a pensare che avesse ragione.

A Highwood non c'era niente che mi mettesse a mio agio. La signora Huxley era accogliente come un cane da guardia. Il posto sembrava deserto ed era poco invitante, nonostante l'innegabile bellezza. Stavo per conoscere la famiglia che possedeva una vera e propria casa signorile, che aveva dei titoli e frequentava i reali e discendeva da una linea di sangue così lontana dalla mia che avrei anche potuto essere uno dei topi della cantina. Mentre continuavamo lungo il corridoio, mi venne la tentazione irresistibile di girarmi e scappare via da lì e, se non fosse stato per le piaghe che si stavano formando sui piedi, forse l'avrei fatto davvero.

Finalmente arrivammo a una porta in legno di noce con la maniglia dorata e la signora Huxley bussò delicatamente. Udii a malapena "avanti" ma la governante, abituata agli Howard, colse subito l'invito e mi condusse all'interno di un enorme studio. Lord Bertie sedeva dietro una scrivania di mogano sulla quale aveva appoggiato i piedi, la sedia spinta all'indietro in posizione reclinata. Stava fissando il telefono e non fece attenzione a noi. Riuscii a osservarlo bene, prima che la signora Huxley si schiarisse la voce per annunciare il nostro ingresso. Era più vecchio che giovane, doveva aver superato i cinquanta, con capelli sale e pepe, ben pettinati con la riga da una parte. Indossava jeans firmati, una camicia a righe infilata nella cintura e ciabatte scozzesi. Quando ci vide sorrise, era il mio primo sorriso della giornata, e mi fece segno di avvicinarmi. Non sembrava affatto imbarazzato di essere visto in relax.

"Ah, la nuova cameriera. Benissimo. Siediti."

La nuova cameriera... mi fece riflettere. Avevo già ottenuto il posto? Credevo di aver fatto semplicemente un colloquio.

"Grazie, Huxley." Prese dalla scrivania un foglio e alle mie spalle udii il leggero fruscio di una gonna e il delicato chiudersi di una porta. La governante era uscita. "Perfetto, perfetto," disse, fissando il foglio A4, gli occhi azzurri penetranti che scorrevano avanti e indietro mentre leggeva il mio curriculum. "Eccezionale esperienza. E potresti cominciare subito?"

"Sì," dissi. "Quando desidera. Devo solo tornare a York a prendere le mie cose..."

"Bene, bene." Appoggiò il mio curriculum nuovamente sulla scrivania. "La Huxley ti ha detto cosa ci serve?"

Esitai un attimo, un po' intimorita da ciò che mi circondava. Mi resi improvvisamente conto della realtà. Avrei lavorato a *Highwood Hall*. Notai delle foto incorniciate dietro la scrivania. Lord Bertie che stringeva la mano al principe Carlo, accanto a diversi personaggi politici, alcuni primi ministri. Tanti uomini dai capelli grigi in abito formale. "S-sì. Una cameriera e un'assistente in un'unica persona."

Mi puntò il dito. "Esattamente. E come la mettiamo con i tuoi problemi?" Si pulì un'unghia. Un movimento accanto alla scrivania attirò la mia attenzione e mi resi conto che c'era un cane disteso al suo fianco. Un labrador nero, il cui pelo lucente si confondeva con le tavole del pavimento, color mogano scuro.

"Sono entrata in una nuova fase della mia vita," dissi. "Sono pulita e sobria da un anno."

"Ben fatto." Lasciò cadere i piedi a terra con un tonfo e il cane sollevò la testa. "Non so se lo sai ma mi piace assumere personale dal programma Providence. Come te. Credo nelle seconde possibilità. Dobbiamo tutti occuparci di una buona causa, no?"

Annuii, incerta su quale genere di causa avrei potuto perseguire dato che la causa *ero io*.

"Devi dare un preavviso dove stai ora?" Chiese.

"No, attualmente sono ospite di un'amica."

"In questo caso, quando ti puoi trasferire nelle stanze della servitù?" Si chinò per grattare un orecchio al cane.

"Domani?"

"Ottimo. Vai tu a dirlo alla signora Huxley, ti spiace?" Sollevò la testa e mi strizzò l'occhio, un largo sorriso sul volto. Gli brillarono gli occhi, come se il sorprendermi con la buona notizia fosse stato parte di un progetto più grande, volto a farlo sentire superiore per il suo gesto caritatevole.

Sentii il bisogno di dimostrare la mia gratitudine. "La ringrazio molto," dissi, alzandomi. "Provvedo subito."

"Ti troverai bene qui a Highwood." Appoggiò le mani sulla scrivania. Notai che era un bell'uomo e probabilmente lo era stato anche di più quando era giovane, con i grandi occhi incorniciati da ciglia spesse. "Siamo molto felici che tu ti unisca alla nostra squadra."

"Grazie davvero per questa opportunità," dissi prima di lasciare l'ufficio. Una scossa elettrica mi provocò un brivido lungo la schiena. Non riuscivo a capire se fosse un'emozione positiva, del genere che si prova in previsione di un nuovo inizio, o negativa, come il presentimento che andarsene sarebbe stata una scelta migliore.

Capitolo Quattro

Risultò che non avevo bisogno di informare la governante della decisione di Lord Bertie. Sembrò esserne a conoscenza nel momento in cui mi avvicinai a lei fuori dallo studio. Forse aveva origliato.

"Ti accompagno fuori," disse con voce piatta. Quasi scontrosa. "Vai a casa, prepara le tue cose e ritorna alla residenza domani mattina alle nove in punto."

"Va bene," dissi, ancora un po' stordita da quanto rapidamente si era evoluta la situazione. "Grazie di nuovo per..."

"Non ringraziarmi," disse. "È Lord Bertie che prende le decisioni, qui."

Rimase tra noi qualcosa di non detto, le cui implicazioni erano evidenti. Se avesse potuto scegliere, la signora Huxley non mi avrebbe assunta.

"Quindi anche lei vive a Highwood?" Chiesi.

"Sì."

"E suo marito?"

A quel punto eravamo vicine alle scale. Lei semplicemente si girò verso di me accigliata. Alle sue spalle, anche uno dei ritratti mi guardava storto. Era come se la casa e la governante mi rifiutassero allo stesso tempo. "Preferirei che la mia vita privata restasse tale. Privata."

Non dissi niente ad alta voce, ma nella mia testa pensai: *wow*. La privacy era una cosa, ma non parlare nemmeno del proprio compagno era un'altra. Forse avevo sbagliato a usare la parola marito. Forse la signora Huxley era lesbica e restava sulla difensiva con le nuove conoscenze che avrebbero potuto giudicarla? Scendemmo le scale e io non insistetti. Poi mi accompagnò fuori dalla residenza passando dall'entrata di servizio. A quel punto stavo praticamente zoppicando: i miei poveri piedi facevano un male terribile.

"Ci vediamo domani," dissi mentre la porta si chiudeva. "Wow." Questa volta lo dissi ad alta voce. Non potevo evitarlo. Il mio primo incontro con la signora Huxley era stato quanto meno strano. Non aveva mostrato altro che ostilità.

Quando fui sul viale mi accucciai per recuperare le scarpe da ginnastica dalla borsa e togliere dai piedi doloranti quelle col tacco. Indossare finalmente scarpe ammortizzate era come camminare sulle nuvole. Ero chinata vicino alla casa, passavo un dito tra il lato posteriore delle scarpe da ginnastica e il tallone per verificare se ci fossero vesciche, quando udii scricchiolare la ghiaia e lo slittare di pneumatici. Una Ferrari rossa sfrecciò verso l'ingresso principale della casa, schizzando sassi lungo il percorso. Mi alzai di scatto, conscia della mia posizione poco signorile, stringendo le dita sul manico della mia borsa di tela. Si udiva della musica all'interno dell'auto, che si fermò vicino a una fontanella dalla forma di cherubino. La portiera non si aprì ma dalla mia posizione riuscivo a vedere l'interno dell'auto, con un uomo dai capelli neri al posto di guida. L'uomo si allungò in avanti per alzare ulteriormente il volume della musica.

Ci si aspetterebbe che un ricco e giovane padrone di una Ferrari ascolti qualche genere di musica contemporanea. Personalmente, avrei scommesso su un elettro-pop asettico come quello suonato ai festival da DJ super pagati. Invece no, era musica classica. A quel tempo non conoscevo il compositore, ora però potrei riconoscere la *Rapsodia ungherese* di Liszt dalla prima battuta. Baldanzosa, altisonante e veloce. Mi avvicinai di un passo e vidi le braccia dell'uomo ondeggiare dietro il volante mentre fingeva di suonare. I capelli neri si muovevano per la leggera brezza e quando girò un poco la testa vidi il suo profilo. Doveva essere Alex Howard. Nonostante gli avessi dato un'occhiata veloce, era evidente la somiglianza con Lord Bertie. La stessa mascella squadrata, i capelli scuri. I movimenti erano rigidi, controllati e seri. Ma si stava chiaramente divertendo e mi fece sorridere.

La musica si fermò e il sorriso scemò dal mio volto. Era il figlio di Lord Bertie e non volevo che mi vedesse nascosta dietro una fontana con delle vecchie scarpe da ginnastica ai piedi. Cercai di sgattaiolare via, restando chinata e nascosta. Oltre a vedermi in quelle condizioni, avrebbe potuto sospettare che lo stessi spiando, che in realtà era quello che stavo facendo. A me non sarebbe piaciuto che un estraneo mi vedesse in un momento privato. Da dove mi trovavo, lo vidi dirigersi verso i gradini dell'ingresso, il passo ondeggiante, traboccante di naturale sicurezza. Era magro, alto e di bell'aspetto come il padre. Un impercettibile brivido di elettricità mi percorse la spina dorsale mentre guardavo, sapendo che non mi poteva vedere, l'erede della casata. Entrò e io, ormai fuori dal suo campo visivo, mi diressi verso il grande cancello in ferro battuto, imboccando la strada verso la fermata dell'autobus.

Mi permisi di dare un'ultima occhiata verso la casa e vidi la signora Huxley nella finestra del piano terra. Forse era rimasta lì tutto il tempo, guardandomi mentre mi accucciavo dietro la fontana come un granchio per spiare Alex Howard. La sua espressione era seria, la stessa di quando ero arrivata. Fino a quel momento, non avevo avuto prova del fatto che la signora Huxley fosse capace di sorridere. La sua durezza mi fece provare un sussulto di paura e incertezza. Non sapevo perché, ma ero convinta che la sua postura solenne rivelasse qualche genere di problema nei miei confronti. Mi aveva assunta Lord Bertie, non la Huxley. Chissà come mai, a quella governante già non piacevo per niente. E la cosa mi rendeva esitante per il futuro. Percepivo fin dentro le ossa la sensazione che la signora Huxley non avesse intenzione di rendermi la vita facile a Highwood Hall.

Ma *dovevo* lavorare lì. Nessun altro poteva capire quanto fosse importante per me quel colloquio. Oltre al fatto che trovare un posto dove vivere era evidentemente rilevante, avevo un altro motivo per far domanda proprio a Highwood Hall. Per quanto potesse sembrare improbabile, c'era una relazione tra me e questa grande residenza, eravamo legate dalla storia. Mia madre era stata cameriera... proprio lì, ventuno anni prima. Appena prima di abbandonarmi quando ero ancora molto piccola.

Capitolo Cinque

Sulla strada del ritorno verso Paxby, decisi di girovagare per i boschi. Tra gli alberi contorti, avrei giurato di sentire il mio nome nel vento e, per un breve momento, pensai di deviare dal sentiero per addentrarmi nel folto delle betulle argentate. Era una sensazione strana, come il richiamo del vuoto. Feci uno sforzo per rallentare i battiti mentre scendevo la collina tornando al villaggio. Era stato il vento, nient'altro. Il vento e la mia immaginazione incontenibile.

Quando arrivai a Paxby, scoprii di aver perso l'autobus per cinque minuti e avevo le mani che tremavano. Passai un'ora curiosando nei negozi di souvenir e disturbando i commessi senza comprare niente, continuando per tutto il tempo a chiedermi se avessi preso la decisione giusta accettando il lavoro. Un'ora dopo, sull'autobus successivo, per tutto il viaggio verso la casa di Annabel, mi mangiucchiai l'unghia del pollice fino alla carne. Cosa avrei scoperto di mia madre a Highwood Hall? Forse niente. Forse tutto.

Annabel non era a casa ma trovai un biglietto sul frigo con il quale mi informava che si sarebbe fermata dal suo fidanzato. Questo mi avrebbe reso le cose molto più facili, pensai, perché non avrei dovuto ringraziarla. Avevo sempre avuto difficoltà a esprimere questo genere di emozione.

Dopo che mia madre se ne era andata, mi aveva cresciuta mia zia Josephine. Aveva fatto del suo meglio, ma il mestiere del genitore single era qualcosa a cui non era preparata e oltretutto il ruolo non le era particolarmente congeniale.

Avevo lasciato la casa di zia Josephine a sedici anni, per trasferirmi in un appartamento con altre due addette alle pulizie. Eravamo in costante competizione per il lavoro, litigavamo e facevamo la pace ogni giorno. Quello che guadagnavamo tutte insieme era così poco che ci contendevamo anche il cibo, facendo la coda al banco alimentare e alla mensa dei poveri. Nel nostro minuscolo appartamento avevamo le etichette sui viveri e misuravamo il latte, perché anche una misera tazza di tè poteva scombinare una di noi per il resto della settimana.

E poi mi ritrovai ad annegare i miei problemi nel modo peggiore e più costoso. Alcol e droga. Alla fine, riuscii ad avere un posto nel programma Providence, un centro locale per il recupero dei tossicodipendenti, dove avevo conosciuto Annabel, che mi aveva aiutata a rimettermi in sesto. Purtroppo, essendo cresciuta con una zia che non mi voleva e si aspettava che la ringraziassi per ogni risibile scarto di affetto che mi riservava, trovavo difficile dimostrare la mia gratitudine, anche se avevo davvero apprezzato tutto quello che Annabel aveva fatto per me.

Quella sera mangiai maccheroni al formaggio avanzati, accesi la radio mentre impacchettavo le mie cose e misi la sveglia per le sei del mattino successivo. La mia ultima notte sul divano di Annabel fu agitata e continuai a rivoltarmi in quelle lenzuola non mie. Cercai di dormire. Ci provai in ogni modo. Ma l'unica cosa a cui riuscivo a pensare era la signora Huxley che mi guardava dalla finestra. Se ripensavo al suo volto con gli zigomi alti e le labbra serrate, ero spaventata all'idea di tornare là. Anzi, tra momenti di sonno e sogni disturbanti, cercavo di convincermi che non avrei dovuto farlo.

Alla fine, riuscii a prendere sonno e la sveglia mi fece fare un salto, rompendo il silenzio che finalmente si era creato intorno a me. Mi presi un momento per rendermi conto della realtà. Il colloquio, Highwood Hall, Lord Bertie e suo figlio, la signora Huxley. Una giovane donna che aveva lasciato sua figlia per fare la domestica a tempo pieno due decenni prima. Mi sedetti, mi stirai e mi strofinai via il sonno dagli occhi, ancora stanca morta. Annabel non sarebbe stata lì per vedermi andare via e mi dispiaceva. Ero ancora più dispiaciuta per quello che stavo per fare, ma non avevo una soluzione alternativa. Dopo una doccia e una tazza di caffè, aprii la credenza dei cereali, presi una scatola di biscotti viola ed estrassi quaranta sterline dal fondo di emergenza di Annabel. Poi le scrissi un biglietto, spiegando cosa avevo fatto, dove stavo andando, quanto mi dispiaceva e quanto le fossi grata. Era più facile scrivere che dirglielo di persona. Attaccai il biglietto sopra quello che mi aveva lasciato lei il giorno prima e me ne andai, con le lacrime agli occhi.

Annabel e io ci eravamo conosciute al programma di riabilitazione e avevamo raggiunto la sobrietà più o meno nello stesso momento. Lei comunque aveva una famiglia che la aiutava a ricostruirsi una vita. Mi aveva accolta, una randagia senza un posto dove andare (a quel punto Josephine aveva rinunciato a occuparsi di me) e mi aveva lasciata stare da lei finché non avessi trovato un lavoro. E io la ringraziavo così, rubando ancora una volta. Ma se non l'avessi fatto, non avrei potuto comprare il biglietto dell'autobus per Paxby.

Ero quasi alla porta quando mi fermai e mi girai. Aveva sopportato molto da me. Mi aveva vista nei miei momenti di disperazione più nera e aveva ascoltato ogni tremenda storia che le avevo raccontato. Era così felice per me quando avevo avuto l'appuntamento a Highwood Hall. Mi tolsi l'anello d'oro dal dito, l'unico regalo di mia zia che avessi conservato, e lo lasciai in mezzo al tavolo di cucina. Fatto questo, uscii.

Capitolo Sei

Questa volta dalla fermata dell'autobus mi potei permettere il taxi, grazie ai soldi presi dalla casa di Annabel. Mi feci portare davanti al cancello, pagai l'autista, mi gettai lo zaino sulla spalla e suonai il campanello. Riconobbi nella voce atona che rispondeva quella della signora Huxley. Prima di aprire mi ricordò di utilizzare l'ingresso di servizio e io mi dovetti mordere la lingua per non risponderle. Come se fossi stata così stupida da fare due volte quell'errore.

"Tutta qui la tua roba?" chiese, aspettandomi davanti alla porta aperta.

Annuii, non volevo spiegarle il motivo. Si allontanò dalla soglia per lasciarmi entrare, intrappolandomi tra le mura della mia nuova casa. Il mio nuovo rifugio. Mi chiesi per quanto ci sarei rimasta.

La signora Huxley parlava senza rallentare il passo. Quella donna sembrava avere una riserva di fiato infinita. "Condividerai la stanza con Roisin, l'altra cameriera."

Non mi sorprese. Avevo dato per scontato che gli alloggi dei domestici implicassero la condivisione con almeno un'altra ragazza.

"La incontrerai a colazione fra trenta minuti," continuò la Huxley. "Poi, ti spiegherò i tuoi compiti della giornata. Ci vorrà tempo," mi lanciò un'occhiata di traverso, "Molto tempo, ne sono sicura, ma imparerai la routine."

Attraversammo la cucina come avevamo fatto il giorno prima,

ma il personale era troppo impegnato per fare più di un cenno o un semplice saluto nella mia direzione. Poi entrammo in un corridoio più austero, con pareti lisce, di una tonalità verde scuro, come le foglie di edera, con diverse porte nere sulla destra.

"Questa è la tua stanza." La Huxley si fermò di colpo. Prese una chiave dalla tasca e me la passò. "Ti suggerisco di disfare la valigia e venire subito in cucina. C'è un'uniforme pronta per te sul letto." Contorse le labbra come se tentasse di sorridere. Ne fui così stupita che non riuscii a reagire.

Ma quando cominciò ad allontanarsi, all'improvviso provai il bisogno di continuare a parlarle. Dio sa quando avrei avuto un'altra opportunità di trascorrere del tempo con lei e c'erano troppe cose che volevo sapere.

"Signora Huxley."

Alzò un sopracciglio. "Sì? Sei già confusa?"

"No," un brivido di fastidio alla parte posteriore del collo. "Mi stavo solo chiedendo da quanto tempo lei lavora qui."

Si incupì e le si formò una ruga tra le sopracciglia. Almeno era in grado di rabbuiarsi, dato che non riusciva a sorridere. "Ventitré anni."

"Oh," dissi. "Wow, è da tanto tempo che lavora sempre nello stesso posto."

"Sì. È così."

"Le piace qui?"

La Huxley serrò le labbra. "È meglio se disfi la valigia. A Highwood non abbiamo molto tempo per le chiacchiere."

Prima che aprissi di nuovo la bocca, si girò e tornò indietro lungo il corridoio spoglio. Almeno ora sapevo che aveva lavorato lì contemporaneamente a mia madre. Appoggiai una mano alla porta, esitando. Era una briciola di conoscenza che dovevo mettere da parte per decidere cosa farne. Potevo essere diretta con la Huxley e svelare subito il mio legame. Oppure potevo tenerlo per me.

Feci un respiro profondo, aprii la porta ed entrai nella mia nuova stanza, senza sapere cosa aspettarmi. L'ala di servizio era pervasa da un odore di umido, come di cantina o bagno che non è stato areato. Appoggiai la mano al muro e provai un brivido.

Almeno la stanza era grande. Le pareti erano della stessa tonalità verde bottiglia del corridoio e una finestra dava sulle stalle dietro alla casa. Con delusione mi accorsi che non ospitavano cavalli. Sembrava che fossero state convertite in ulteriori stanze. Perché gli Howard avessero bisogno di altre stanze, non avevo idea. Lasciai cadere la mia borsa vicino al letto con l'uniforme ben piegata sopra al piumino. Poi sollevai i vestiti e li esaminai. Non sopportavo l'idea di un'uniforme formale, una di quelle cose alla francese con il grembiulino a volant e la gonna corta, il genere parodiato dai costumi di Halloween e dalla pornografia comica. Con mio grande sollievo spiegai un paio di pantaloni elasticizzati neri e una tunica nera comoda. Mi spogliai fino alla biancheria e indossai la divisa. Anche se non avevo dato le mie misure alla signora Huxley, si adattava piuttosto bene.

Un altro stretto lettino era appoggiato alla parete opposta, con un comodino, una lampada, un armadio e una cassettiera. Vidi un paio di scarpe argentate scintillanti cacciate sotto il letto e un libro sul comodino. La curiosità ebbe la meglio e presi il libro. Poemi d'amore.

L'altra ragazza non si era impegnata molto per personalizzare il suo spazio, ma aveva dato qualche tocco. Un cuscino rosso sopra il semplice copriletto bianco, fotografie attaccate a una bacheca di sughero. In una di queste, due persone basse stavano accanto a una ragazza dall'aspetto dimesso con capelli biondo ramato e labbra rosse. I genitori, immaginai, considerando l'età e la somiglianza di occhi e bocca. Presi un rossetto da sopra la cassettiera e lessi la tonalità: *Bacio alla ciliegia*.

Temendo che la mia nuova compagna di stanza entrasse e mi scoprisse mentre curiosavo, riempii rapidamente i miei cassetti con i vestiti, infilai il telefono nella tasca dei pantaloni e mi fermai. Avevo un pacchetto di lettere in mano. Lettere in cui si parlava di Highwood Hall. Le gettai sotto la biancheria e poi infilai la borsa vuota sotto al letto. Il ritorno verso la cucina fu una passeggiata facile, seguendo le mura tetre del corridoio di servizio. Forse a causa delle ombre più scure in quella parte di Highwood e del freddo che nessun caminetto della residenza avrebbe potuto contrastare, mi venne la pelle d'oca sulle braccia, nonostante le maniche lunghe della casacca.

In cucina, trovai un gruppetto di persone riunito intorno al tavolo. La signora Huxley era a capotavola, con gli occhi dalle palpebre pesanti che mi fissavano mentre mi avvicinavo. Una ragazza più o meno della mia età scherzava con i cuochi. Il mio sguardo corse subito a lei perché si muoveva in modo da ravvivare la stanza, con quella risata musicale e un sorriso che andava da un orecchio all'altro. Sollevò il mento verso di me e subito saltò in piedi.

"Compagna di stanza!" Dichiarò con un piccolo grido alla fine. Poi lanciò un'occhiata preoccupata alla Huxley e si sedette, facendomi un cenno per assicurarsi che io facessi lo stesso.

La proprietaria del rossetto *Bacio alla ciliegia*, la ragazza magra, biondo rame della foto. Il suo sorriso era contagioso come si vedeva in foto e mi ritrovai a contraccambiarlo. Ma prima che potessi dire qualcosa la Huxley ci zittì.

"Grazie, Roisin," disse "Forse possiamo mantenere un po' di decoro." La taciturna governante bevve un sorso di tè da una tazza di porcellana.

Mentre mi sedevo, Roisin si allungò sul tavolo per prendermi il braccio con le mani, tra una teiera e una pila di tazze. Notai che non c'era alcun cibo per la colazione.

"È così bello conoscerti. Mi sono sentita davvero sola nelle scorse settimane, da quando..."

"Roisin, abbiamo un programma," scattò la Huxley. Si girò verso di me. "Ho riservato una decina di minuti per una tazza di tè. Poi Roisin e io prepareremo la colazione per gli Howard." Fece passare un grande raccoglitore ad anelli verso di me. "Nel frattempo, puoi iniziare a leggere questo materiale. Poi, quando abbiamo finito di servire gli Howard, faremo colazione noi, prima di metterci al lavoro sulle pulizie. Tutto chiaro? Per entrambe?"

Roisin ritirò la mano e abbassò lo sguardo, fissando il tavolo rattristata. "Sì, signora Huxley."

Quella fu la prima volta che rischiai di perdere la pazienza. Riconoscevo quello sguardo. Era l'espressione di un bambino rimproverato. Peggio, di un bambino che era cresciuto abituato a essere sgridato e mi chiesi quante cameriere la Huxley avesse trattato con durezza, rimproverato e intimorito in tutto il tempo che aveva trascorso a Highwood. Ma non dissi niente. Mi versai una tazza di tè, avevo bisogno di caffeina.

Roisin e io cercammo di parlare sottovoce mentre la signora Huxley era distratta dai cuochi. Roisin aveva solo diciotto anni, due meno di me. Aveva lasciato la famiglia a Sligo ed era rimasta senza soldi mentre lavorava come cameriera a Londra. Questo lavoro per lei era il modo di guadagnarsi da vivere senza dover tornare dalla famiglia.

"Non è perché sono troppo orgogliosa," disse. "Semplicemente non andiamo d'accordo."

Decisi di non approfondire.

Mentre la signora Huxley e Roisin mettevano via le tazze, aprii il raccoglitore ad anelli e cominciai a sfogliarlo. La mia mente stava già vagando sulla lunga lista di quali mobiletti in quali stanze avrei dovuto spolverare e quali non dovevo nemmeno toccare. Poi c'era un programma, una lunga, noiosa sequenza di attività settimanali. Gli Howard non sarebbero entrati in alcune stanze a certe ore in modo che noi potessimo pulirle. Tutto quello che desideravo fare era andare a esplorare. Mi sforzai di tornare a concentrarmi sul raccoglitore. Come diavolo avrei fatto a ricordarmi di tutto?

La stampa di una mappa attirò la mia attenzione. Feci scorrere le dita lungo i corridoi, desiderando avere una penna e un foglio di carta per copiarli. Volevo conoscere ogni passaggio nascosto, ogni angolo, anfratto e segreto. Questa era una vecchia casa ed ero sicura che ce ne fossero molti.

Dopo che la signora Huxley e Roisin ebbero portato la colazione agli Howard al piano di sopra, i cuochi lasciarono la cucina, probabilmente per fare una pausa. Ero rimasta sola in quella vecchia stanza. Dopo un paio di minuti sentii un rumore di passi che percorrevano il corridoio verso la cucina. Passi brevi e delicati, come se qualcuno stesse saltellando. E poi un canticchiare.

Quando la porta si aprì, entrò una giovane con i capelli biondi che portava tra le braccia una piccola scatola. Sembrava quasi una grande scatola di cioccolatini, più alta delle solite.

"Ciao," disse allegramente la giovane. "Tu devi essere la nuova cameriera."

Annuii timidamente, avevo capito subito che non poteva far

parte del personale. Indossava vestiti sportivi, scarpe con tacco basso e aveva i capelli legati in un ciuffo scomposto. Le scarpe erano di pelle, costose, e i vestiti di buona fattura. Li indossava come se per lei gli abiti eleganti non avessero importanza, buttati sul corpo, leggermente stropicciati, un po' in disordine ma comunque evidentemente lussuosi.

"Il postino ha consegnato questa," disse. "Sono arrivata alla porta prima della Huxley, così ho pensato di fare un salto qui giù. Sembra che sia per te." Appoggiò la scatola sul tavolo, vicino alle istruzioni che stavo studiando. "Oh, vedo che la Huxley ha tirato fuori il raccoglitore. Che fortuna per te. Sono Lottie, la più giovane degli Howard." Alzò gli occhi al cielo come se essere la più giovane fosse una seccatura. "Forza, aprila. Se hai un ammiratore segreto voglio essere la prima a saperlo." Ridacchiò, strofinandosi le mani. Avevo l'impressione di essere l'intrattenimento della mattina.

Mi sentii arrossire dal collo alle guance. "Non è possibile che sia per me."

"Guarda l'etichetta," disse Lottie, indicando un biglietto infilato in un nastro rosso.

Sfilai il biglietto. Aveva ragione. C'era sopra il mio nome.

"La scatola era dentro un pacco, ma come destinatario c'era solo il nostro indirizzo, così l'ho aperto, mi dispiace," disse Lottie. "Ho immaginato che fosse per te perché conosco il nome di tutti gli altri, sai." Alzò una mano con il palmo verso l'alto, indicando la scatola. "Forza, aprila."

Un po' incerta, mi allungai sul tavolo e tirai il nastro spesso che si slacciò lentamente, frusciando e cadendo dal tavolo, lasciando aprire la parte frontale della scatola. Girai la scatola verso di me in modo da poter vedere cosa contenesse.

All'inizio pensai di avere davanti una casa delle bambole. L'interno era stato trasformato in una stanza. Il primo elemento della scena che attirò la mia attenzione fu una scala a chiocciola che scendeva dal "tetto" al "pavimento", costruita in modo ingegnoso e realizzata con una sorta di legno delicato, come quello dei fiammiferi, dipinto di nero. La parte in basso era stata colorata in modo da assomigliare a un parquet. Una mini boiserie percorreva i "muri" della scatola e ai lati era incollata della vera carta da parati. Era azzurra con piume dorate.

"Oh, che strano. Questa è la scala posteriore," disse Lottie. Si sporse, avvicinandosi alla mia spalla, poi boccheggiò e indietreggiò.

L'avevo notato prima di lei, ma non avevo realizzato quello che stavo vedendo, davvero strano e fuori posto. L'intera scena era inquietante, la situazione davvero bizzarra. Qualcuno mi aveva inviato un diorama per posta e io non avevo idea del perché e nemmeno di chi potesse sapere che lavoravo lì. In centro alla scena c'era una piccola bambola con i capelli marroni, come i miei, che indossava la stessa uniforme che avevo indosso io. Il pacco era indirizzato a me e la bambola certamente doveva rappresentarmi.

Ed era morta. Si trovava in una pozza di sangue alla base delle scale.

Capitolo Sette

L'idea che qualcuno si fosse impegnato a costruire una cosa simile per poi inviarmela era insensata e forse per quel motivo rimasi allibita per diversi secondi, semplicemente fissando la scatola. Chi mai poteva applicarsi con tanta dedizione per un'assoluta nullità come me? Anche Lottie, ancora alle mie spalle dopo aver girato intorno al tavolo per guardare meglio, era rimasta senza parole. Ci trovavamo ancora in quella posizione quando il silenzio fu rotto dalla signora Huxley e da Roisin che rientravano in cucina.

"Signorina Howard!" La signora Huxley si fermò vicino al tavolo. "C'è qualche problema per cui posso aiutarla?" Il suo sguardo si diresse al tavolo e poi alla piccola scatola che vi era posata.

Vedevo la Huxley e Roisin con la coda dell'occhio, perché non riuscivo ad allontanare gli occhi dal diorama. Era così *complesso*. Questa persona si era presa la briga di misurare e tagliare i piccoli gradini per fare la scala. Aveva dipinto i nodi delle tavole di "legno" del pavimento e sistemato i capelli intorno alle spalle della bambola. Era raffinato, grottesco e sconcertante.

"Temo sia successo qualcosa di strano." Alle mie spalle, Lottie doveva aver fatto un cenno alla signora Huxley perché facesse il giro del tavolo. Guardai la governante avvicinarsi a me. Sia lei che Roisin si fermarono in piedi dietro la mia sedia per vedere cosa rappresentava il diorama.

"Gesù!" Disse Roisin. "Quella è la scala delle stanze del personale."

"Sì," disse Lottie. "L'ho notato anch'io."

"Perché qualcuno dovrebbe mandare una cosa del genere?" Disse Roisin.

La signora Huxley restò in silenzio, poi chiese: "Cosa vorresti farne?"

Passò un momento prima che mi accorgessi che si era rivolta a me. Volevo bruciarlo. Volevo vedere le fiamme che lo distruggevano, mangiandosi la pittura, sciogliendo la bambola, riducendo la carta da parati in cenere. Ma dato che non risposi, Roisin si allungò sopra la mia spalla, sollevò il davanti della scatola e legò di nuovo il nastro, in modo che non dovessi più guardare quella scena raccapricciante. Poi spinse il pacchetto dalla parte opposta del tavolo e tutte si mossero in modo che le potessi vedere senza girarmi.

"Magari è stato uno scherzo," propose Lottie con voce leggera e vivace. "Davvero di cattivo gusto, ovviamente."

La signora Huxley annuì. "Sono sicura che è proprio così." Sorrise con calore alla ragazza e quella vista fu quasi sgradevole quanto il diorama. Ma poi divenni consapevole del fatto che la signora Huxley avrebbe sempre concordato con qualunque cosa uno degli Howard avesse detto. Era servile. "Uno scherzo di cattivo gusto, tutto qui. Niente di cui preoccuparsi troppo."

Ma da parte di chi? Qualcuno degli Howard? Qualcuno del personale?

"Hai degli amici che potrebbero trovare divertente una cosa del genere?" Chiese gentilmente Roisin.

"Nessuno potrebbe trovarlo divertente," dissi, trovando infine la voce. "Nessuno."

"Forse dovresti contattare la polizia," suggerì Roisin. La vidi lanciare un'occhiata a Lottie e poi di nuovo a me. "Chiunque sia il mittente conosce bene come è fatta Highwood Hall all'interno."

"È vero," disse Lottie. "Ma ci sono alcune foto degli interni online. Abbiamo fatto un set fotografico pochi anni fa."

"Tre pagine sul *Tatler*," aggiunse la signora Huxley orgogliosa.

Lottie Howard si avvicinò e mi appoggiò una mano sulla spalla. Era stato uno strano primo incontro. Non sapevo bene come interpretare quel gesto, se fosse sincero, condiscendente o volto a tenermi in riga. "Se ne occuperà papà. Lui conosce tanta gente. Posso portarglielo?"

Ripensandoci, non fu una buona idea lasciarle portare via le prove. Avrei dovuto tenere d'occhio la scatola e assicurarmi che non la toccasse nessun altro. Potevano esserci tracce di DNA, no? Ma la polizia avrebbe fatto un'indagine così approfondita per qualcuno come me? Se ne sarebbero occupati? Non ero propriamente stata minacciata fisicamente. Era un pacchetto strano. Ecco cos'era.

Guardai a bocca aperta mentre Lottie portava la scatola fuori dalla cucina. Mi era appena successo qualcosa di singolare e assolutamente surreale e io non ero sicura di come elaborarlo.

"Senti, puoi restare seduta lì a piangere sull'evento o puoi andare a lavorare e non pensarci più," disse la signora Huxley.

Il suo tono non era del tutto freddo, anche se non proprio caldo. Comunque, aveva ragione. Non ero una che si piangeva addosso e avevo bisogno di distrarmi. Oltretutto, mi pareva la giusta opportunità di mostrare alla governante il mio valore.

"Cosa vuole che faccia per cominciare?" Chiesi, raddrizzando la schiena.

Roisin sorrise e mi fece un cenno di assenso per incoraggiamento. Gli occhi della signora Huxley si strinsero come se cercasse di scoprire il mio gioco. Dentro di me, pensai che avrei potuto andare in pezzi. Non era così che avevo immaginato la mia prima giornata a Highwood Hall. Avevo altri progetti. Speravo di essere io ad avere tutto sotto controllo, di essere quella con un piano segreto. Ma questa sensazione era venuta meno nel momento in cui avevo aperto la scatola e ora le gambe mi tremavano dalla paura.

Capitolo Otto

Seguii la governante tornando all'ala della servitù in stato confusionale. Lei divagava sulla mia routine. Spazzare i corridoi, pulire i bagni, aspirare i tappeti e rifare i letti. Nel pomeriggio, avrei potuto fare commissioni per gli Howard o aiutare in lavanderia. C'erano parecchi compiti da portare a termine in un giorno per due giovani cameriere.

Riuscii a memorizzare forse la metà di quello che la Huxley stava dicendo e a malapena notai i corridoi davanti a noi. Mi ero riproposta di fare attenzione a tutto, per poter imparare in fretta, ma ovviamente questo era prima di ricevere quel pacchetto. Quando girammo un angolo e arrivammo a una scala a chiocciola, mi ci volle un momento per capire cosa stessi vedendo, ma non appena me ne resi conto ebbi un sussulto.

Mi trovavo davanti alla stanza della casa delle bambole, solo che mancava la cameriera morta in fondo alle scale. Piegai il collo verso l'alto, seguendo la traccia delle decorazioni nel legno intagliato che proseguiva verso il piano superiore. Mentre guardavo sempre più su, immaginai il mio corpo precipitare giù per i gradini, la faccia che si schiantava sulla balaustra, il naso in pezzi, le spalle che sbattevano sui gradini, il mio corpo che atterrava accartocciato e spezzato una volta raggiunto il pavimento alla base.

"Hai intenzione di venire?" Chiese la signora Huxley. Si trovava a metà strada tra me e le scale. Per un istante, rimasi a fissarla istupidita, confusa riguardo la sua richiesta. Poi mi resi conto che voleva che salissi le scale e rimasi sgomenta. Come potevo riuscirci dopo quello che era successo quella mattina? "Dovrai abituarti, prima o poi. Questa è la scala di servizio e la usiamo tutti i giorni. Tra poco dovrai portare su il tè a Lady Margot."

Mi strofinai le braccia e mi presi un momento per ricompormi. Mentre cercavo il coraggio di salire i gradini, notai che il diorama aveva rappresentato in modo perfetto questa parte della casa. Come faceva l'artista a conoscere l'aspetto di questa scala? Di sicuro le foto pubblicate su *Tatler* si concentravano sull'elegante soggiorno e sui corridoi pannellati con i soffitti dipinti.

Ovviamente, la signora Huxley volò su per le scale con facilità, la schiena dritta, senza mai sfiorare il corrimano. Quando la seguii, cercai di scacciare l'immagine della bambola dalla mia mente. Era solo una bambola. Qualcuno del personale di cucina probabilmente lo aveva mandato per farmi pesare il fatto che ero l'ultima arrivata. Magari erano tutti d'accordo e l'obiettivo era di farmi innervosire al punto di non voler restare. Beh, se quella era l'idea, avrei dimostrato che la mia tempra era più forte.

Anche se le scale erano molto più robuste di quello che avevo immaginato, mi afferrai con la mano per tutta la salita. Fin da quando ero bambina, avevo avuto il curioso assillo che un giorno mi sarei buttata da una scala mobile o da una scalinata alta. Quando mia zia mi portava ai grandi magazzini, mi aggrappavo sempre, tenendo gli occhi fissi sui piedi. Ma quella non era una possibilità, dovendo salire le scale di servizio. Avrei dovuto concentrarmi sui gradini e sulla direzione perché era facile urtare il corrimano e sbilanciarsi.

"Non è stato così difficile, vero?" L'angolo del labbro della signora Huxley si torse verso l'alto. Forse stava cercando di sorridere per rassicurarmi ma sembrava più un sogghigno.

"Pensavo di sistemarti in biblioteca. È una stanza grande ma è una delle più semplici da pulire." Mi guidò lungo quello che immaginai essere il corridoio di servizio, dati i muri spogli, finché arrivammo a una porta.

Con mia sorpresa, uscimmo da uno dei pannelli di legno di un corridoio del piano superiore. Lei si girò e richiuse la porta con un clic. Si mimetizzava perfettamente con il resto.

"Come faccio a trovare queste porte?" Chiesi.

La signora Huxley fece scorrere il dito lungo una crepa nel legno, a malapena visibile. "Ti abituerai." Ripartì, con i tacchi che facevano un rumore sordo sulla spessa moquette rossa. Poi si fermò vicino a una porta stretta, prendendo una chiave dal mazzo che pendeva dalla sua cintura sottile. "Il ripostiglio per la pulizia. Domani ti darò una chiave."

Quando ebbi preso piumini per la polvere, prodotti per pulire e stracci, lei aprì una grande porta di legno e mi fece entrare nella biblioteca. Per un glorioso momento, la brutta sorpresa del mattino era sparita dalla mia mente ed ero semplicemente una ragazza che ammirava un'elegante stanza piena di libri preziosi, che profumava di carta secca, legno e pelle. Nell'angolo più lontano della stanza, tre alte finestre lasciavano entrare il sole dai prati frontali. Muovendomi sollevavo la polvere e i raggi dorati illuminavano il pulviscolo nell'aria.

Sulle pareti c'erano diversi ritratti, molti uomini seri in uniforme, poi alcuni cavalli con eleganti colli lunghi e una donna che mi fissava con occhi tristi su un volto tondo e pallido. Il resto delle pareti era coperto dai libri. Volumi rilegati in pelle con titoli dorati sulla costa occupavano lo spazio dal pavimento al soffitto. Nuovi e vecchi. Più o meno sbiaditi.

"Non toccare i libri dentro le teche di vetro." La Huxley indicò tre teche nascoste in un angolo in ombra della stanza. "Quelli sono i più antichi e preziosi."

Nella mezz'ora successiva, la governante mi mostrò come pulire la biblioteca. Dallo spolverare attentamente i libri al detersivo per legno da usare sul pavimento al detergente per la pelle sulle sedie a quello per i vetri delle teche e delle finestre. C'erano molte cose da ricordare ma era una buona distrazione dal diorama. Quando lei uscì, desiderai avere delle cuffie e un po' di musica da ascoltare mentre lavoravo, ma mi accontentai di scricchiolii e cigolii della vecchia casa.

Quella prima volta fui lenta. Me ne resi conto. Passai quasi tutta la mattina nella stessa stanza e penso che se la signora Huxley non avesse avuto da fare mi avrebbe sicuramente ripresa. Mi stavo divertendo. Adoravo leggere le coste dei libri. Da Shakespeare a Milton alle Brontë. Li scorrevo con le dita, percorrendo ogni gobba e crepa della pelle. Ma non osai spostarne nessuno dalla propria dimora. Mia zia Josephine aveva le sue colpe, ma mi aveva sempre messo a disposizione dei libri ed erano i libri che mi avevano confortata nei momenti più oscuri di dipendenza e solitudine. Erano più che carta, inchiostro e colla, erano vecchi amici.

Quando ebbi finito, riposi i prodotti nel ripostiglio per la pulizia, che la signora Huxley mi aveva lasciato appositamente aperto, e cercai di trovare la porta per il corridoio di servizio. Le mie dita andavano a tentoni lungo la pannellatura di legno, ma per quanto mi sforzassi non riuscii a trovare la piccola fessura che mi aveva mostrato la governante. Andai avanti e indietro per alcuni minuti poi decisi di seguire il corridoio fino alla scalinata principale e scenderla silenziosamente. Da lì volevo andare in cucina ma mi resi conto che avevo percorso una rampa di scale completamente diversa. Mi aveva confusa il fatto che avevano la stessa moquette, ma questa scendeva dall'altro lato della casa, che si affacciava su diversi ettari di rigogliosi campi verdeggianti. Attraversai il pavimento di legno, appoggiai le mani sullo spesso davanzale di pietra e fissai l'esterno, cercando di orientarmi. Mi sembrava che se fossi andata a sinistra, avrei seguito la direzione del giardino e mi sarei dovuta ritrovare sul davanti della casa.

Fortunatamente gli Howard non si vedevano da nessuna parte. Forse erano nelle loro numerose stanze private: camere da letto, uffici, salottini intimi o nella dependance dall'altro lato della proprietà. Nessuno mi fermò mentre giravo per la casa né mi gridò di andarmene. E quando passai davanti a una stanza davvero curiosa, non trovai nessuno a impedirmi di entrare.

Era la sala da pranzo. Una stanza lunga e senza finestre, illuminata da un elegante lampadario che pendeva sopra l'ampio tavolo e dalla doppia porta che lasciava filtrare la luce dal resto della casa. Non riuscii a trattenermi. Girai l'interruttore, osservando come il bagliore del lampadario si rifletteva e screziava le pareti. Fui contenta di aver acceso la luce, perché altrimenti non avrei notato il murale dipinto sui pannelli di legno. Ogni singolo spazio della parete era decorato in marroni caldi, rosa pesca e delicati colori pastello. Il murale rappresentava donne rinascimentali con aspetto di cherubini, che danzavano o si riposavano. Una giovane dallo sguardo luminoso dava da mangiare uva a un'altra dai capelli neri. Quello che mi stupiva del dipinto era la varietà di tonalità di pelle. Immagino che siamo abituati a pensare alle donne rappresentate nell'arte storica con la pelle bianca, i seni sodi delle dimensioni di mele e i fianchi larghi. Qui invece l'artista aveva rappresentato donne di tutte le forme, dimensioni ed etnie. Era incredibile.

Feci il giro della stanza, osservando ogni volto. Uno in particolare mi fece gelare il sangue nelle vene. La donna sulla parete si riposava tra l'erba, con la schiena appoggiata a un albero. Una giovane bellezza, con scuri capelli ricci che scendevano sulla carne olivastra delle spalle. La figura era molto magra, il volto quasi scarno. Faceva risaltare gli occhi. Due pozze profonde marrone cioccolato. Assomigliava a me. Oppure io assomigliavo a lei. Scossi la testa e feci una risatina. Erano solo i capelli scuri e gli occhi sul volto magro. Poteva essere il ritratto di qualunque ventenne ossuta.

Affascinata, mi spostai per avvicinarmi, sollevando un dito per seguire le linee del dipinto, e in quel momento udii uno scricchiolio davvero strano. All'inizio pensai che fossero i movimenti della casa, il legno che si espandeva e contraeva con il riscaldarsi e raffreddarsi dell'edificio nelle diverse ore del giorno. Ma poi seguì un clic. Girai la testa nella direzione del rumore quando la figura di un angelo alato improvvisamente si mosse e oscillò. Un uomo uscì dalla parete. Dovetti premermi la mano sulla bocca per trattenermi dal gridare.

Capitolo Nove

Era così alto da dover piegare la testa per passare attraverso il pannello che dava nella stanza. Per raddrizzarsi venne leggermente verso di me. Mi resi conto di essere rimasta piantata dove mi trovavo, non lontano da dove era entrato, e avrei dovuto fare un passo indietro per lasciargli lo spazio di muoversi. Con mia sorpresa, mentre mi allontanavo, si mise un dito sulle labbra e sogghignò. Io gli rivolsi un'espressione interrogativa.

"Sto cercando di sfuggire a mio padre," disse a voce bassa. "Vuole parlare di *affari*." Fece una smorfia, tirando le labbra in una boccaccia e i suoi occhi scintillarono.

Quando cominciò a ridere, mi ritrovai a ridere con lui, come se partecipassi allo scherzo. Forse era per il nervoso o forse per quegli occhi azzurri, limpidi come acqua profonda.

"Sono Alex," disse, porgendo la mano. "Sei la nuova cameriera?"

"Sì." E poi mi resi conto che ero nella sala da pranzo senza un vero motivo e arrossii. "Penso che non dovrei essere qui. Mi dispiace. Mi sono persa."

"Oh, non ti preoccupare," disse lui. "Anche a me capita di perdermi. Questo posto è un labirinto e metà dei corridoi sono nascosti dietro le pareti. Però è molto divertente quando hai dieci anni e la tua sorellina ha paura del buio." Mi fece un sorriso. Fece aprire di nuovo la porta nascosta. "Questo piccolo corridoio porta a quello di servizio. Li abbiamo in molte stanze. Se lo segui, finirai di nuovo in cucina così rapidamente che la signora Huxley non si sarà nemmeno accorta che eri sparita."

Aveva immaginato bene la mia preoccupazione per le ire della signora Huxley e lo ringraziai per il consiglio. Ma prima di infilarmi nel passaggio nascosto, non riuscii a trattenermi dal commentare il murale.

"Questa stanza è davvero strana," dissi, indicando con il capo le donne dipinte.

Alex si appoggiò alla parete e lasciò vagare pigramente lo sguardo per la stanza. Sembrava che solo in quel momento la vedesse attraverso i miei occhi, cogliendone per la prima volta lo splendore. E mentre stava fermo, notai nuovamente quanto fosse bello il suo volto di profilo. Era come immaginavo fosse stato Lord Bertie da giovane, spigoloso ma morbido, fanciullesco ma comunque decisamente mascolino.

"È nuovo," disse. "Non antico come la maggior parte delle cose in questa casa. Mia madre l'ha fatto fare prima di morire. Ogni tanto aggiungiamo qualcosa. Una ninfa o un angelo, quello che ci viene in mente. È un lavoro in corso." Quando si mosse, mi colse di sorpresa e mi spostai. Poi percorse la stanza a lunghi passi, facendo il giro del tavolo verso una delle donne dipinte. Era rappresentata con un ampio vestito, gli occhi sollevati come se stesse guardando il cielo. I capelli le scendevano fino alla vita in onde colore caramello. "Questa è mia madre. L'abbiamo aggiunta al murale dopo che è morta."

Non riuscii a trattenermi. Mi avvicinai a lui e rimasi ferma al suo fianco. Vidi il ritratto della donna per la prima volta. I suoi lineamenti non mi erano del tutto comprensibili per via del movimento impresso nella pittura, dai capelli svolazzanti al vestito increspato: danzava allontanandosi dal pittore, nascondendosi come qualcuno che non voglia venire fotografato. Metà del volto era in ombra e mi sembrò una scelta strana, visto che si trattava di Lady Howard, ex padrona di casa.

"Mi dispiace tanto per la vostra perdita." Erano parole vuote, ma riempirono un silenzio imbarazzante.

Lui appoggiò due dita sul lato del volto di lei. Aveva mani forti, notai, e per qualche motivo mi sorprese. "A me dispiace che l'abbiamo persa." Lasciò cadere la mano e si girò verso di me. "Ma è la vita, no?"

Alzai lo sguardo verso di lui, nella sua ombra, sentendomi più piccola che mai. Ripensandoci, credo che fosse l'uniforme a farmi sentire in quel modo. Decisi che per me era il momento di andare, così mi allontanai e quando stavo per fare le mie scuse e tornare in cucina lui aprì la bocca e mi parlò.

"Ho visto il pacchetto che ti hanno spedito stamattina. Non posso credere che ci sia qualcuno così crudele."

A dire il vero, me ne ero dimenticata per un momento e così la paura tornò a insinuarsi in me. Mi strinsi le braccia attorno al busto per rassicurarmi. "Non so chi sapesse che venivo qui. A parte l'amica con cui abitavo." Decisamente un eufemismo per descrivere il mio passare da un divano all'altro.

"Non lasceremo correre," disse. "Non tolleriamo la prepotenza a Highwood. Se scopriamo che è stato qualcuno di qui, ce ne occuperemo." Poi si incupì. "In ogni caso, papà lo farà."

"Grazie. È un conforto saperlo. Probabilmente io dovrei..." Indicai con il pollice il passaggio nascosto.

"Sì, non ti conviene far aspettare la Huxley." Lasciò andare un profondo sospiro dal naso. "A dire la verità, lei spaventa un po' anche *me*."

Capii che voleva essere gentile, così gli sorrisi. "Grazie per avermi mostrato la strada."

"Un giorno ti farò fare un giro. Ti mostrerò le altre porte nascoste nell'ala nord se vuoi. C'è anche uno spioncino che dà sulla scala principale."

"Davvero?"

"Oh, sì. Si può guardare dal grande ritratto del duca."

"È incredibile. Lo usate spesso?"

"Io l'ho usato abbastanza per spiare Lottie. Lei giocava sempre con le Barbie sulle scale. Non sapeva che esistesse fino a quando ebbe dieci anni, così fino a quel momento le ho fatto credere di avere poteri paranormali." Sogghignò. "Comunque, volevo chiederti un favore."

"A me?"

Rise. "Sì, a te. Non so se lo sai, ma io sono un bravo pianista e mi piace suonare quando non mi occupo di affari."

Ripensai alla prima volta che avevo visto Alex in auto, con le dita che si muovevano seguendo la musica. Ora aveva senso. Scossi semplicemente la testa.

"Devo fare parecchio esercizio e ho bisogno di qualcuno che mi giri le pagine mentre studio la musica."

"Oh."

"Sarebbe ogni venerdì alle sette. Per te andrebbe bene?"

Non avevo un altro posto dove andare. Non avevo amici da andare a trovare, pub in cui bere o locali in cui ballare. "Certo."

"Ottimo," disse lui. "Aspettami fuori dalla stanza della musica appena prima delle sette. Lo spiegherò alla Huxley e ti mostrerò dove andare."

"Va bene."

"Non vedo l'ora." Sorrise. Era un bel sorriso, un sorriso che compariva facilmente ma non sembrava caldo. Pensai che la tristezza che traspariva dalla sua espressione fosse causata dal fatto che stava ancora pensando alla madre. E poi, prima di andarsene mi chiamò per nome. Per la prima volta da quando potevo ricordare. Mi sentii importante.

Capitolo Dieci

Con mia sorpresa, non ricevetti una ramanzina quando tornai. La governante si limitò a squadrarmi con freddi occhi scuri finché non mormorai una scusa, guardandomi le scarpe. Con la coda dell'occhio, notai Roisin che indugiava accanto a un ripostiglio e si mordeva il labbro, con le sopracciglia aggrottate. Di cosa era preoccupata? Del diorama? O dell'evidente antipatia della signora Huxley nei miei confronti?

"Forse è meglio che Roisin non ti perda di vista per il resto della giornata." Sospirò stancamente, prendendo una chiave da un gancio sul muro. "Potete occuparvi della lavanderia insieme. Ci sono da lavare le lenzuola."

Quando la governante se ne fu andata, Roisin mi passò un grande contenitore di detersivo e mi fece segno di seguirla nel seminterrato. Lì trovammo due grandi lavatrici industriali, un'asciugatrice e tre cesti traboccanti di lenzuola bianche. Mi piegai per raccogliere una bracciata di lenzuola e le cacciai in una delle macchine. L'aria umida mi faceva attaccare i capelli sul collo ogni volta che mi piegavo e rialzavo ma, nonostante il lavoro pesante, era bello essere finalmente da sola con Roisin.

"E così, immagino che il mio primo giorno sia stato un mezzo disastro," dissi.

"Mi dispiace tanto per la scatola. Non riesco a capire." Ansimava e sbuffava mentre raccoglieva le lenzuola, ma riuscivo comunque a capire cosa volesse dire.

"Nemmeno io. Cioè, che razza di benvenuto." Scossi la testa. "E la signora Huxley?"

Roisin si fermò accanto alla macchina. "Oh, lo so. Non è certo la persona più amichevole del mondo. Ma ti ci abituerai, sai? O, piuttosto, lei si abituerà a te." Notai il suo bel sorriso e il modo in cui le venivano le fossette sulle guance. Il seminterrato era poco illuminato, ma i suoi capelli color rame chiaro brillavano nell'ombra, i riflessi accentuati dalla lampadina che pendeva sopra di noi.

"Mi odia. Mi ha assunta Lord Bertie, non lei. Penso che sarò fuori di qui in meno di una settimana." Dirlo ad alta voce mi sollevò un peso dal petto, liberando le mie paure. "Forse è stata lei a mandarmi quella... cosa."

"Non l'avrebbe fatto."

"Come fai a saperlo?"

"Non è il tipo." Roisin lasciò cadere un cesto vuoto a terra e si raddrizzò. "Abbaia ma non morde."

"Ne sei sicura, vero?"

Alzò le spalle. "Ho scelto di crederci."

Chiudemmo con forza il coperchio della lavatrice e l'eco risuonò nella stanza, come il rimbombare del tuono in un giorno di tempesta.

"Più penso a quella... *scatola*, più mi rendo conto di quanto sia strana. Qualcuno si è preso la briga di creare questo... questo complesso oggetto artistico solo per dirmi che morirò. Forse cadendo dalle scale. Forse è Dio che mi avvisa di stare lontana da quella maledetta scala."

Roisin rise. "Forse. Senti, sono sicura che Bertie scoprirà cosa c'è sotto. Conosce tutti. Membri del Parlamento, altri ricchi bastardi, forse ufficiali della polizia."

"Deve essere bello avere certe connessioni," dissi. "L'unica gente che conosco io è in prigione o in riabilitazione." Voleva essere una battuta ma cadde nel vuoto. La lavatrice si agitava, acqua e cotone bianco giravano e si mescolavano. "Qualcuno non mi vuole qui e non so perché."

"Mi sembra poco probabile," disse Roisin.

"Era indirizzato a me, mi rappresenta morta."

"Lo so," disse dolcemente. "Mi dispiace tanto. È stato orribile." Si morse il labbro. "Senti, probabilmente non te lo dovrei dire ma..."

Accanto a noi la macchina fece un suono metallico e un ronzio. Io mi avvicinai a Roisin, curiosa di scoprire cosa sapesse. "Cosa?"

"La ragazza che hai sostituito. Beh, se n'è andata piuttosto all'improvviso. Non ha dato il preavviso e nemmeno salutato. Condividevamo la stanza. Io sono rientrata dopo una lunga giornata e ho visto che le sue cose non c'erano più. Non che avesse molto. Penso che abbia litigato con la signora Huxley, perché le ho viste vicino alle scale, quelle a chiocciola, e poi Chloe, si chiamava così, se ne è andata piangendo. Ho cercato di raggiungerla ma non voleva parlare."

"Oh," dissi. "Pensi che sia stata lei? Pensi che mi abbia mandato lei la scatola?"

"Non so. Ma aveva dei problemi. Veniva dal programma Providence."

"Anch'io."

"Lo so," rispose. "Scusa, non intendevo... Chloe aveva un caratteraccio e non riusciva ad andare d'accordo con la signora Huxley. Era indipendente e odiava che le dicessero cosa fare. Ingaggiavano continuamente uno scontro di volontà che nessuna avrebbe vinto. Se la Huxley diceva a Chloe di pulire prima la biblioteca, lei invece spazzava le scale. Se le diceva di lavare i pavimenti, lei spolverava i lampadari. Avrebbe fatto qualunque cosa per gli Howard, ma con la Huxley era tutta un'altra storia. Chloe continuava a dire che quella donna aveva troppo potere e voleva farle abbassare la cresta."

"Posso capirla," dissi.

Roisin rise. Ma poi il sorriso le si spense sulle labbra. "Senti, è meglio non provarci con la Huxley perché non avresti modo di vincere. Non serve a niente. È come incrociare le corna con un toro e avere tutti e due la stessa forza." Mimò con le dita due tori che combattono e mi fece scoppiare in una risata. "E... non so se posso dirtelo, ma c'è dell'altro. È un segreto, però, quindi tienilo per te, va bene?"

"Cosa?" Chiesi, incuriosita.

"Chloe e Alex Howard avevano una relazione."

Capitolo Undici

L'abbandono di mia madre mi aveva costretta a crescere senza rete di sicurezza e non avevo mai potuto concedermi il lusso di essere davvero ingenua. È sempre stato difficile stupirmi con pettegolezzi scandalosi. Non andavo a letto con la copertina di Linus. Dormivo con un occhio aperto, chiedendomi che altro mi sarebbe successo. Di certo non mi sorprese che l'attraente, ricco, giovane erede di Highwood Hall fosse andato a letto con la cameriera. Però lo trovai interessante. Per prima cosa, ora sapevo che Alex aveva un debole per le cameriere e, seconda cosa, sembrava che la ragazza che avevo sostituito se ne fosse andata in modo tempestoso. Forse il diorama era un suo strano modo per suggerirmi di scappare. Poteva essere un avvertimento o una minaccia. Non ne ero sicura.

Il mio primo giorno era stato strano, come minimo. Anche un po' inquietante. Quel giorno avevo usato la scala a chiocciola solo una volta e mi chiesi se mi sarei mai sentita a mio agio a salire e scendere i ripidi scalini in legno. Non riuscivo a immaginare di servirmi di quella scala senza pensare alla bambola schiantata al suolo, il pavimento tinto di rosso.

Riflettei su Chloe, questa cameriera senza volto, che correva su e giù per le scale cinque, dieci, magari quindici volte al giorno, sempre a completa disposizione degli Howard e della signora Huxley. E tutte le volte conservando il suo segreto, una relazione illecita con il figlio del padrone. Era una storia che nella mia immaginazione non poteva che finire in modo infelice, magari affondata in quella sorta di amarezza che ti fa provare risentimento verso chi ti ha sostituito. Mi girava la testa. Ero arrivata lì in cerca di lavoro, certo, e anche nella speranza di scoprire qualcosa sulla madre che non avevo conosciuto, ma non avevo previsto una cosa del genere.

Finimmo con la lavanderia e tornammo in cucina. La signora Huxley ci aspettava in cima alle scale.

"Lord Bertie ha riferito del pacchetto sospetto alla polizia," ci disse. Le sue mani erano allacciate davanti al corpo. "Ora possiamo farla finita. Evita di pensarci e aiuta il personale di cucina a preparare l'argenteria per la cena degli Howard. Andiamo."

Roisin imitò l'improvviso cambio di direzione della Huxley e tornammo nel corridoio di servizio, seguendo la governante attraverso la casa e ritrovandoci in sala da pranzo. Almeno questa volta avevo un motivo ufficiale per essere lì.

La Huxley indicò un vassoio di posate in mezzo al tavolo che dovevamo apparecchiare. "Preparerete il tavolo per una cena informale. Niente antipasto, solo il piatto principale e il dessert. Poi porterete il cibo sui vassoi e lo servirete. Io mi fermo per tutta la cena, riempio i bicchieri e servo le verdure, ma voi potete tornare in cucina e avere la vostra cena."

Roisin e io ci mettemmo diligentemente al lavoro sulla tavola, sistemando coltelli e forchette sulle tovagliette. Poi tornammo in cucina, dove Pawel e gli altri ci porsero dei vassoi con branzino in salsa di salicornia, asparagi grigliati e patate al burro. Mi venne l'impulso di fare un gesto ribelle, come starnutire sul cibo o rubare una patata, qualunque cosa purché fosse riprovevole. Ma non lo feci. Invece, mi concentrai sul percorrere i corridoi senza far cadere niente. Quando ritornammo in sala, la maggior parte degli Howard era seduta e in attesa della cena.

Lottie, col suo nasino all'insù, illuminata dal lampadario, sedeva giocando con il telefono, le spalle ingobbite e una cascata di ricci biondi che ricadeva sulla tovaglia. Lord Bertie picchiettava con le dita alla base del suo bicchiere di vino, le unghie corte e tozze che provocavano un suono metallico. Non potei evitare di notare che le sue mani erano forti come quelle del figlio, anche se aveva il doppio degli anni.

Alex mi guardò con volto aperto e piacevole. Sorrise e mi ringraziò quando gli posi davanti il pesce e mi arrivò un sentore del suo dopobarba agrumato. Quando mi spostai per mettermi in piedi vicino a Roisin, il mio sguardo cercava il suo, come attratto da un magnete. Di sicuro la signora Huxley se ne sarebbe accorta, per cui mi sforzai di guardare altrove.

L'ultima a entrare in sala da pranzo fu Margot Pemberton, la suocera di Lord Bertie e la donna la cui figlia era dipinta sulla parete. Procedeva barcollando, con un enorme cappotto di pelliccia avvolto intorno alle spalle, un paio di occhiali da sole alla Jackie O che le scivolavano dal naso e un turbante viola sulla testa. Era chiaramente ubriaca, con una sigaretta sottile che le pendeva all'angolo della bocca. Io rimasi defilata dal tavolo, aspettando che la signora Huxley ci lasciasse andare, completamente ipnotizzata da quella donna. Quando si sedette, appoggiò la pelliccia sullo schienale della sedia mostrando un corto vestito nero che non nascondeva un certo rilassamento cutaneo. Poi girò la testa verso di me. Con mia sorpresa, si sfilò gli occhiali e strinse gli occhi per fissarmi.

"E così, tu sei la sostituta, giusto? Vieni qui, ragazzina."

Mi sembrava di essere in un film d'epoca degli anni Venti. Mi avvicinai, evitando lo sguardo di Alex, notando con la coda dell'occhio che Lottie si era distratta dal telefono, e rimasi in piedi di fronte a Margot Pemberton.

Lei mi fece cenno di accostarmi e mi prese il volto tra le sue dita pallide e ossute. Dopo avermi esaminata, espresse il suo sdegno.

"Una carina, Bertie? Di nuovo." Mi tirò la faccia vicino alla sua e mi sussurrò all'orecchio: "Non farti fregare da nessuno di questi buffoni. Soprattutto da mio genero e *soprattutto* non da quella orribile governante." Poi mi lasciò andare e rivolse la sua attenzione al tavolo. "Cos'abbiamo stasera? Spero che non sia ancora del fottuto pesce. Mangiamo così tanto maledetto pesce che mi verranno le branchie."

Lottie si allungò attraverso il tavolo e toccò la mano della nonna. "Ti fa bene, Mo-mo."

Margot alzò gli occhi al cielo. "Oh, che meraviglia. Forse arriverò al mio ottantacinquesimo compleanno. Non sarebbe magnifico per tutti voi?"

"Margot cara, per favore, basta," disse Lord Bertie spostando appena gli occhi dal piatto. "Possiamo semplicemente cenare? La Huxley vuole mandare via le cameriere. Se hai finito di esaminarle, ovviamente."

La matriarca lanciò un'altra occhiata verso di me. "Un momento." Mi fece segno con un dito e io mi avvicinai di nuovo. "Cos'è questa storia dei messaggi minacciosi? Qualcuno ce l'ha con te?"

"Non so," mormorai, sentendomi stupida. Mi ritrovai a giocherellare con il dito dove di solito portavo l'anello.

"Smettila di tormentarti, ragazzina. Beh, se qualcuno ce l'ha con te sarà meglio che tu ti faccia un po' di spina dorsale. Mia madre conosceva Al Capone, sai. Sono cresciuta con intorno alcuni interessanti personaggi di Hollywood che potevano farti avere qualunque cosa. Hai una pistola?"

"Mo-mo..." Iniziò Alex.

"Margot, per favore." Lord Bertie si lasciò scappare un sospiro esausto.

La signora Huxley si fece avanti. "Riporto le ragazze in cucina. C'è altro che desiderate, signori?"

"Della senape inglese sarebbe perfetta." Bertie continuava a fissare la suocera.

Io mi allontanai da loro, la mia pelle che vibrava per l'eccitazione. Sentii nello stomaco lo stimolo di una risatina e ogni volta che ripensavo agli occhi marrone scuro di Margot che si allargavano mentre diceva la parola pistola, la risata rischiava di scapparmi dalle labbra. Dopo aver percorso una parte dei corridoi di servizio, Roisin mi afferrò il braccio e non riuscimmo più a trattenerci. Fortunatamente la Huxley era ancora in sala da pranzo e non lì a rimproverarci.

"Sono sempre così?" Chiesi.

"Oh, sì, assolutamente. Margot una volta mi ha detto che non avrei mai trovato marito perché le mie caviglie erano troppo grosse. Hanno buttato via lo stampo di quella, dammi retta."

Il sollievo delle risate mi fece sentire più leggera. Stare con Roisin aveva quell'effetto. Alla fine, mi rilassai abbastanza da osservare le strane pareti scure del nostro corridoio privato. Un posto percorso da così tanti fantasmi. I servitori senza volto e senza nome dimenticati dalla storia. Avremmo ricordato per sempre una pietra lanciata da Anna Bolena ma chi avrebbe mai pensato alla cameriera che si affrettava al suo fianco?

"Qui deve aver vissuto un sacco di gente," riflettei.

Roisin fece un *mm-hmm* di assenso.

"Devono esserci delle storie. Conosci qualche racconto sulle cameriere che sono state qui prima di noi?" Chiesi.

"Cosa vuoi dire?"

Alzai le spalle. "Non so. Pensavo solo che girassero chiacchiere sulle persone a servizio negli anni passati. Relazioni e sparizioni, questo genere di cose. Come quella su Chloe e Alex."

Roisin sollevò le sopracciglia. "Penso che quella di Chloe e Alex sia la storia più notevole per ora. Ma lei non mi ha detto molto. Stava molto sulle sue. Faceva un po' paura, a dire la verità. Aveva degli sbalzi d'umore."

"Che genere di sbalzi d'umore?"

Roisin scosse la testa. "Un giorno stava bene e quello successivo di umore nero. Non sono mai riuscita a capirla."

Mi ricordai delle difficoltà psicologiche conseguenti a una dipendenza e non ne fui sorpresa. Niente di tutto ciò indicava che Chloe fosse instabile ma semplicemente che aveva qualche problema. Il senso di colpa mi strinse lo stomaco. Non avevo nessun diritto di supporre che Chloe mi avesse mandato il diorama per via della sua relazione con Alex. Dovevo ottenere parecchie risposte alle mie domande prima di cominciare a fare ipotesi. Ma ero troppo stanca anche per pensarci. Decisi di cambiare argomento.

"Highwood è infestata?" Chiesi.

Il sorriso sparì dalle labbra di Roisin. "Io di notte sento delle cose."

Questo mi fece fermare di colpo. La mia espressione doveva esprimere puro terrore perché Roisin ritrattò leggermente.

"È la casa, immagino. È così vecchia e di notte si muove. Qualche volta il rumore sembra altre cose, come passi o voci."

"Voci?"

Lei alzò le spalle.

"Immagino che con tutti questi corridoi e passaggi, le voci vengano trasportate in modi insoliti."

"Beh, ti dico cosa ho sentito, ma non dirlo alla signora Huxley, d'accordo? Il fatto è che sono rimasta sveglia fino a tardi con..." arrossì, "con Pawel, il cuoco. Abbiamo bevuto e poi lui mi ha detto che voleva mostrarmi un dipinto che diceva mi assomigliasse, vicino all'ala nord. Erano circa le due di mattina o qualcosa del genere, così percorremmo la casa molto in silenzio e lui mi mostrò il dipinto."

"Ti assomigliava?"

Roisin alzò gli occhi al cielo. "Era Lady Godiva con le tette di fuori e i capelli dappertutto. Non mi assomigliava per niente ma penso che lui volesse vedere le *mie* tette considerato che le sue mani continuavano a scendermi lungo la schiena. Comunque, gli ho detto di farsi un giro e siamo ritornati verso la cucina. In quel momento ho sentito sbattere una porta e non so... dei sussurri." Si appoggiò al muro. "L'ala nord è vuota. Non è molto ben tenuta e gli Howard non vogliono che ci andiamo perché potrebbe essere pericoloso. Immagino che ci sia una crepa da qualche parte da cui entra il vento. Sembrava proprio una voce." Rabbrividì. "Non mi vergogno ad ammettere che mi ha fatto una paura del diavolo."

Sentii il freddo della parete dietro la schiena, l'immobilità dell'aria.

"E Pawel?"

"Quel bastardo è corso via." Rise e scosse la testa. "Immagino che questo abbia messo fine a qualunque mia illusione di trovare un uomo decente a Highwood." Poi arrossì e si girò dall'altra parte. Mi chiesi se non ci fosse qualcos'altro. "Ho visto che Alex ti guardava, stasera."

Era ora che ritornassimo in cucina. Io cominciai a camminare, ignorando il suo spunto.

"Io starei attenta qui," disse lei. "Anzi, starei attenta a qualunque cosa a Highwood."

"C'è qualcosa che non mi stai dicendo di questo posto?" Eravamo vicine alla cucina ma io rallentai per farla restare in corridoio. "Si tratta di Chloe?"

Roisin si guardò intorno per essere sicura che fossimo sole, anche se era evidente che lo eravamo. Poi si sporse verso di me e sussurrò: "ho cercato di chiamarla una volta, dopo che se ne è andata, e il suo telefono era scollegato. Immagino che forse non aveva pagato la bolletta ma la cosa mi preoccupa. Ho controllato il suo account Instagram e da settimane non posta niente. Era carina. Pubblicava sempre selfie in cui era in questi bei giardini e aveva anche un certo seguito, sai. Perché avrebbe dovuto abbandonare cinquemila follower?"

"Forse se non paga la bolletta del telefono non può nemmeno accedere all'app."

"Potrebbe avere senso," disse Roisin. "Solo che mi piacerebbe poterla contattare. Sono preoccupata per lei."

"Lei e Alex hanno rotto?"

Roisin mi fissò a lungo. "Ma certamente. È ovvio che lui l'ha usata e poi l'ha gettata via. È quello che fanno gli stronzi ricchi a quelle come noi, no? Chloe pensava che fosse amore. Qualche volta lui le comprava dei gioielli e per questo lei pensava che fosse innamorato. Era convinta che sarebbe diventata Lady Howard un giorno. Come poteva essere così stupida?"

Mi chiesi la stessa cosa. Fu il mio primo momento di vera ingenuità.

Capitolo Dodici

Dopo aver divorato lo stufato che Pawel ci aveva preparato, lasciai Roisin a flirtare con il cuoco e andai a letto. Ma avevo un altro motivo per allontanarmi dagli altri. Avevo visto la signora Huxley uscire e volevo vedere dove andava alla sera.

La governante non ci aveva mostrato il suo ufficio o la stanza o qualunque fosse il posto in cui trascorreva il tempo quando non era con noi. Sapevo che anche lei viveva alla residenza, ma non avevo scoperto dove. Oltretutto, se avevamo bisogno di lei sembrava trovarsi per lo più in cucina. Ma siccome ero curiosa, la seguii lungo il corridoio, mi fermai davanti alla mia stanza e restai a guardarla. Proseguì verso una porta alla fine del corridoio e lì prese una chiave dalla tasca ed entrò. Io corrugai la fronte, chiedendomi perché tenesse la stanza sempre chiusa a chiave.

Nell'ufficio della signora Huxley dovevano esserci dei registri, ne ero sicura. Forse la prova del fatto che mia madre aveva lavorato lì. Ma non avevo intenzione di scoprirlo quella sera: ero stanca per la lunga e strana giornata trascorsa. Aprii la mia porta ed entrai, contenta che ci fosse silenzio e soprattutto un giaciglio morbido. Scalciai le scarpe per toglierle e mi buttai sul letto.

Avevo deciso di non raccontare a nessuno cosa mi legava a quella casa. In parte perché non volevo che la signora Huxley cominciasse a guardarmi con sospetto, intuendo che avessi qualche secondo fine. No, volevo riuscire a svolgere i miei compiti e contemporaneamente scoprire qualche segreto. Il che implicava stare attenta e farmi furba. Il mio piano non era affatto un piano; consisteva nell'affrontare la situazione e vedere dove questo lavoro mi avrebbe portata. Tuttavia, l'arrivo del diorama mi aveva fatto uno sgambetto inaspettato e ora avevo due cose di cui preoccuparmi.

Non riuscii facilmente a rilassarmi quella sera, ma mi tolsi l'uniforme, controllai le lettere che avevo nascosto nel cassetto della biancheria e mi infilai tra le coperte. Ero così stanca da non avere nemmeno la forza di lavarmi la faccia. Pensieri spiacevoli si insinuavano nella mia mente senza che potessi fermarli e uno in particolare mi tormentava. Mi ricordavo alcune righe di una delle lettere nel mio cassetto. Le avevo imparate a memoria. *Penso che ci sia qualcosa che non va a Highwood Hall.* Queste parole continuavano a girarmi in testa. Alla fine, nonostante tutto, caddi in un sonno profondo e senza sogni.

Il secondo giorno fu relativamente facile, in confronto al primo. La signora Huxley mi aveva dato un programma scritto e una mappa insieme alla chiave dei vari ripostigli dei prodotti per le pulizie nascosti per la casa. Trascorsi la maggior parte del tempo con Roisin: questo mi aiutò a tenere a bada l'ansia ma mi rese difficile l'esplorazione di Highwood.

Non avevo saputo niente da Lord Bertie sullo strano pacchetto che mi era arrivato per posta. Trascorsi la maggior parte del tempo a strofinare cose e lavare vestiti. Era giovedì e Lord Bertie era rimasto in ufficio la maggior parte della giornata. Sentivo spesso musica di pianoforte classico provenire dallo stereo e la sua voce al telefono.

Il calore della giornata di maggio inoltrato mi faceva incollare l'uniforme alla schiena mentre percorrevo il corridoio. Alle undici di mattina mi diressi in soggiorno per spolverare le decorazioni e Roisin era nelle stanze al piano superiore a passare l'aspirapolvere. Vidi Margot attraversare l'ingresso, i capelli raccolti in uno dei suoi turbanti, con addosso solo un costume da bagno e scarpe col tacco. Le pendeva una sigaretta dalle labbra rosse, la pelle della tonalità e della consistenza del cuoio. Non mi aveva notata mentre passavo veloce, stringendo lo spolverino nel pugno. Camminava stranamente bene sui tacchi alti, come una modella in passerella, ma con quell'atteggiamento di superiorità con le spalle all'indietro tipico di metà secolo. Supposi, o forse sperai, che si stesse dirigendo in piscina.

Quando arrivai nell'appartamento in cui vivevano gli Howard, mi aspettavo che fosse vuoto, ma invece ci trovai Lottie, che mi accolse sorridendo.

"Buon giorno," disse allegramente.

"'Giorno," risposi, chiedendomi se avrei dovuto darle un titolo, come Miss o Lady. "Vuole che torni più tardi?"

Mosse la mano in aria con un gesto rilassato. "No, ignorami semplicemente."

Le gambe lunghe e snelle pendevano dal bracciolo di un divano decorato a fiori. Gli occhi nocciola mezzi chiusi mi guardavano mentre lavoravo, un piede che saltava su e giù come a ritmo di musica. In grembo aveva un libro aperto con le pagine verso il basso.

"Dio, che noia." Sospirò teatralmente. "Questo libro è davvero tremendo. L'hai letto?"

Sollevò la copertina e io mi allungai per leggere il titolo. Non l'avevo mai visto prima ma sembrava un vecchio giallo per famiglie, qualcosa sul genere di Agatha Christie. Scossi la testa e lei lasciò ricadere il libro.

"Allora, di dove sei?" Chiese. "Mi piace conoscere le cameriere. Voi siete sempre molto più interessanti dei libri."

"Sono cresciuta poco fuori York." Non mi dispiaceva che facesse domande, ma ero piuttosto preoccupata che mi facesse perdere la concentrazione mentre spolveravo le antichità di valore inestimabile disseminate per la residenza.

"In una casa popolare?"

"No, ma comunque non era una delle zone più eleganti."

Fece un cenno serio di assenso e tirò la catenina d'oro che aveva al collo. "Com'è essere una tossica?" La collana le scivolò tra le labbra e vidi la sua lingua uscire ed entrare giocherellando con il metallo. "Scusa, parlo sempre troppo. Era una domanda davvero maleducata."

Prima di rispondere, riposi attentamente un cavallo di porcellana sul suo piedistallo. La parola che aveva usato mi aveva colta di sorpresa e non avevo avuto modo di reagire. Risentimento, rabbia e fastidio mi ribollivano dentro, ma li ricacciai giù. "Molto più noioso di quanto si potrebbe pensare. La maggior parte del tempo sei in astinenza e passi la vita come camminando nel sonno. Non vivi. Esisti. C'è un momento di euforia ma non dura. Poi resta solo... torpore e la sensazione di volere di nuovo il momento di euforia." Scacciai un pensiero, un sentimento rimasto dal passato... non volevo approfondire quell'epoca. E di certo non volevo guardare lei, con il suo sorriso di comprensione, forse sincero, e la testa piegata di lato. Strinsi i denti e cercai di non pensare a pastiglie e polvere e alla stanza sporca che diventava confusa mentre il mondo scivolava via.

"Non parli come... qualcuno con il tuo passato."

Con quello, immaginai che intendesse che non avevo un accento marcato. La mia pazienza cominciava a esaurirsi. Gli Howard tendevano a guardarmi come se fossi un esemplare raro. Mi chiesi se Lottie si comportasse così con ogni ragazza che proveniva dal programma Providence.

"Mi ha cresciuta mia zia. Era una all'antica. Pensava che nella vita avrei avuto più possibilità se avessi parlato correttamente, così mi dava lezioni di pronuncia corretta. Mi metteva a disposizione anche tanti libri da leggere." Sentivo crescere la rabbia, il principio di un meccanismo di difesa, la stanchezza di essere sempre giudicata solo per il posto in cui ero nata.

Lottie fece dondolare le gambe sollevandole dal bracciolo del divano e gettò il libro su uno dei tavoli di mogano. I capelli spettinati le scivolarono sulle spalle. Si sporse in avanti, guardandomi, le mani aggrappate al cuscino del divano. Mi chiesi cosa facesse ogni giorno. Aveva circa la mia età, forse un paio di anni meno, eppure non sembrava che studiasse o avesse un lavoro. Che genere di esistenza era? Poi guardai il mio spolverino e chiedendomi lo stesso di me.

"Non sono spaventose queste statuine?" Si avvicinò a una delle teche di vetro e prese una testa di scimmia di porcellana con grandi occhi neri e i denti in mostra. "È di Meissen, del diciassettesimo secolo. Orrendo." Prese un grande piatto decorato con viti, cherubini e frutta. "Questo è italiano. Molto costoso. Sono cose stupide. Che senso hanno?"

Il cuore mi batteva forte mentre riponeva la porcellana. Mi era stato detto di non toccare nessuna delle antichità dentro le vetrine.

Se Lottie avesse rotto una statuina sarei stata incolpata? Avrebbero dato per scontato che ero stata io? Lottie avrebbe ammesso il suo comportamento o mi avrebbe gettata nella fossa dei leoni?

"Ci sono tante cose in questa casa che sono assolutamente inutili. Continuo a dire a papà che potrebbe almeno darle a un museo o una galleria ma non mi ascolta mai. È una vergogna, non pensi? Che noi abbiamo tutte queste cose." La porta di vetro fece tremare la teca quando Lottie la chiuse.

Facevo un po' fatica a capire cosa stesse cercando di dirmi. Forse voleva mostrare di essere dalla mia parte, poiché considerava ingiusta la ricchezza della sua famiglia, o forse voleva ricordarmi quale fosse il mio posto nel mondo. In ogni caso, non riuscivo a immaginare come rispondere alla sua domanda senza dovermi schierare. Magari mi stava mettendo alla prova.

"Mi chiedo perché ti abbiano mandato quella scatola," disse all'improvviso.

"Non so," risposi, desiderando solo andarmene. "Non ha alcun senso."

"No," disse, trascinando la parola. "Immagino di no. Se penso a qualcuno in questa casa che potrebbe venire minacciato immagino che sarebbe papà."

"Oh, come mai?" Cercai di nascondere l'interesse nella mia voce.

"Beh, ovviamente perché è ricco. Siamo odiati per questo, sai. Cioè, non critico certe persone... la vita è ingiusta a volte. Ma comunque, siamo odiati per una parte di noi che non possiamo cambiare." Sospirò.

"Mi dispiace."

Fece ondeggiare la mano come se non fosse un problema. Subito dopo, mormorai una scusa e uscii.

Forse l'arrivo del diorama mi aveva resa paranoica, ma quella discussione giocosa fece sì che mi chiedessi se fosse stata Lottie a inviare la scatola. Dopo tutto, l'aveva portata lei in cucina.

Capitolo Tredici

Dopo pranzo, Roisin si mise al lavoro nei bagni. Ce n'erano sette in totale, ma normalmente ne pulivamo tre: il bagno di servizio al piano terra, quello interno alla stanza di Lord Bertie e quello nella stanza di Margot. Gli altri venivano lavati dagli addetti del fine settimana. Io dovetti andare nell'ufficio di Alex, che aveva richiesto la mia presenza perché lo aiutassi ad archiviare alcuni documenti. La signora Huxley me l'aveva comunicato a denti stretti e quando le avevo chiesto dove si trovasse l'ufficio, mi aveva risposto di guardare la mappa.

Scoprii che Alex lavorava nella stalla ristrutturata, all'esterno del corpo principale della casa. Ripiegai la mappa e la misi nella tasca dei pantaloni, poi mi diressi verso la porta di servizio. Prima di raggiungere l'ingresso, mi apparve Alex da dietro un angolo, con un sorriso ambiguo che gli allungava le labbra piene. Abbassò il mento e sollevò le sopracciglia come se avesse messo in atto qualche sorta di piano astuto.

"Non andiamo nel mio ufficio," disse. "Volevo allontanarti dalla Huxley per un'ora." Si appoggiò al muro, gli occhi azzurri trasformati in pozze di carbone nell'ombra dell'oscuro corridoio di servizio.

"Ah. Quindi...?"

Mi fece cenno di seguirlo e insieme superammo la cucina spostandoci verso la parte principale della casa. "Volevo farti fare un giro. Il punto è che conosco piuttosto bene la nostra governante... Ero molto piccolo quando è venuta da noi e so che non ha l'abitudine di mostrare tutta la residenza. Per questo, mi sono preso io l'impegno di far fare a ogni nuovo elemento del personale un'escursione, con la guida di chi qui dentro ci è cresciuto. Andiamo."

Saltò sulla scala principale e io gli corsi dietro facendo un po' di fatica a mostrare la stessa energia. Lo raggiunsi a metà della rampa, dove si era fermato per indicare un dipinto ad olio. "Senti, non sono un granché in storia. Papà mi mangerebbe a colazione se sapesse che non mi ricordo quale duca sia rappresentato o quale antenato è morto di sifilide, ma posso dirti i soprannomi che abbiamo inventato Lottie e io quando eravamo più piccoli. Questo è Oleg il vampiro. Lottie decise che fosse un vampiro amichevole ma io le dissi che mangiava i bambini. Guarda i denti. Sono quelli di un assassino, se mai ne hai visto uno."

L'austero e dentuto uomo ci guardò di traverso dal muro. "Immagino che solo un omicida lancerebbe occhiatacce mostrando i denti in un quadro."

Alex sbatté le ciglia. "Oh, certamente. E questa giovane donna ben piantata", fece un gesto verso una signora più anziana e corpulenta con una parrucca incipriata, "è definitivamente Caterina la contessa dei gatti. Questo di certo l'ha inventato Lottie. Non è tanto spaventoso. A meno che non avesse un numero spaventoso di gatti."

"Quanti gatti dovrebbe avere per poter affermare che sia un numero spaventoso?" Chiesi.

"Ah, almeno un centinaio."

"Un centinaio di gatti sarebbe inquietante," concordai, conscia del sorriso ironico che mi si formava sulle labbra e di quello che piegava gli angoli della sua bocca. "Più di un migliaio di artigli e tanti, tanti denti."

"Proprio così," replicò lui. Si piegò avvicinandosi a me e avrei giurato di percepire una scossa di elettricità statica tra il suo blazer e la pelle nuda del mio collo. Un'atmosfera tesa riempiva lo spazio tra noi e io trattenni il respiro. "Da questa parte." Salì le scale a due a due fino al pianerottolo.

Poi girammo a destra e facemmo alcuni passi lungo il corridoio.

Alex picchiettò le nocche su un pannello. "Da qui puoi spiare la signora Huxley." Premette contro il legno e un meccanismo fece scattare uno sportello nascosto che si aprì all'indietro, verso di noi. Io feci un salto dalla sorpresa. L'apertura era piccola, circa la metà di una porta normale. Per entrare bisognava piegarsi fino a mettersi quasi in ginocchio. Alex mi fece segno di andare per prima.

"Vuoi che vada lì dentro?" Mostrai la mia migliore espressione sbalordita, un po' scherzosa e un po' sincera. Non avevo mai pensato di essere claustrofobica ma esitai davanti a quello stretto passaggio.

"Hai paura?"

"No."

Si avvicinò di nuovo. "Sei sicura?"

"Sono sicura."

"Mi stai mentendo," disse, sollevando un dito e tracciando la forma dei miei occhi in aria. "Posso vederla, la paura. I tuoi occhi hanno appena cambiato colore, da marrone a marrone scuro. Penso che sia perché sei spaventata. Ma anche molto... graziosa."

Il mio istinto mi diceva di allontanarmi da lui, ma non lo feci e rimanemmo lì, a fissarci, respirando a fondo, apparentemente persi.

"Non ho paura," dissi, dimostrandolo infilandomi nel buco.

Lui si strizzò al mio fianco. Il calore del suo respiro mi solleticava il collo. Salvia e bergamotto, il profumo del suo costoso dopobarba, saturava l'aria tra noi. Tutto intorno, il profumo del legno e della vernice, come se fossimo stati trasportati in un'altra epoca. Lui mi oltrepassò, il suo sguardo penetrante, e delicatamente fece scorrere di lato la copertura di uno spioncino. Si era mosso lentamente, come se volesse prolungare il momento, come se volesse restare lì con me, vicino a me, per più tempo di quanto fosse necessario o appropriato.

"Guardando nel buco, vedi attraverso il grande ritratto appeso sulle scale. Quello del duca con la parrucca."

Mi sporsi e spinsi il volto più vicino, affascinata dal pensiero di guardare le persone senza che lo sapessero.

"L'essenza del voyeurismo è che non sai quanto ti faccia sentire potente finché non provi," disse Alex.

Le sue parole mi colsero di sorpresa. Erano profonde, private.

Una confessione. Di nuovo, non ero sicura di come sentirmi. Mi girai verso di lui nello spazio stretto e i nostri nasi quasi si toccarono. Lui non sorrideva più. Invece, respirava più forte, le labbra schiuse, uno spazio minimo tra loro.

"Guardi spesso le persone?" Chiesi. Era una domanda sfacciata. Tutto quanto superava una linea. Alex era il mio capo, almeno parte della famiglia del capo e io non avrei affatto dovuto essere in quel ripostiglio insieme a lui. Attesi la risposta, senza muovermi, senza osare farlo.

"Qualche volta." I suoi occhi azzurri erano di nuovo scuri, una scura pozza d'acqua, tenebrosi e opachi. Il tempo sembrava interminabile mentre sostenevamo lo sguardo. Io non respirai per diversi secondi.

Una porta sbatté e l'incanto si spezzò. Alex guardò alle nostre spalle, poi tornò nel corridoio. Fu abbastanza gentiluomo da allungarsi per aiutarmi a uscire.

"Mi dispiace, ma ho davvero un po' da lavorare, ora. Ti dispiace se ti mostro il resto della residenza un'altra volta?"

"Certo che no," dissi, sconcertata dal suo improvviso cambio di umore.

"Ci vediamo domani, comunque" disse. "Nella stanza della musica."

"Giusto," risposi. "Ci vediamo domani."

Mentre si allontanava, notai che si muoveva in modo piuttosto strano. La schiena e il passo erano rigidi e la testa abbassata. Stava tenendo qualcosa per sé, pensai, qualcosa che stava per uscire quando eravamo stretti insieme in quel piccolo spazio. Ma ora l'aveva repressa, nascosta e messa via. Se avevo ragione, e se le cose stavano davvero così, allora ero un'esperta riguardo il nascondere un desiderio e ignorarlo. Facevo la stessa cosa ogni giorno. In quel corridoio silenzioso, lo guardai scendere le scale, aprire la porta principale e uscire. Notai che mi tremavano le mani.

Capitolo Quattordici

Aspettai Alex davanti alla stanza della musica alle sette in punto, come aveva chiesto. Indossava una camicia azzurra con le maniche arrotolate fino ai gomiti. Mentre si avvicinava, mi sentivo piccola come una bambina, sprofondata nelle scarpe comode che facevano parte della mia uniforme da cameriera, e alzai lo sguardo verso il suo sorriso accogliente. Mi salutò con il fiato un po' corto e aprì la porta con la chiave. Avevo notato una cosa degli Howard e in generale delle persone ricche: la sicurezza. La disinvoltura. Il modo in cui si muovevano, parlavano ed esistevano era diverso. Sembrava che nulla potesse toccarli, erano invincibili e il mondo era fatto per loro.

"Pensavo di suonare per circa un'ora, se va bene," disse, aprendo la porta in modo che potessimo entrare entrambi. "In questo modo dovrei riuscire a eseguire tutto il brano. Tu suoni qualche strumento?"

Scossi la testa mentre entravamo nell'ennesima grande stanza nascosta tra i meandri di Highwood Hall. Era evidente che questa era rimasta praticamente intatta dai tempi della costruzione dell'edificio, con un affresco sbiadito a fiori rosa salmone che percorreva il soffitto. Qualcuno aveva aggiunto sulle pareti una carta da parati a righe che un po' stonava con le rose intrecciate dipinte sopra le nostre teste. In mezzo alla stanza c'era un pianoforte a coda, completamente diverso dal piano verticale scheggiato utilizzato dalla mia maestra delle elementari per insegnarci le filastrocche. Il legno di noce curvo dello strumento brillava sotto al lampadario, lucido come uno specchio. Sentii un colpo alle mie spalle e girandomi vidi la porta chiusa.

"Imparerai subito," disse. "Non preoccuparti. Ti spiego io come fare. Vuoi qualcosa da bere?"

Io esitai. Era un test? Se avessi chiesto qualcosa di alcolico mi avrebbe licenziata perché bevevo. Se non avessi chiesto niente, sarei stata scortese. "No, grazie."

Lui si diresse a una credenza e ne prese una bottiglia di scotch e un bicchiere di cristallo. "Io trovo che mi aiuti a sciogliermi. Ma non dirlo a papà." Sogghignò di nuovo.

"Non lo farò, tranquillo," dissi, notando che per l'ansia mi tremava la voce.

Ci dirigemmo insieme verso il piano e io restai in piedi alle sue spalle mentre lui preparava gli spartiti, indugiando come qualcuno che non sa bene cosa fare. Alla fine, i fogli erano in ordine e lui sollevò il coperchio, rivelando i tasti d'avorio. Poi si sedette sul seggiolino e mi fece cenno di sedermi vicino a lui.

"Magari è un po' stretto," mi avvisò, "ma è il posto migliore per vedere lo spartito."

Aveva ragione per entrambe le cose. I nostri fianchi si sfiorarono quando presi posto accanto a lui. Ripensai al modo in cui ci eravamo stretti vicino nel ripostiglio sulle scale. L'aroma di bergamotto mi avvolse, inebriandomi, unito al whisky che lo arricchiva di una punta leggermente aspra.

Sembrava sbagliato, ma anche giusto, essere così vicino a lui, a quell'uomo, l'erede. Non riuscivo a parlare, tanto ero nervosa. Incrociai una gamba sull'altra, poi la posai di nuovo a terra. Misi le mani in grembo, poi sul seggiolino e poi le strinsi insieme, premendo la carne tra il pollice e l'indice. Mi chiesi se mi sentisse addosso l'odore di candeggina. Appoggiò lo scotch sul piano e io mi preoccupai per la condensa, che poteva lasciare il segno su uno strumento così bello. Le mie dita si agitarono, desiderose di spostare il bicchiere o di andare a prendere qualcosa da metterci sotto.

"Farò un cenno con la testa quando devi girare la pagina. Sarà facile." Allungò le dita sui tasti, esitante. "Prima mi devo scaldare.

Suonerò alcuni pezzi semplici e poi ci dedicheremo alla sonata. C'è una parte complicata che non ho ancora imparato bene." Sorrise. Era nervoso anche lui? Era improbabile, ma mi sembrava leggermente sconclusionato.

Ci fu un lungo silenzio tra il momento in cui finì di parlare e quello in cui appoggiò le mani sui tasti. Io trattenevo il respiro, in attesa, anticipando quello che sarebbe successo. E poi cominciò a suonare.

Non riuscivo a distogliere lo sguardo dalle sue dita. Il suo tocco era delicato e la musica sorgeva dal pianoforte, diffondendosi fino a risuonare in tutta la stanza. Era una melodia che andava da momenti di incredibile tranquillità ad accordi potenti e rimbombanti, travolgendomi a ogni battuta. Avrei potuto trovarmi in mezzo all'oceano, trascinata dalla marea, il petto raddoppiato in dimensioni con la musica che mi riempiva i polmoni. Si fermò all'improvviso e io mi ricomposi; non volevo lasciar trasparire i miei sentimenti.

"Questa non era la sonata?" Chiesi.

"No," disse lui. "Un valzer di Chopin, per cominciare."

"Wow. Era bellissimo. E... veloce."

Lui rise. "Non hai ascoltato molta musica classica, vero?"

Le mie guance si scaldarono di imbarazzo. "Sono incolta."

"No," disse. "Solo non sei abituata ad ascoltarla, tutto qui."

"Taylor Swift è più il mio genere," ammisi.

Lui rise e poi suonò alcune battute di *Love Story* sorridendo.

"Davvero?" Dissi, con la tensione che finalmente svaniva.

"Va bene, ora inizio sul serio." Allungò le braccia, studiando la pagina davanti a lui. E poi ricominciò a suonare.

Il pezzo aveva una tonalità malinconica. Era anche più complesso. Si allungò oltre me per suonare le note alte prima di ritornare agilmente verso le note più basse. Io incespicai al primo cenno e lui dovette rallentare la musica, ma trovò il tempo di lanciarmi un sorriso per farmi capire che andava tutto bene. E così proseguimmo. Suonò per più di un'ora, ma io non me ne accorsi nemmeno.

Ero scivolata in un altro mondo. Un mondo senza diorami nascosti all'interno di una scatola bianca con un nastro rosso. Un mondo in cui non ero stata abbandonata da una giovane madre due decenni prima. Mi dimenticai di lei, della sua storia con Highwood. La stanza della musica per me era diventata un altro mondo. Lì eravamo lui e io, senza nessun altro. Guardavo Alex suonare e mi convincevo che lui sarebbe sempre stato così: talentuoso, divertente e qualcuno che veramente mi *vedeva*.

Quando tornai nella mia camera e mi misi sul letto, Roisin sussurrò: "Com'è stato?"

"Proprio quello che speravo," risposi.

Ridemmo della mia risposta sdolcinata e parlammo di ex-fidanzati fino a tardi. Lei aveva un ex a casa, a Sligo, che ci provava con sua madre. Io avevo passato un anno, sballandomi con la roba, con un tizio che mi aveva mollata quando si era ripulito ed era andato all'università. Io ero il suo passato, mi aveva detto. L'oscuro passato. La magia della stanza della musica scivolava via. La realtà colpiva duramente. Qualunque cosa Alex mi avesse fatto provare là dentro, non la meritavo.

Capitolo Quindici

La mattina successiva, il trambusto dell'ora di colazione echeggiava lungo il corridoio. Una Huxley stranamente esausta mi gettò un grembiule comunicando che Pawel era ammalato. Un incrocio di corpi e membra si dava da fare per strapazzare le uova e friggere il bacon. Le porte dei forni si aprivano e chiudevano. L'olio bollente sibilava. Uno degli assistenti cuochi gridò che Margot avrebbe buttato le uova dalla finestra se la cottura non fosse stata perfetta.

Cercando di rendermi utile, passavo gli attrezzi. Ancora intontita dall'aver fatto tardi la sera prima, mi lasciai sfuggire di mano una pesante padella. Qualcuno urlò alle mie spalle e girandomi vidi un uomo saltellare su una gamba sola, stringendosi il piede.

"Oh, mi dispiace! Non ti ho visto."

"Maledizione, di cos'è fatta quella padella? Cemento?"

"Scusa!"

"Vedi di toglierti dai piedi," scattò la signora Huxley, cercando di controllarsi mentre afferrava una ciotola di pomodori tagliati.

Aiutai l'uomo a zoppicare fino al tavolo per riposare il piede. Aveva l'accento di Londra, leggermente cockney ma più dolce e una voce profonda e vellutata. Quando si sedette e alzò lo sguardo verso di me, incontrai due occhi marrone scuro. Erano circondati da spesse ciglia e anche le sopracciglia erano grosse. "Penso che questo mi insegnerà a stare lontano dalla cucina. Ho portato del radicchio dall'orto."

In quel momento mi resi conto che era Ade, il giardiniere. Chissà perché mi aspettavo fosse più vecchio. Ade non aveva più di trent'anni, la pelle marrone bruciato, portava i capelli in treccine strette, aderenti alla testa. Mentre si toglieva uno stivale di gomma, mi allontanai per lasciargli spazio. Anche da seduto, notai quanto era alto, e largo, probabilmente grazie al giardinaggio.

"Mi dispiace per la padella. Mi è scivolata di mano mentre ero distratta. Va tutto bene? Niente di rotto, vero?" Intrecciai le dita e strinsi le mani, sentendomi sprofondare per il senso di colpa. Ade aveva bisogno delle gambe per lavorare. Se qualcuno mi avesse rotto il polso o storto la caviglia avrei perso del guadagno. Mi sentivo male.

"Solo un livido," disse. "Fa un male cane ma sopravviverò." Si rimise la calza e infilò di nuovo il piede nello stivale. "Sarà meglio che torni in giardino prima che tu mi lanci un coltello, nuova cameriera." Sorrise, ma vidi l'acciaio nei grandi occhi marrone.

"Almeno non mi è sfuggita la mannaia," risposi. "Anche se forse avresti avuto più spazio negli stivali."

Allungò una mano e si presentò. "Forse la prossima volta possiamo evitare la violenza fisica. Il radicchio comunque è eccellente. Assicurati che aggiungano una glassa balsamica e lo servano con il pesce stasera."

"Lo farò."

Ade si alzò di fronte a me, pronto per andare, quando i suoi occhi si spalancarono e le labbra si strinsero con affettazione esagerata come per avvisarmi di qualcosa. Poi sentii schiarirsi una voce alle mie spalle.

"Avete finito di flirtare?"

Diventai paonazza. Mi girai di colpo. "Io..."

L'atteggiamento della signora Huxley non mostrava alcuna predisposizione all'umorismo. Il suo volto rimase serio come la direttrice di scuola in un racconto di Dickens. Nella mia mente mi immaginai anche la bacchetta che scendeva minacciosa sul palmo della sua mano mentre mi guardava storto. Lei, Miss Trunchbull, io Matilda.

"Allora, è il momento di servire la colazione." Mi scaraventò in mano un vassoio d'argento e si allontanò rapidamente.

Quando tornai a girarmi, Ade non c'era più. Forse aveva voluto evitarmi l'imbarazzo di una sgridata in pubblico.

Eravamo leggermente in ritardo e Margot fece scendere gli occhiali sul naso quando entrammo dalla porta di servizio per apparecchiare la colazione. Lord Bertie sorseggiava un tè, il giornale aperto vicino alla tazza. Lottie guardava il telefono e vicino a lei sedeva Alex, anche lui con lo sguardo sul cellulare. Non alzò lo sguardo per incrociare il mio quando entrai nella stanza. Non fece niente. Nonostante il cibo caldo che stavo trasportando, la mia pelle fu percorsa da un brivido. In silenzio, appoggiai il vassoio al centro del tavolo e cominciai a togliere i piatti. Fecero rumore perché mi tremavano le mani.

"Mi dispiace molto per il ritardo, signore." La voce della Huxley era schifosamente dolce. Il suo lato servile prendeva il sopravvento anche per solo pochi minuti di ritardo. Mi faceva perdere l'appetito per le uova strapazzate. "Pawel non si è presentato in servizio stamattina. Sembra un problema di stomaco."

Lottie ridacchiò. "Beh, almeno non sta preparando il nostro cibo."

"Non c'è da preoccuparsi," disse Bertie. "Sono cose che capitano."

Mentre mi allontanavo dal tavolo, non potei fare a meno di guardare Alex. Lui, invece, non aveva nemmeno fatto un cenno nella mia direzione. Cominciò a imburrare il toast, evitandomi del tutto. Mi spostai verso Roisin, vicino ai piatti caldi distribuiti lungo la parete lontana. Lei mi sorrise con comprensione e io mi resi conto che anche lei aveva notato. Non le avevo raccontato che Alex mi aveva condotta a guardare dallo spioncino sulle scale, ma lei era abbastanza intuitiva da aver capito che tra noi stava succedendo qualcosa.

Restammo lì in piedi in attesa che la signora Huxley finisse e ci lasciasse libere. A quel punto avremmo dovuto occuparci delle lenzuola. Quando suonò il campanello e la Huxley si affrettò fuori dalla stanza, mi chiesi se avremmo potuto scusarci e andarcene. Sarebbe stato il momento adatto per provare la porta dell'ufficio della governante, anche se sospettavo che la tenesse costantemente chiusa.

"Caffè." Margot sollevò un braccio, facendo schioccare le dita.

Roisin corse verso la caffettiera. Io indietreggiai avvicinandomi alla porta nascosta, lasciando cadere un indizio non troppo vago.

"Questo è a malapena caldo, ragazza," si lamentò Margot.

"M-mi d-dispiace..."

"Non essere sciocca, vai a scaldarlo."

Ora finalmente lo sguardo di Alex incrociò il mio. Mi aspettavo di cogliere divertimento, ma invece i suoi occhi erano freddi e penetranti. Li distolse rapidamente. Notai che la sua gamba si agitava sotto il tavolo. Era arrabbiato? Lo conoscevo da neanche una settimana e già avevo la sensazione che avesse una doppia personalità. Alex, che era ansioso di farmi fare un giro di Highwood, che mi aveva raccontato dei nomi ridicoli che aveva dato ai ritratti da bambino, e poi Alex, accucciato vicino a me nel ripostiglio, che rivelava pensieri intimi, con espressione intenta.

"Signorina Howard, ha ricevuto un pacchetto." La signora Huxley era scivolata di nuovo nella stanza, portando una scatola di cartone della dimensione di una confezione di biscotti con legato sopra un vivace nastro rosso.

Un formicolio mi percorse la testa e aspirai forte mentre le pareti della stanza sembravano chiudersi intorno a me. Il mio diorama era arrivato in una scatola praticamente identica. Lottie evidentemente se ne era dimenticata perché batté le mani e fece un gridolino eccitato. L'espressione della signora Huxley rimase grave mentre appoggiava la scatola sul tavolo e il mio cuore picchiava contro le costole. Volevo distogliere lo sguardo o scappare. I miei occhi scattarono verso Alex, che fissava la scatola, talmente accigliato che sul mento erano apparse piccole rughe di tensione. Tutti nella stanza rimasero fermi e in silenzio, a parte Margot, che sorseggiava rumorosamente il caffè bollente. Io istintivamente mi avvicinai, chiedendomi che sorta di minaccia stesse per ricevere la povera Lottie.

Quando la ragazza sciolse il nastro, la parte davanti della scatola cadde, proprio come aveva fatto quella che avevo ricevuto io. Io cominciai lentamente a fare il giro del tavolo, sperando che nessuno mi notasse, per cercare una visuale migliore. Avevo bisogno di vedere personalmente la scena.

"Beh, c'è un biglietto?" Chiese Margot, senza notare la tensione nella stanza o ignorandola completamente.

"No, Mo-mo," disse Lottie.

Si poteva notare che era rimasta colpita dal regalo, ma non in modo positivo. Sembrava spaventata. Ogni traccia dell'atteggiamento da bambina che le piaceva assumere era sparito e, per una volta, sembrava più vecchia di quanto fosse. Le sopracciglia si erano avvicinate, creando una fossetta di pelle nel mezzo. Si mordeva il labbro inferiore; gli occhi fissi sulla scatola. Io continuai il mio movimento intorno al tavolo finché mi trovai alle sue spalle, pericolosamente vicino ad Alex, anche lui con gli occhi fissi sul pacco appena arrivato, senza parlare.

Un altro diorama. Questa volta senza sangue e senza bambola rotta alla base delle scale. L'immagine rappresentava una bambina seduta a gambe incrociate in mezzo a una larga stanza. Riconobbi subito la biblioteca. Ogni dettaglio era stato ricreato con cura, dalle scale appoggiate agli scaffali al fuoco brillante dipinto sul fondo della scatola. La piccola aveva il volto appoggiato alle mani, come se fosse concentrata, e leggeva un libro che aveva in grembo. Era una scena carina, per niente tetra come quella che avevo ricevuto io.

Il tappeto sotto la bambolina era coperto da piccole pagine strappate e gettate intorno come coriandoli... non stava affatto leggendo il libro, lo stava distruggendo. Guardai il profilo di Lottie e vidi un'ombra di dolore sui suoi lineamenti.

"Ora la cosa si sta facendo ridicola." Lord Bertie aveva sollevato il coperchio della scatola per nascondere la scena. La raccolse, stringendosela al petto. "Se la polizia non fa niente nemmeno questa volta, scoprirò io cosa sta succedendo."

Capitolo Sedici

Durante la mia prima settimana a Highwood Hall erano comparsi due diorami. Ma io non ero l'unico obiettivo. Chiunque avesse mandato queste strane e creative minacce aveva deciso di spaventare anche Lottie. Ma perché? Non riuscivo a immaginarlo.

Tornate in cucina, mentre mangiavamo le paste e i toast avanzati dalla colazione degli Howard, mantenevamo un silenzio forzato, a causa della presenza della Huxley. Coglievo la tensione sul volto di Roisin, gli sguardi furtivi tra il personale di cucina e l'espressione della governante che, senza sorridere, ci sfidava a spettegolare. Era uno dei difetti della signora Huxley: non riusciva a leggere le persone. Non capiva le nostre necessità. Avevamo bisogno di scaricare la tensione, ma il suo atteggiamento da schiavista e le labbra serrate ce lo impedivano.

"Lei sa perché Lottie ha ricevuto quella rappresentazione?" Chiesi alla governante, rompendo il silenzio.

Non mi ero resa conto di quanto fosse persa nei suoi pensieri. Fece un sobbalzo guardandomi e sembrò ritornare alla realtà. "Perché dovrei saperlo?"

"Alex... il signor Howard mi ha detto che lei ha iniziato a lavorare qui quando lui era piccolo, quindi doveva essere già qui quando è nata Lottie." Alzai le spalle, ignorando gli occhi spalancati di

Roisin. "Ho solo pensato che magari sapesse a quale evento si riferiva."

"No," mormorò la Huxley. "Ero sicuramente troppo impegnata con il lavoro."

"Chi l'ha consegnato? Era in un'altra scatola? È stato il postino?"

"Era sulla soglia della porta principale," disse la Huxley. "Nessun'altra scatola." Si alzò facendo stridere la sedia nello spostarla indietro e lasciò la stanza senza dire altro.

Roisin mi zittì quando mi vide aprire la bocca per parlare. Invece, ascoltammo la signora Huxley che saliva le scale.

"È salita nell'ufficio," disse.

"L'ufficio di Lord Bertie?"

Annuì. "Pensi che sia per parlare della... cosa?"

"Il diorama?"

"Si chiama così?"

"Penso di sì."

Roisin mise a posto un cucchiaio. "Mi chiedo a chi toccherà ora. Forse a me. Forse mi manderanno una bambola dal volto pallido morta sul tavolo di cucina o appesa a una trave del tetto."

Feci un gesto impaziente. "No."

"Scusa." Accennò timidamente un sorriso colpevole. "Bene, immagino che ci sia da pulire l'argenteria."

La aiutai a lavare i piatti della colazione e a prendere i tre grandi carrelli di argenteria che dovevamo lucidare. Raccolsi le gambe sotto di me sulla sedia e presi una forchetta.

"L'hai visto?" Chiesi.

Lei scosse la testa. "Non bene, non ci sono riuscita."

"Non era spaventoso come quello mandato a me. Per lo meno non c'era una scena con sangue o simili. Rappresenta una ragazzina seduta sul pavimento della biblioteca con pagine di un libro sparpagliate intorno a lei. Sai cosa significa?"

Roisin fece un profondo sospiro e mise giù lo straccio. "Non so. Forse era Lottie da bambina. Deve essere qualcosa di personale per lei; altrimenti non sarebbe impallidita in quel modo."

Ripensai all'espressione attonita di Lottie, la diffidenza nello sguardo. Sì, si era spaventata. E questo forse significava che il diorama era più minaccioso di quanto sembrasse. Qual era la storia che c'era dietro?

"Chiunque ha inviato i diorami deve aver avuto a che fare con gli Howard da tempo, giusto?"

Roisin alzò le spalle. "A meno che non abbiano sentito raccontare delle storie da qualcuno. Lottie potrebbe aver rivelato un suo segreto."

"Dici a qualcuno come una cameriera. Qualcuno che ha lavorato con lei." Pensai di nuovo a Chloe, la ragazza che avevo sostituito. "Oppure... pensaci. Sembra che il pacco sia comparso sulla soglia della porta principale. Questo significa che sono entrati dal cancello, a meno che..."

"La Huxley."

Annuii. "La Huxley."

"Parlate di me?"

Lasciai cadere la forchetta sul tavolo e strizzai gli occhi quando ricadde con rumore in mezzo al resto dell'argenteria. Sulla porta c'era lei, abbastanza alta da riempire lo spazio, le spalle ingobbite perché aveva le mani intrecciate strette davanti al petto. Roisin si lasciò sfuggire un rantolo.

"Io... ehm..." Rimasi lì seduta, in difficoltà, la bocca che ricadeva stupidamente aperta. Come aveva fatto a scendere dalla scala a chiocciola senza che nessuno l'avesse sentita? Come era potuta apparire così rapidamente? Feci un respiro profondo prima di cambiare completamente argomento. "Lord Howard è riuscito a scoprire qualcosa sui regali misteriosi?"

Dentro di me pregavo che non avesse sentito la prima metà della nostra conversazione, nella quale l'accusavo di essere l'anonimo mittente. Non potevo pensare a niente di peggio. Avrei voluto sprofondare in fondo alla terra e non emergerne più. Avrebbero potuto seppellirmici a patto di non dover più guardare negli occhi neri come ebano della signora Huxley.

"Non è cosa che ti riguardi. Suggerisco che torniate al lavoro, ragazze."

Nonostante tutto, non riuscii a trattenermi. Mi alzai. "Aspetti un attimo. Mi riguarda. Qualcuno ha inviato a *me* uno di quei pacchetti."

"Sì, ne sono al corrente," scattò. "La risposta è no; Lord Howard non ha nessuna novità per te. Così va meglio? Ora sei felice?"

"Non particolarmente."

Fece un passo verso l'interno della stanza torcendosi le mani. "Non sono sicura di cosa ti aspettassi. Pensi che i migliori detective del mondo si sarebbero fiondati qui insieme per scoprire il misterioso caso delle bambole inquietanti? Pensavi che Lord Howard, un uomo con certamente cose più interessanti da fare, potesse trovare il colpevole nel giro di quarantotto ore? Davvero credi di essere così speciale da far succedere queste cose perché qualcuno ti ha mandato una Barbie ai piedi di una scala? Ora, suggerisco di distrarre la tua piccola mente iperattiva e proseguire con il lavoro, a meno che tu non voglia andare a lavorare da un'altra parte. Vorresti andare a lavorare da un'altra parte?"

Le guance mi si tinsero di rosso porpora. Non mi sentivo così imbarazzata da tempo. E oltretutto non potevo fare altro che scuotere la testa e tornare a sedermi.

"Bene."

Roisin non osò guardarmi finché la governante se ne fu andata.

Raccolsi la forchetta con dita tremanti. Mentre continuavo a lavorare, lanciavo occhiate alla porta come se mi aspettassi di vederla apparire di nuovo, ma non lo fece. Né io né Roisin osavamo parlare, ma i miei pensieri erano abbastanza rumorosi da coprire il silenzio. Quel giorno ci fu un cambiamento infinitesimale nel modo in cui consideravo la signora Huxley. Una nuova rabbia crescente superava l'imbarazzo perché non volevo mai più essere trattata in quel modo. E, cosa più importante, mi resi conto di non fidarmi di lei. Nemmeno un po'.

Capitolo Diciassette

Highwood Hall vibrò di eccitazione smorzata per il resto della giornata, spolverammo, passammo l'aspirapolvere e lucidammo. Mentre pulivo una decorazione, mi resi conto che avevo in mano più soldi di quanti ne avessi mai guadagnati in tutta la mia vita. Il mio cuore perse un colpo. Roisin era molto meno nervosa mentre percorreva la residenza con l'aspirapolvere.

Rimasi sorpresa quando Lottie venne a portarmi via dalla sala da pranzo per chiedermi di aiutarla a mettere in ordine l'armadio. Mentre salivamo le scale, continuava a tirare su con il naso e, dato che aveva gli occhi cerchiati di rosso, capii che aveva pianto. Quando le chiesi se fosse tutto a posto, alzò lo sguardo verso di me da sotto le ciglia pallide e disse: "tutto bene". Mi sembrò un tentativo di porre termine alla conversazione. Chiusi la bocca e non parlai più finché non avesse deciso lei di rivolgermi la parola.

La sua stanza era decisamente sottosopra, con libri gettati sul pavimento, biancheria di colori pastello che pendeva dai cassetti come un boudoir in un film d'altri tempi e la toeletta coperta di bottigliette di trucco mezze usate. Un pennellino da mascara giaceva abbandonato sul tavolo in mezzo a macchie nere e marrone che avevo pulito solo qualche giorno prima.

Mi condusse in una stanza separata che avrebbe tranquillamente potuto essere una camera da letto. Non era enorme ma di certo spaziosissima come guardaroba. Ed era decisamente un caos. Vestiti, scarpe, gioielli, jeans, camicette, cappotti e altro ancora in un mucchio, quasi ogni appendino, cassetto o ripiano era vuoto o riempito a caso con vestiti appallottolati. Nonostante cercassi di non reagire, mi scappò un "oh, cielo".

"È così disastroso?" Ridacchiò Lottie. "Sono sempre stata un filo disordinata. Papà dice che dovrei vivere nelle stalle."

"No, no, va bene. Dobbiamo solo lavorare con metodo, tutto qui."

Mi strinse il braccio con fare drammatico. "Oh, grazie a Dio sei qui. Non avrei saputo nemmeno da dove iniziare."

Durante la prima ora fu carina e sorridente e lavorò sodo quanto me cercando di rimettere ordine nelle sue cose. Prima separammo tutte le cose da lavare e poi iniziammo a piegare le cose di lana. Aveva talmente tanti maglioni di cachemire che mi girava la testa.

"Penso che ora abbiamo qualcosa in comune," disse. "Abbiamo entrambe un ammiratore segreto."

Emisi una risata vuota. "Sì, immagino sia così." Il cuore mi batté più veloce. Avevo desiderato introdurre l'argomento del diorama ma mi ero trattenuta per non andare oltre il mio ruolo di dipendente. Ora che aveva iniziato lei, mi chiesi se sarei riuscita a ottenere qualche informazione utile a capire cosa stesse succedendo.

"Un ammiratore non molto lusinghiero," disse, singhiozzando di nuovo.

"No," risposi, cercando di rimanere cauta. "È stato orribile aprire quella scatola e vedere cosa conteneva. È stato... inquietante. Non potrei descriverlo in altro modo."

Lei annuì.

"Senta, signorina... Lottie. Quello che ha visto dentro la scatola sono affari suoi, ovviamente, ma io penso che se l'autore fosse lo stesso, forse c'è qualche collegamento. E magari parlandone ci potremmo aiutare a vicenda."

Mi fece segno di sedermi con lei sul pavimento, così incrociammo le gambe una di fronte all'altra, come due ragazze che fanno amicizia in collegio. Tra di noi un mucchio di sciarpe colorate, come una collinetta di seta.

"La tua era una cosa personale?" Chiese.

"Secondo me era più una minaccia," dissi. "La bambola sul pavimento mi assomigliava."

"Ti ha fatto pensare a qualcosa che ti è successo? In passato, voglio dire. Come... non so, un evento di quando eri bambina?"

Scossi delicatamente la testa. Lei sperava che fosse così. Potevo capirlo. Cercava un conforto da me, la rassicurazione che entrambe eravamo un obiettivo per lo stesso motivo.

"Okay," disse, fissando le sciarpe. "Allora lascia stare."

Quando si rialzò in piedi, io aspettai un attimo e poi decisi che non volevo lasciar svanire il momento. "Lei voleva dirmi qualcosa?"

Si sedette di nuovo e sospirò. Tenendosi il mento con una mano, mi fissò con grandi occhi lucidi e io rimasi paziente, intuendo che stava elaborando una confessione. Immaginai che Lottie ottenesse spesso quello che voleva con quegli occhioni profondi. Forse erano il motivo per cui era così infantile. La pronuncia leggermente blesa, il modo in cui diceva papà, la mancanza di attenzione e direzione. Era stata forgiata da chi l'aveva sempre trattata come una bambina? O era il contrario?

"Non molte persone ne sono a conoscenza e questo è il motivo per cui sono così *perplessa* dalla cosa," disse. "Avevo dieci anni ed ero così sciocca." Agitò una mano. "Non è stata altro che una grande incomprensione ma mi ha fatto sentire terribilmente in colpa per tutti questi anni." Prese una sciarpa di seta, tirandola per un'estremità. "Alex è il genio della famiglia. È quello che porterà avanti gli affari e rendere orgoglioso papà, ovviamente. Io non sono per niente come lui. Sono l'opposto, la stupida."

"Sono sicura che non è vero."

"Beh, forse non sono una stupida, ma non ho mai imparato in fretta come Alex e mi ci è voluto un sacco di tempo per riuscire a leggere. La mamma aveva assunto la mia prima istitutrice quando avevo cinque anni ma io ero così dispettosa che ne vidi passare una sfilza, prima che una di loro si fermasse. Quella che ci riuscì fu quella che odiavo. Immagina la Huxley, ma psicotica."

"Wow," dissi e lei rise.

"Di nascosto la chiamavo Brufolosa. Non molto originale, lo so. Aveva sentito parlare di me, ovviamente, e perciò era ancora più rigida. Mi faceva stare in biblioteca ogni giorno per ore, durante le vacanze di scuola. Avevo cercato di scappare e allora lei aveva cominciato a chiudermici a chiave." Sorrise beffarda. "A quel tempo c'era una cameriera, non mi ricordo il nome, che con me era gentile e mi passava i miei panini preferiti dalla porta di servizio. Qualche volta restava insieme a me e mi lasciava ascoltare il suo lettore di CD. Ma io ero furiosa con la Brufolosa. Sai, il genere di arrabbiatura che ti prende da bambini, quando pensi che il mondo sia ingiusto e i grandi orribili? Ero talmente furibonda che presi una delle cose che lei amava di più al mondo. Era una prima edizione di *Piccole donne* che mio padre le aveva regalato come ringraziamento per avermi torturata finché avevo imparato a leggere correttamente come ci si aspettava da un bambino di dieci anni. Nella mia testa lei non se lo meritava. Era cattiva. Un mostro che mi urlava e mi faceva scrivere la stessa frase trecento volte.

"Usai il corridoio di servizio, mi infilai nella sua stanza e rubai il libro. Andai in biblioteca, strappai le pagine e le bruciai. Poi me ne andai. L'avevo fatto di proposito proprio nel momento in cui sapevo che la cameriera stava per pulire la biblioteca." Deglutì, sempre stiracchiando la sciarpa con le mani.

"Cosa successe?"

"Beh, come puoi immaginare, la Brufolosa andò subito da mio padre e gli raccontò cosa avevo fatto. Chi altro poteva essere stato? Ero una bambina dispettosa che odiava la sua istitutrice. Era ovvio che fossi stata io. Ma io continuai a ripetere che non c'entravo niente. Insistetti fino all'esasperazione di mamma e papà. Diedi la colpa alla cameriera."

Fissai a disagio le scarpe ai miei piedi. Non ero sicura del perché la cosa mi desse tanto fastidio. Era solo una bambina. Ma mi colpiva perché pensai a quella povera donna che, per un magro stipendio, puliva i bagni e spolverava le suppellettili. Nessuno ambisce a diventare cameriera. Lo fai perché sei disperata. E poi mi chiesi... Ma no. Se Lottie aveva dieci anni, il periodo non coincideva con quello di mia madre a Highwood.

"Fu una cosa orribile quella che feci, perché lei era gentile. Un giorno mi aveva anche aiutata a scappare e poi tornare di nascosto in biblioteca prima che la Brufolosa se ne accorgesse. Mi aveva permesso di uscire e giocare al sole. Era una donna adorabile."

Quando l'espressione di Lottie cambiò, mi calò addosso un senso di terrore.

"Cosa è successo poi?" Chiesi.

"Papà l'ha licenziata. So che non mi credeva ma era troppo orgoglioso per ammetterlo davanti all'istitutrice. Così licenziò la cameriera. A dire il vero le licenziò tutte e due e non ebbi un'altra istitutrice. Non so cosa successe alla cameriera, ma non la vidi mai più. Immagino sia andata a lavorare da qualche altra parte."

"Non come cameriera," dissi a bassa voce. Non poteva saperlo, ma le referenze sono importanti e quando una cameriera viene licenziata è poco probabile che possa trovare un altro lavoro simile. Al limite potrà fare le pulizie da qualche parte. Occuparsi dei bagni di uffici e ristoranti...

"Questa è la storia, direi, quello che il diorama rappresentava. Forse è lei, dopo tutti questi anni, che è tornata per torturarmi."

"Non ti ricordi i nomi?"

Scosse la testa. "L'ho detto a papà. Lui avrà i nomi registrati da qualche parte, immagino. Forse la Huxley ha tutto scritto. Sono sicura che lui li troverà. Sarebbe piuttosto strano, no? Dopo tutti questi anni..." Abbassò lo sguardo sulla sciarpa tra le sue dita e poi la gettò verso di me. "Non la voglio, questa. La vuoi tu?"

Pensai che avrei dovuto rifiutare, ma se l'avessi presa sarebbe stato l'accessorio più bello che avessi mai posseduto. Timidamente, allungai la mano e accettai il regalo.

Capitolo Diciotto

Uscendo dalla stanza di Lottie udii un fruscio e vidi con la coda dell'occhio la gonna bordeaux della signora Huxley sparire dietro un angolo. Prima di riuscire a connettere, e rinunciare alla decisione, mi levai le scarpe e la seguii in punta di piedi. All'angolo sentii bussare e poi una porta aprirsi. Quando ebbi girato l'angolo era sparita, ma sapevo dov'era. Era nell'ufficio di Lord Bertie.

In silenzio, percorsi il corridoio e mi fermai fuori dalla stanza, premendo l'orecchio sulla porta. Il cuore mi batteva così forte che dovetti sforzarmi di calmarlo con respiri lenti, regolari e *silenziosi*. Le voci passavano attraverso il legno. Deboli ma sufficienti per riuscire a capire.

"Il punto è, Huxley, che a dire il vero ho cose più importanti da fare che star dietro a un paio di stupidi regali. Ma immagino che ora che l'ha ricevuto anche Lottie il problema vada risolto."

"Quindi, pensa di rivolgersi alla polizia?" La voce della Huxley suonava diversa. Rilassata, informale. Mi colse di sorpresa. In pubblico era sempre talmente servile verso gli Howard.

"No," disse lui. "Ho un amico che ha una società di investigazioni. Lui ne verrà a capo e troverà la soluzione."

"E quando scoprirà il colpevole, cosa farà?"

"Proverò a minacciarlo, a pagarlo per sparire. Qualunque cosa serva a impedirgli di inviare queste ridicole scene. Chiunque sia conosce quella faccenda riguardo a Lottie e comesichiama."

"Susan Cole. La bambinaia."

"Giusto. Magari è lei."

"Forse," disse la Huxley. "Cosa pensa della nuova cameriera?"

Tremai, spinsi più forte l'orecchio, sentii battere contro le costole.

"Penso sia perfettamente qualificata."

La signora Huxley fece passare un po' di tempo poi rispose. "Sì, anch'io. Più aggressiva di quanto mi aspettassi, però."

"Beh, questo non mi preoccupa. A patto che tu riesca a tenerla in riga."

"Certamente."

Ci fu uno stropiccìo all'interno della stanza e poi dei passi si avvicinarono. Mi allontanai dalla porta, correndo in silenzio. Superata la stanza di Lottie mi lanciai verso il corridoio di servizio, mi infilai nel pannello nascosto e proseguii. La scala a chiocciola tremò mentre la percorrevo rapidamente e quando arrivai alla base mi fermai un momento per riprendere fiato. La scena del diorama mi ritornò alla mente. Vidi me stessa scomposta e ferita sul pavimento, con il sangue che usciva da un taglio aperto.

Basta, dissi a me stessa, infilando rabbiosamente di nuovo i piedi nelle scarpe. Superai la cucina e mi diressi verso la mia camera quando la signora Huxley uscì dal suo ufficio.

"Hai aiutato la signorina Howard?"

Io raggelai. "Come?"

"Ho detto, hai aiutato la signorina Howard con il suo guardaroba?"

La voce mi uscì con un sussurro mentre rispondevo. "Sì."

"Bene."

Muovendosi silenziosamente come al solito, mi superò, dirigendosi verso la cucina, mentre io rimanevo lì impalata, fissandola.

Come aveva fatto ad arrivare nel suo ufficio prima che io raggiungessi la mia camera? Avevo fatto di corsa tutto il percorso dalla stanza di Lottie. Non aveva senso. Entrai, tirai fuori la mappa dalla tasca, la allargai sul letto e la esaminai alla ricerca dei passaggi nascosti. La mappa non aveva segnato il ripostiglio segreto sulle scale, perciò potevano esserci altri corridoi, nascondigli o anche stanze mascherate tra le mura. La signora Huxley ovviamente conosceva uno o più di questi segreti e non me ne aveva parlato. Ma l'aveva detto a qualcun altro?

La sciarpa di seta era ancora nella mia tasca. Vergognandomi un po' per aver accettato quel dono e temendo che Lottie potesse aver ripensato alla sua generosità la cacciai nel cassetto della biancheria, dove le mie dita tastarono il bordo delle carte sottili e sciupate. Le lettere di mia madre. Vecchie di più di vent'anni. Forse le aveva scritte seduta su questo letto proprio in questa stanza. Pensai di rileggerle, ma a che scopo? Le conoscevo a memoria. *Penso ci sia qualcosa che non va a Highwood Hall. Qui le cose sono strane. Tutto il personale dice che l'ala nord è infestata e qualche volta giurerei di aver sentito provenire dei rumori da quella parte della casa.*

Roisin aveva detto la stessa cosa.

C'erano dei segreti tra queste mura: sarei mai stata in grado di scoprirli? Di chi mi potevo fidare? A chi potevo chiedere? La risposta era: nessuno. Scacciai dalla mente quelle domande importune perché cominciavo a sentire un prurito in fondo al cervello. Quello che mi diceva che ero in una situazione difficile.

Con i nervi estremamente tesi, ombrosa e senza fiato, tornai verso la cucina. Ma proprio mentre stavo per superare la soglia sentii qualcuno sussurrare il mio nome. Quando mi girai, Alex era appoggiato al muro, la testa appoggiata allo stipite con noncuranza. La luce rimbalzava sulla pittura verde scuro, dando alla sua pelle un tono opaco e accentuando le ombre sotto i suoi occhi. Ridacchiò, mi prese la mano e mi trascinò via.

Io protestai, non volevo far tardi con la signora Huxley, e tirai con tutto il mio peso per allontanarmi, ma il suo sorriso si allargò e disse sottovoce: "vieni con me," mentre la sua incredibile forza mi conduceva lungo il corridoio. Le dita che avevo visto così agili sui tasti del pianoforte spingevano con forza nella mia carne fino a farla diventare bianca come latte.

"Non posso. La signora Huxley..."

Lui si girò e si mise di fronte a me con una tale veemenza che finii con la schiena al muro. Il suo volto era talmente vicino al mio che sentivo l'odore di fumo del suo fiato.

“Chi è il tuo capo?” I suoi occhi mandarono un lampo. Il sogghigno malizioso era sparito, sostituito dalle labbra alzate sui denti come un animale aggressivo. Ma non era una minaccia. In qualche modo lo sapevo. Era una prova.

Non tremai. Non distolsi lo sguardo. “Tu.”

Mi lasciò andare il braccio. Avevo superato il test. Tornò a sorridere. “Allora vieni.”

Capitolo Diciannove

Per un'ora Alex mi mostrò Highwood. Mi portò negli spazi personali riservati agli Howard, dall'aspetto vissuto e confortevole, e mi mostrò le stanze formali che non utilizzavano. Indicò tutti i ritratti dei suoi antenati e le armi fissate alle pareti. Mentre camminavamo per la residenza, rimase costantemente a una certa distanza da me, assicurandosi che i nostri corpi non entrassero mai in contatto. Era come una guida che mi accompagnava in giro per un museo, del tutto in contrasto con il modo in cui mi aveva afferrata fuori dalla cucina. Praticamente per tutto il tempo tenne le mani dietro la schiena mentre io immaginavo quelle dita strette intorno al mio polso. Più ci pensavo più la pelle dove mi aveva toccata pizzicava.

Da quando avevo iniziato a lavorare a Highwood Hall avevo avuto paura di aprire gli armadietti del bagno. Non era perché avevo una natura da santarellina che mi impediva di curiosare. Tutt'altro. Il motivo per cui non volevo aprirli era che non volevo vedere che agli Howard erano stati prescritti Vicoren, Adderall, tranquillizzanti o anche medicine per la tosse. Poco per volta, avevo rinforzato la mia forza di volontà, creando come uno strato esterno rivestito di acciaio, ma comunque restavo vigile. Mi tenevo lontana dalle tentazioni.

Ma mentre guardavo Alex mi colpì un pensiero. Questi test, questi giochi di potere mi tentavano come qualunque barbiturico o oppioide potesse esserci nei bagni degli Howard. Lui era diventato rapidamente la mia nuova dipendenza. Quello che non riuscivo a capire era il perché.

Nell'ultima parte del giro esplorativo Alex mi mostrò altri due segreti. Mi portò in piccoli spazi nascosti, riservati in passato agli incontri clandestini. Il primo era il portavivande, che avevo visto in cucina. Non veniva usato spesso perché aveva bisogno di manutenzione e al suo posto io e Roisin portavamo su per le scale la maggior parte del cibo.

"Tu qui dentro potresti starci," disse fra sé. "Sei piuttosto piccolina, no?"

"Sì," dissi. "Ho saltato diversi pasti."

"Non ti diamo da mangiare?"

"Non ora, in passato."

Mi lanciò una strana occhiata. Non di comprensione. Non di preoccupazione. Non crudele. Avrei giurato che fosse eccitato.

Poi mi condusse attraverso un'altra stanza con pannelli di legno, un grande caminetto e diversi comodi divani sistemati in semicerchio. In questa stanza notai l'unica grande televisione a schermo piatto, sopra al caminetto. Il genere di angolino caldo e accogliente che ti fa innamorare di una casa. Un posto in cui immagini i bambini che giocano in un angolo e il gatto raggomitolato su un tappeto di pelle di pecora. Alex, invece, sembrava fuori posto in questa stanza. Era troppo formale, troppo impettito. Il suo blazer e la camicia a righe davano l'impressione che stesse per assistere a una partita di polo.

"Voglio mostrarti una cosa. Ma prima, voglio farti una domanda."

"Va bene."

"Ti fidi di me?"

Esitai per un momento. Sembrava un nuovo test. La risposta semplice sarebbe stata sì. Una risposta conciliante, compiacente. Il genere di risposta che un dipendente dovrebbe dare al datore di lavoro o, almeno, a suo figlio. Ma non era la verità.

"No."

Lui sollevò il mento. "Perché no?"

"Non mi fido delle persone che conosco a malapena," risposi.

"La tua fiducia è un premio che va guadagnato? La tieni cara."

"Immagino si possa dire così. Io penso che sia perché sono rimasta scottata troppe volte."

Lui sorrise. "Mettiamo alla prova la tua capacità di fidarti. Vuoi?" Si avvicinò al caminetto, fece scorrere le dita su un pannello e poi picchiò sul legno con il lato del pugno. Sentii un rumore sordo e il pannello si spostò. "È un nascondiglio da preti. Veniva usato per nascondere..."

"So cos'è un nascondiglio da preti."

"Davvero?" Tornò a sogghignare.

"Sì," dissi. E poi per dimostrarlo gli offrii la spiegazione. "Quando i cattolici erano perseguitati, alcune famiglie nascondevano i preti in spazi segreti delle loro case." Mi avvicinai a lui e al nascondiglio ed entrambe le cose mi fecero torcere lo stomaco per la tensione. "È piccolo."

L'entrata del nascondiglio da preti era così piccola che avrei dovuto accucciarmi per entrare. Infilai la testa e le spalle, notando come il buco immetteva in uno spazio dietro al caminetto. Le mura di mattoni non davano nessun senso di comodità.

Mentre mi sporgevo nel buco, Alex si avvicinò, le sue labbra erano a un soffio dal mio orecchio. "Vuoi entrare?"

Quando girai la testa, ci trovammo così vicini che quasi urtammo i nasi. La tensione mi percorse tutta. Non volevo che notasse che ero nervosa. "Perché?"

Alzò le spalle.

Sapevo che era un gioco. Lì, in quel momento, capii esattamente chi fosse. Mi fece sobbalzare il cuore e intrecciare lo stomaco. Era pericoloso incoraggiarlo. Sapevo che lo era. Ma la verità è che... volevo giocare. Avrei potuto nobilitare il tira e molla della dinamica tra Alex e me dicendo che avevo paura di perdere il lavoro, ma sarebbe stata una bugia. No, ero curiosa e volevo vedere fino a dove saremmo arrivati. Andai all'indietro, con le dita che esploravano il soffitto del buco in modo da non urtare la testa. Andavo alla cieca perché volevo che lui vedesse che lo facevo. Lui guardò, gli occhi freddi, i denti stretti, dita dissanguate aggrappate al pannello di legno. Quando fui all'interno, mi girai per proseguire più a fondo e poi mi ci infilai dentro.

Lui chiuse la porta, intrappolandomi nell'oscurità.

Voleva vedermi bloccata, sapere di essere l'unico che poteva farmi uscire. Io non mi mossi finché rimasi nel buco. Il cuore batteva più rapido ma non mi feci prendere dal panico. Chiusi gli occhi e immaginai di essere nella mia stanza, a letto, con la luce spenta. Per qualche motivo i pensieri mi riportarono alla mia infanzia, al giorno in cui la zia mi disse che ero stata abbandonata. Avevo tre anni, forse quattro. Ora non ne sono sicura. Per me lei era sempre stata la zia Josephine e io volevo sapere perché non la chiamavo mamma come gli altri bambini chiamavano le loro mamme.

Non fu crudele e non mi disse niente di cattivo. Anzi, mi diede un cioccolato Freddo, a forma di rana, ancora oggi il mio preferito, e mi spiegò che la mia mamma se ne era andata quando avevo sei mesi.

"Ma ci sono io a occuparmi di te," aveva detto. "E... farò del mio meglio."

"Va bene," avevo risposto, pensando a nient'altro che al Freddo. L'avrei adorata solo per il cioccolato.

Più tardi, quando ebbi diciotto anni, mi fece sedere e mi fece sapere che mio padre era ancora vivo. E poi mi disse dove potevo trovarlo.

La porta si aprì. Alex era arrossato, la pelle lucida per il sudore. Si allungò all'interno e mi aiutò a uscire, accompagnandomi con una delicatezza che non avevo provato nel corridoio. Dopo aver richiuso l'ingresso del buco, mi ci spinse contro e premette il corpo contro il mio. Ora i nostri nasi si toccavano perché lui era piegato su di me. Ma invece di baciarmi mi sollevò entrambe le braccia e me le mise dietro alla testa e rimase a guardare, curioso del fatto che io non protestassi o non lottassi.

Mi lasciò andare. In silenzio si allontanò.

Tornai in cucina da sola.

"Dove sei stata? Sei in ritardo!" Scattò la Huxley, gettandomi tra le mani un vassoio di posate. "Prepara la tavola per la cena."

Non era la sgridata che mi aspettavo. Non aveva nemmeno aspettato che le dessi spiegazioni. Mentre portavo il vassoio in sala da pranzo, non potei evitare di chiedermi se sapesse esattamente dove ero stata.

In sala da pranzo, Alex non mi faceva mai cenni e nemmeno guardava verso di me mentre servivo da mangiare. Tuttavia, sentivo la presenza della governante sullo sfondo, come se stesse osservando entrambi, la disapprovazione che trapelava da tutti i pori.

La Huxley lasciò libere Roisin e me dopo gli antipasti e noi tornammo in cucina a braccetto. Lo sguardo di Roisin percorse le pareti e il soffitto prima di cadere su di me. Esitò prima di parlare.

"Eri di nuovo con Alex? È per questo che hai fatto tardi?"

Non c'era bisogno che rispondessi perché lei leggeva la verità dalla mia espressione.

Si fermò all'improvviso e la sua presa sul mio braccio si tese, facendo fermare anche me. "Se la signora Huxley lo scopre..."

Sentii che mi stavo irritando. "Non può fare niente. Non sono affari suoi."

"Invece può. Non sai quanta influenza ha su Lord Bertie. In pratica gestisce tutto lei dalla morte di Lady Laura."

Era la prima volta che la sentivo nominare. Alex me l'aveva indicata in sala da pranzo, ma nessuno mi aveva mai detto il suo nome.

"La madre di Alex?"

Roisin annuì. "Sai come è morta?"

Scossi la testa.

"È caduta dalle scale."

Respirai a fatica. "Dalla scala a chiocciola?"

"No, da quella principale. Vicino all'entrata. Era metà giornata. Lord Bertie fu il primo a trovarla, sembrerebbe. Allora io non lavoravo qui, ma Pawel mi ha raccontato tutto. Ha detto che è stato orribile. Sangue dappertutto. Il suo volto era completamente distrutto."

"E Alex? Ha visto sua madre in quello stato?"

Con mia sorpresa, Roisin storse la bocca, come ripensando a qualcosa o forse all'immagine mentale del ricordo di qualcun altro. Tolse il braccio dal mio e lo mise su un fianco. "Quello che è successo con Alex è davvero strano. Cioè, maledettamente strano."

Il corridoio di servizio sembrò raggelarsi intorno a noi. Un soffio d'aria mi sfiorò la base del collo e mi chiesi se qualcuno avesse aperto una porta da qualche altra parte della casa.

Roisin continuò. "Pawel dice che nessuno riusciva a trovare

Alex. Non rispondeva al telefono ma la sua auto era in garage, perciò non se ne era andato. Mentre tutti aspettavano che arrivasse l'ambulanza, il personale, soprattutto la signora Huxley, lo cercava dappertutto. Alla fine, fu Lottie a scovarlo."

"Dov'era?"

"Era nel piccolo ripostiglio sopra le scale. Quello con lo spioncino." Scosse la testa. "Non pensi che sia strano? Posso immaginare che un bambino si nasconda dopo aver visto una cosa così tremenda. Ma un adulto?"

"Ha visto sua madre cadere dalle scale?"

"Non so," disse Roisin. "Pawel non me l'ha detto."

Pensai ad Alex e me schiacciati nel ripostiglio, i nostri corpi quasi premuti insieme. Mi venne in mente quello che aveva detto. Il voyerismo. Il potere che deriva dal guardare. Mi strinsi le braccia intorno al corpo, cercando di riprendermi dal brivido di freddo. Fu in quel momento che mi chiesi se avessi iniziato a giocare a un gioco che non avrei mai potuto vincere, ma dal quale ero ormai diventata troppo dipendente.

La Stanza della Musica

Non so perché, ma mentre lo aspettavo, tenevo le mani dietro la schiena e le spalle squadrate, la spina dorsale dritta, il mento sollevato. Forse volevo che vedesse che avevo disciplina, che la mia postura perfetta indicava un ottimo carattere. Lui camminava sempre impettito, i passi lunghi ma non sgraziati, piuttosto contenuti e controllati. Si sedeva al piano in posizione perfetta. Vedevo il risultato di anni di pratica costante quando toccava i tasti bianchi e neri.

Il mio cuore palpitava di eccitazione quando inseriva la chiave nella serratura e apriva la porta. Questa era la mia parte preferita della settimana e qualche volta trascorrevo le ore ripensandoci mentre spolveravo la biblioteca o piegavo le lenzuola. Beethoven, Debussy e Chopin erano motivi ricorrenti che mi risuonavano in testa. Ascoltarlo suonare mi faceva sentire intelligente. Il modo in cui mi parlava mi faceva sentire importante, qualcuno che aveva un cervello.

"Stasera faremo le cose in modo un po' diverso," disse.

"Va bene."

Ero piuttosto ansiosa all'idea di incontrarlo di nuovo in questa stanza. Il resto della settimana era trascorso in un turbine. Avevo finito con il lavorare la domenica invece di prendermi la giornata libera e mi ero ritrovata in una nebbia, stupita che fosse già venerdì.

Mi disse di sedermi sul seggiolino e lui spostò una sedia mettendosi accanto a me. "Questo è il do centrale," disse, suonando una nota quasi perfettamente al centro della tastiera. Poi indicò un ghirigoro nero sullo spartito. "Questo è il segno che indica il do centrale."

All'inizio mi chiesi perché me lo stesse insegnando. Perché avrei dovuto saperlo? Ma lui continuò, mostrandomi diverse note e i loro simboli sul foglio. Mi sollevò le mani e appoggiò le mie dita sui tasti, dicendomi di premere.

"Non così," mi sgridò. "Delicatamente."

Non era un insegnante paziente, ma non sospirava per la frustrazione né scuoteva la testa. Mi metteva le mani dove dovevano andare. Per un po' abbaiò le indicazioni e poi iniziò a mettermi alla prova. Suonava una nota e mi chiedeva cosa fosse. Indicava i segni sullo spartito e mi faceva dire a cosa corrispondevano.

"Se continui a sbagliare, ti dovrò punire."

Le sue palpebre si abbassarono, oscurando le iridi. Le labbra serrate. Anche sotto la luce brillante potevo vedere le tenebre nei contorni del suo volto. Volevo compiacerlo. Desideravo imparare rapidamente per renderlo orgoglioso ma ero goffa e le mie mani non andavano mai nei posti giusti. Tremavo fino al seggiolino del piano, ogni tocco mandava brividi di elettricità lungo la mia spina dorsale.

"È sufficiente, come primo giorno," disse all'improvviso. E con questo, si lanciò nell'esecuzione della sonata.

Mi venne voglia di piangere, non so perché. Non piangevo spesso ma ero percorsa da una solida sensazione di inadeguatezza, tanto che la ragazzina dentro di me spingeva contro la cassa toracica, pregandomi di lasciare che il suo cuore soffrisse. Invece, mi schiarii la gola e attesi la sua indicazione di girare la pagina. E così lo feci proprio al momento giusto. Ancora. E ancora. E ancora. Giravo la pagina. Questo lo posso fare, pensavo. Non sarei mai diventata una pianista perché ero troppo goffa con le dita doloranti e arrossate per aver pulito tutto il giorno. Ma questo lo potevo fare.

Almeno, così pensavo. La mia concentrazione si perse quando iniziò la sonata per la seconda volta. Eravamo nella stanza della musica ormai da due ore, molto più di quanto avessimo programmato per le nostre sessioni. Quando persi il suo segnale, smise di suonare e il silenzio cadde così rapidamente che fu come se intorno a noi fosse calata una pesante tenda.

Si girò per guardarmi. "Dammi la tua mano, Emily."

Ebbi un fremito quando disse il mio nome con quella voce dolce ma decisa, l'alito alla menta. Potevo sentire il mio respiro affannoso nell'eco della stanza silenziosa. Con riluttanza, ma anche un po' curiosa, mi allungai e misi la mia mano nella sua."

"Questo è a tuo beneficio, perché io voglio che tu impari. Che scopo ha la tua vita se non impari a essere migliore?" Le sue lunghe dita circondarono la mia piccola mano. Mi tenne saldamente ma non così forte da farmi male. E poi mi pizzicò l'avambraccio. Mi fece sobbalzare perché non me lo aspettavo. Poi lo fece di nuovo, proprio sotto al gomito. Bruciò, ma non direi che facesse male. Non che questo lo rendesse meno sbagliato, ma forse mi fu più facile da archiviare. Ovviamente, sapevo che un datore di lavoro non avrebbe dovuto fare una cosa simile alla sua cameriera, ma successe così in fretta che non seppi come reagire. Rimasi semplicemente lì e lo accettai.

Alla fine, quando mi lasciò andare la mano, che rimisi in grembo, continuò a suonare il suo pezzo al piano come se niente fosse. Io girai le pagine diligentemente, non volevo più provare le sue punizioni.

"Molto bene," disse alla fine, senza girare la testa verso di me e senza alcuna gioia o leggerezza nella voce. La mia testa era piegata e non riuscivo a guardarlo. Metà del mio corpo era accaldato dalla vergogna, l'altra metà freddo per il rigore della sera in una casa riscaldata male.

Dopo tutto quello che era successo, mi suonò il pezzo di Debussy tre volte di fila, probabilmente per scusarsi della punizione che mi aveva appena inflitto. Ma, invece, ottenne di farmi aumentare l'irritazione, fino alla nota finale, quando mi guardò e sorrise. Sollevò una mano dal piano e mi spostò una ciocca di capelli dal volto. Mi calmai quasi subito. In quel momento, pensai che quel gesto fosse affettuoso, che rivelasse che, nonostante gli strani giochetti che amava fare, provava qualcosa per me. Ma, ripensandoci, forse stava semplicemente mettendo a posto i miei capelli disordinati.

Capitolo Venti

Dopo la stanza della musica, avevo bisogno di aria fresca. Erano passate le dieci di sera ed ero esausta, dopo ore di concentrazione. Quando Alex mi aveva chiesto di aiutarlo girando le pagine non mi aspettavo tutto quello che implicava. Ma adoravo il fatto che ora nella mia testa esisteva la musica. Mi piaceva che alcune melodie restassero con me anche tempo dopo che lui le aveva suonate: rendevano i miei passi un po' più leggeri. Nella stanza della musica, smettevo di pensare ai diorami e al passato, non esisteva niente tranne me, Alex e il piano davanti a noi.

Fuori dalla stanza della musica, tutto ritornava prepotentemente come al solito.

I corridoi pannellati in legno si sviluppavano per la residenza come vene. Cupi e scuri alla sera. Mi si chiudevano addosso, sempre più stretti fino a farmi sentire la pressione sulle costole, una morsa implacabile che mi stritolava. Non volevo usare il corridoio di servizio perché era tardi e sapevo che il tragitto per la porta di ingresso sarebbe stato più breve. Attraversai veloce la casa, temendo di incappare in Lord Bertie e dover dare una spiegazione.

Fuori soffiava un vento rabbioso. Scompigliava i miei capelli da bambina, gettandomeli davanti alla faccia. La tunica a maniche lunghe era ideale per pulire le stanze piene di spifferi ma offriva poca protezione contro la fredda aria della sera. Mi avvolsi le braccia attorno al corpo e percorsi il sentiero di ghiaia fino ai giardini.

Sperando di riuscire a restare nascosta, per evitare la curiosità della signora Huxley, mi diressi verso le rose, in fondo al prato. Petali bianchi come ossa splendevano alla luce lunare, come raggi nel buio. A ogni passo il mio petto si rilassava. La morsa lentamente cedeva come se qualcuno l'avesse allentata.

Al limite del giardino, mi girai per guardare la casa, gli spigoli scabri e aspri nell'oscurità. Le piante rampicanti erano solo contorni, poco più che macchie nere contro il cielo blu inchiostro. Il mio sguardo fu attirato dalla luce dell'interno e mi sentii una voyeur a guardare dentro. Proprio come Alex nel ripostiglio segreto.

Una luce gialla emanava dalla stanza da letto di Lottie e a tratti la vedevo spostarsi verso la finestra in un abito nero aderente. Si stava preparando per uscire con gli amici. Era tardi ma era anche venerdì sera e presto auto sportive di lusso sarebbero arrivate per portarla a York, Leeds o magari anche Londra. Avevo sentito raccontare dei suoi weekend di feste che duravano due o tre giorni al minimo.

Sotto la finestra vidi la luce dentro la sala della prima colazione, che era vuota. Mi chiesi se Lord Bertie fosse nel suo ufficio nella parte posteriore della casa. Poi notai un movimento e vidi Margot percorrere il corridoio inferiore, i capelli grigi in un alto chignon in cima alla testa. Era poco più di una sagoma, ma avrei riconosciuto ovunque la struttura sottile e le spalle leggermente curve. Camminava come un'attrice francese degli anni Sessanta. Brigitte Bardot nel momento in cui era più sexy, molto cool col suo morbido movimento di anche.

Restai lì per un po', pensando al diorama di Lottie. Non le avevo più parlato dopo averla aiutata con l'armadio qualche giorno prima. Il tempo passava e mi rendevo conto che dovevo fare *qualcosa*. La conversazione che avevo origliato tra Lord Bertie e la signora Huxley aveva evidenziato una cosa: io per lui non ero una priorità. Non mi aveva fatto domande né mi aveva parlato del diorama. Forse avrei dovuto avvicinarmi io a lui, anche se sarebbe stato complicato. Una mossa o un passo falso potevano farmi licenziare e costringermi a tornare sul divano di qualcuno o anche per strada. In quel caso non avrei scoperto proprio alcun segreto.

"Cosa pensi di fare?"

Gridai come un cucciolo ferito e mi girai verso le rose, dove vidi Ade portarsi una mano alla bocca, per nascondere una risata.

"Mi dispiace davvero," disse, con un sorriso da un orecchio all'altro. "Comunque, hai emesso un suono incredibile. Tutto a posto? Stavo solo gironzolando qui intorno. Volevo farti pensare di essere in pericolo, ma immagino di non essermi reso conto che è tardi ed è buio. Sono proprio un idiota."

"No, tutto a posto. È che sono un po' agitata." Una risata forte e nervosa riempì il vuoto tra noi. Lui si mantenne a tre passi di distanza da me, come se io fossi un animale spaurito a cui doveva avvicinarsi con attenzione. "Cosa stai facendo qui così tardi? Un po' buio per il giardinaggio, no?"

Prima che potesse rispondere sentii leggere gocce di pioggia colpirmi la fronte. Sollevammo entrambi il volto verso il cielo nello stesso momento.

"Forse dovremmo rientrare," disse lui. "Stavi tornando verso la casa o stavi scappando da qualche parte?"

"A dire il vero stavo per danzare nuda nei boschi," dissi. "Spassarmela con il diavolo è una delle mie passioni."

Mi lanciò un'occhiata di sbieco e fece una risatina. Forse il parlare di nudità fece sì che si schiarisse la voce come se fosse imbarazzato.

"Ci vedrei bene la Huxley," disse. "Cioè, non proprio *vederla*, perché, sai, è la signora Huxley, ma potrei decisamente immaginarla nell'atto di fare cose da strega. È il tipo."

"È *decisamente* il tipo. Quindi, tu cosa stavi facendo qui fuori di notte?"

"Ho finito tardi," disse. "Dovevo ancora interrare alcune piante di delfinio vicino al sentiero. Ho passato tutto il giorno con i ligustri. Pawel mi ha preparato un risotto in cucina, visto che mi sono fermato fino a tardi e abbiamo aperto una bottiglia della sua vodka. Me ne stavo andando quando ti ho vista qui." Indicò la fontana all'inizio del vialetto. "Immagino che tu non mi abbia visto arrivare dalla siepe."

"Direi di no." Raggiungemmo il sentiero di ghiaia e Ade esitò vicino a me. Chissà perché, sembrava quasi che fossimo due persone al termine di un appuntamento. Sarebbe stato davvero uno strano appuntamento.

"Pawel mi ha dato un po' troppa vodka, così ora devo andare a casa a piedi," disse ridendo. "Non dire alla Huxley che ho lasciato il furgoncino nel vialetto di dietro. Mi taglierebbe la testa."

"Non preoccuparti, non lo farò."

"Qualcuno qui ti ha raccontato dei sabato sera?" Chiese.

"No, cosa c'è da sapere?"

Ogni tanto andiamo giù al Crossed Scythes, a Paxby, per una birra. Io, i ragazzi della cucina e Roisin. Dovresti venire domani sera. Se non sei impegnata nei boschi con le tue attività da strega."

Sollevai un dito come se ci stessi pensando. "No, domani è il turno della signora Huxley. Deve sacrificare alcuni gattini a Lucifero."

Lui rise e si mise il cappello prima di riprendere il cammino lungo il vialetto. Era facile ridere e parlare con lui e quei grandi occhi marrone erano molto più caldi di quelli di Alex, dai toni freddi del mare. Entrai dalla porta di servizio, notando a malapena che la pioggerella mi aveva bagnato un po' i capelli. Pulii il fango dalle scarpe e mi diressi alla camera da letto. Mi sentivo leggera. Con Ade non c'erano giochi da fare, solo conversazione piacevole. Non dovevo preoccuparmi di possibili stalker o cameriere licenziate con rancore o di strizzarmi in uno spazio chiuso per farlo divertire.

Ade era semplice. Alex no.

ROISIN MI AFFERRÒ per il braccio e fece un salto quando parlai del pub la mattina successiva. "Finalmente! Ho sopportato anche troppe conversazioni sul calcio con i ragazzi, qui. Ma ora posso parlare con *te*." Emise un gridolino di gioia. "Ci vestiremo bene. Prenotiamo un taxi così possiamo metterci i tacchi e tutto quanto."

Quando le dissi che non potevo andare rimase con il broncio per un'ora intera.

Era una decisione sofferta su cui avevo ragionato per la maggior parte della notte, ma la verità era che non potevo permettermelo. Non ero ancora stata pagata e avevo i soldi forse per un paio di Coche. Decisamente non potevo dividere il taxi con Roisin *e anche* prendere da bere. E poi, se avessero voluto pagare un giro a testa? Come avrei potuto dire loro che non potevo permettermi di pagare una pinta?

Ma Roisin era così delusa che non poteva lasciar perdere. Riuscì comunque a cavarmi fuori la verità prima della fine della giornata. L'avevo tenuta buona con scuse banali sul fatto di aver bisogno di andare a letto presto e di non voler indispettire la signora Huxley durante il mio primo mese. Ma non aveva creduto una parola. Mi aveva messa all'angolo in biblioteca, bloccandomi la strada e brandendo un lungo piumino per la polvere come un bastone.

"Cosa succede? Si tratta di Alex?"

Anche il suono del suo nome mi fece impermalire. Mi ritrovai a essere sempre più sulla difensiva senza comprendere esattamente perché. Anche se dovevo ammettere che probabilmente era perché non volevo sentirmi dire di stare alla larga da lui: sapevo molto bene che era una cosa sbagliata. Lo sapevo, eppure non mi importava.

"Non si tratta di Alex."

"Ade? Penso che tu gli piaccia."

"Nemmeno lui."

"Allora cosa? Ah, forse perché sei nel programma?"

Scossi la testa.

"Dimmelo. Non ti lascerò lavorare finché non me lo dici."

A denti stretti, le spiegai che aspettavo di essere pagata prima di poter disporre di qualche soldo. Non era corretto nei suoi confronti ma era come mi sentivo, essere povera e non soddisfare una delle necessità di base per un essere umano: poter pagare per quello di cui avevo bisogno. Ma dopo qualche minuto cominciai a rilassarmi, rendendomi conto che non mi avrebbe giudicata. Roisin ascoltò attentamente, annuendo con la testa, sollevando le sopracciglia biondo fragola ed esprimendo comprensione.

"Pagherò io per te," disse.

"No, non mi piace l'idea..."

"Non sai cosa sia l'amicizia?"

La sua domanda mi colse alla sprovvista. Non avevo risposta. Forse non lo sapevo.

"Ora siamo amiche. Lascia che paghi io questa volta e, quando comincerà ad arrivarti lo stipendio, potrai offrirmi tu una Coca. Ci stai?"

Io sorrisi. "Ci sto." E poi mi prese la mano e la tenne in alto, come due vecchi amici in un film americano di poliziotti.

Più tardi quel giorno, dopo che avemmo servito la cena e gli Howard si furono ritirati nelle loro stanze, Roisin mi afferrò il polso e mi trascinò in camera. Mi infilò in uno dei suoi abiti con le spalline e mi mise delle scarpe con la zeppa e io aggiunsi un cardigan perché la sera fuori faceva freddo.

"Comprare abiti qui intorno è un incubo. Trovi qualche negozio indipendente se prendi il bus fino in città, ma nel villaggio non c'è nulla. Quando ti avranno pagata andremo a fare shopping e ci compreremo qualcosa di carino."

Mi lisciò i capelli e mi mise il rossetto. Non erano cose da me. Ero sempre stata un maschiaccio a scuola. Non avevo seno e mi vestivo con abiti ampi dei negozi di beneficienza, nessuno flirtava con me. I ragazzi mi parlavano perché mi piaceva la musica che ascoltavano loro e volevo andare negli stessi club che loro frequentavano. Ma invece di baciarmi sotto le luci stroboscopiche mi passavano gli spinelli o una pasticca. Mi presentavano alle loro amiche e dicevano: "è una tosta."

Roisin era la mia prima migliore amica. La mia prima sorella. Era un'ancora per me a Highwood Hall, qualcuno che mi teneva con i piedi per terra, quando io tendevo a volare troppo vicino al sole. Era troppo buona per quel posto. Volevo qualcosa di meglio per lei. Lo voglio ancora.

Capitolo Ventuno

Non avevo mai visto Paxby di notte, prima. C'erano meno lampioni rispetto al sobborgo di York in cui ero cresciuta. Lungo le stradine strette passavano poche macchine. Mi faceva pensare all'aggettivo sonnacchioso e, con i boschi che nascondevano le aree residenziali, i rami sottili che raschiavano i finestrini del taxi, non sembrava appartenere davvero alla gente che ci viveva.

Di notte Paxby perdeva la sua grazia pittoresca e invece si notavano le imperfezioni che le villette ricoperte di edera nascondevano. C'erano pochi giovani perché nessuno di loro poteva permettersi una casa nel villaggio. Eravamo di gran lunga i più giovani frequentatori del pub e di sicuro i meglio vestiti. Niente di tutto ciò sembrava scomporre Roisin, comunque, che sorrideva a quelli del posto mentre ordinava una Diet Coke per me e un Aperol spritz per sé. Il suo drink era arancio brillante come Irn-Bru in un bicchiere da gin. Gli uomini al bar sedevano più dritti sui loro sgabelli ogni volta che lei si avvicinava e la seguivano con lo sguardo mentre si allontanava.

Quando trovammo un tavolo, Roisin si premurò di fare in modo che mi sedessi vicino ad Ade. Mi strinsi nel cardigan, la mia consapevolezza indubbiamente evidente per chiunque nella stanza.

"E così," disse Ade. "Non hai voluto far compagnia alla Huxley nei boschi per qualche pratica da strega?"

Continuavamo con questo scherzo, una commedia che mettevamo in atto ogni volta che non sapevamo di che altro parlare. Così decisi di dargli corda.

"Stasera no. Pensavo di lasciare un po' in pace Satana. Come va il tuo piede?"

"Oh, sai. Ho perso un dito... e anche il piede, a dire il vero... non potrò più camminare." Mantenne un'espressione impassibile finché io iniziai a ridere. "Cosa? È la verità."

"Come va davvero?"

"Bene." Sollevò il piede con lo stivale per dimostrarlo, con gli occhi che scintillavano. Le labbra si contrassero. I nostri sguardi si incrociarono e restammo a guardarci. Il calore pervase il mio corpo e io mi schiarii la voce per rompere l'incantesimo.

"Ti devo un drink." Gli occhi mi si abbassarono al tavolo, sorpresa per il momento che avevamo condiviso.

Lui sollevò il bicchiere ancora pieno. "Forse più tardi."

Pensai alle venti sterline che Roisin mi aveva dato prima che uscissimo. Era solo in caso dovessi offrire un giro se il gruppo lo avesse deciso. "Va bene."

Appoggiò nuovamente la pinta di birra sul tavolo. Di fronte a me, Roisin aveva bevuto a metà il suo Aperol spritz e si stringeva a Pawel, dandogli ogni tanto un buffetto sul braccio con aria civettuola. Non saprei dire se stessero insieme o se fossero ancora alla fase del corteggiamento. Risatine, sorrisi e doppi sensi.

"Allora," disse Ade. "Come ti sei sistemata a Highwood? Ovviamente, la signora Huxley è amichevole come un dobermann ammaestrato, intendevo esclusa lei."

"Vuoi dire a parte il fatto che qualcuno mi ha inviato una minaccia il primo giorno? Beh, è stato fantastico."

"Una minaccia?" Si accigliò. "Cosa è successo?"

Raccontai ad Ade del diorama, dalla bambola alla base della scala a chiocciola a pareti e pavimenti imitati alla perfezione. Poi gli raccontai della versione di Lottie, di lei da bambina in biblioteca. Mentre raccontavo, i suoi occhi si spalancarono e le sopracciglia si sollevarono finché il suo volto assomigliò a un emoji.

"Perché a me e perché a Lottie? Perché la stessa persona vuole torturare noi due? Io sono solo una cameriera. Una nuova cameriera. Sono qui da due settimane."

"Forse voi due in qualche modo siete collegate," disse.

"Lei è ricca e io sono povera." Alzai le spalle. "Non riesco a capire come."

"In comune avete la residenza. Vivete lì tutte e due, più o meno. O forse ha a che fare con il tuo passato. Che mi dici dei tuoi genitori? Potrebbero aver conosciuto gli Howard in qualche modo?"

Mi spostai sulla sedia, chiedendomi quanto avrei potuto raccontargli. Una parte di me pensava che la sua opinione su di me poteva essere influenzata dal sapere tutto della mia vita, gli errori, le disgrazie. E poi, certo, il mio legame segreto con la residenza. Per prendermi un po' di tempo e cercare di nascondere il conflitto interno, bevvi gli ultimi sorsi della mia Coca.

"Immagino si possa dire che mio padre è un estraneo per me, dato che l'ho incontrato solo una volta. Mia madre..." Esitai. Dovevo dirglielo? Lo conoscevo a malapena. "No. Non penso." Ed era la verità. Considerata l'età di Lottie, mia madre doveva essersene andata prima che lei nascesse. Non avevo mai pensato che i diorami potessero essere collegati a mia madre. Non c'era un legame abbastanza forte tra loro.

Rimase in silenzio per un po' e poi andò al bar a ordinare un altro giro di drink. Mi ritrovai persa nei miei pensieri, dimenticandomi completamente la promessa di offrirgli una pinta. Quando tornò, finimmo per rimanere presi da una conversazione gestita da Pawel su quanto la figura della signora Huxley fosse misteriosa.

"Ha davvero un marito?" Disse Roisin. "Vive *da sola* nei suoi uffici a Highwood."

"Lo aveva," disse Pawel, "ma poi l'ha ucciso e lo ha cucinato in un polpettone."

"Ma dai, non è così male," disse Roisin. "Non siamo cattivi."

"Non è così *male*, ma è così *strana*. È come se non avesse niente di meglio che vivere per gli Howard. Che altro fa a parte lavorare? Non beve. Non socializza con noi. Quando gli Howard vanno a dormire, come passa il tempo?" Pawel sollevò le spalle in modo esagerato.

"Va da qualche parte ogni domenica," disse Roisin. "Al pomeriggio esce per diverse ore e quando torna non è più lei."

"Cosa intendi con non è più lei?"

"Non so. È triste, mi pare."

"Pensi che abbia un amante?" Suggerì Ade.

"Nah. Troppo occupata a soddisfare il *piccolo* Lord Bertie, se capite cosa intendo." Pawel sbuffò e Roisin lo colpì sul braccio.

"Non essere così rozzo," scattò.

La battuta squallida di Pawel ammazzò la conversazione e ci mettemmo a parlare di altro. Offrii ad Ade quel drink mi raccontò di lui per un po'. Si era trasferito a York per prendere un diploma in orticoltura sei anni prima. Dopo il diploma aveva chiesto lavoro a Highwood. Gli Howard erano i suoi primi datori di lavoro stabili.

"A dire la verità, sono venuto al nord perché volevo andarmene da Londra. Amo i miei genitori e la mia sorellina, ma ho sempre odiato la città."

La trovai una cosa sorprendente. "Come mai?"

"Semplicemente non fa per me. Mi piace il silenzio. Mi piace l'aria pulita. Qui si possono sentire le piante."

Quasi mi soffocai bevendo. "Scusa, cosa?"

Lui rise. "È la verità. Prova ad ascoltarle la prossima volta. Cantano."

Alla fine, cominciammo a parlare di nuovo dei diorami, cosa che mi fece piacere perché mi aiutava a elaborare quello che era successo. Volevo sentire l'opinione di Ade perché per me era un punto di vista nuovo.

"C'è qualche connessione," disse lui. "Lottie ha finito per far licenziare la cameriera e tu sei una cameriera. È questo il filo che lega tutto insieme. Comunque, non capisco perché. Il fatto di Lottie è successo più di dieci anni fa."

Sorseggiai la mia Coca. "Ro mi ha detto di Chloe, la cameriera che mi ha preceduta e mi sono chiesta se lei, non so, potesse cercare di farmi scappare. Poi ho pensato che potesse essere la Huxley, che è lì da anni e deve aver visto tutto. Ma perché dovrebbe preoccuparsi di una cameriera licenziata da così tanto tempo? Le persone coinvolte nella storia di Lottie devono essere andate oltre. Non pensi?"

"Sai, lavoro qui da quattro anni ormai e ho notato che c'è una sostituzione stranamente frequente di cameriere a Highwood," disse Ade. "Spesso ho pensato che fosse a causa di Margot. Può essere piuttosto esigente. Ma forse è anche perché Lord Bertie ne assume tante dal programma Providence e non sempre si integrano."

Fissai il bicchiere davanti a me, ancora una volta non volevo ammettere altro del mio passato oscuro.

"Potrebbero esserci altri ex-dipendenti scontenti là fuori," disse Ade. "Ma un diorama è una cosa fottutamente strana da mandare."

Capitolo Ventidue

Barcollammo fuori dal pub a mezzanotte. Io agganciai un braccio sotto la spalla di Roisin per aiutarla a reggersi sul marciapiede. Lei mi sorrise, soffiandomi in faccia una zaffata alcolica. Era impossibile arrabbiarsi con lei, perché anche da ubriaca restava dolce, mi accarezzava la faccia e mi diceva quanto ero graziosa.

"Alex Howard è uno stronzo," disse. "Devi stargli lontano. Non ti tratterà bene."

Ade, dall'altro lato di Roisin, mi lanciò una rapida occhiata e poi allontanò intenzionalmente lo sguardo. Le mie guance arrossirono.

"Non ha trattato bene Chloe," lei continuò a biascicare. "Lei piangeva *tutto il tempo*. Ogni notte. Mi rendeva così triste, ma lei non voleva dirmi cosa non andasse. Continuava a piangere e piangere." Si fermò all'improvviso sulla strada e si liberò dalla presa mia e di Ade. Poi mi prese il volto tra le due mani. "Non voglio che tu pianga."

"Non preoccuparti, Ro," le dissi. "Sto bene. Va tutto bene."

"Davvero?"

"Sì, vieni. Cerchiamo un taxi."

"Oh non troverai nessun taxi qui dopo le undici," disse Ade. "Dovremo camminare."

“Tu abiti al villaggio però, vero? Non sei obbligato a venire con noi,” dissi.

“Non puoi portarla su per la collina da sola. A meno che non vogliate fermarvi da me. Sto proprio dietro l’angolo.”

“Cosa ne dici?” Chiesi a Roisin, anche se non era in grado di dare una risposta sensata.

“Domani abbiamo la giornata libera,” disse Roisin. Anche da ubriaca, sembrò riflettere per vagliare i pro e contro. La simpatica piccola ruga che apparve tra le sue sopracciglia fece sì che io e Ade ci scambiassimo uno sguardo divertito. “Alla signora Huxley non piacerebbe. Ci vorrebbe alla residenza.”

“Potremmo andare su domani mattina presto.” Infastidita dal pugno di ferro della signora Huxley a Highwood Hall, aggiunsi: “è la nostra giornata libera e possiamo fare quello che vogliamo. Che vada a quel paese la signora Huxley.”

“A quel paese la signora Huxley,” disse Roisin ridacchiando.

Ade ci allontanò dalla strada che portava alla residenza e ci ricondusse nel cuore del villaggio. Instabili, con Roisin appoggiata tra noi, superammo l’ufficio postale e l’antiquato negozio di souvenir. Girammo in una strada acciottolata che fece quasi rovesciare Roisin con i suoi tacchi a spillo e alla fine arrivammo a una villetta bifamiliare.

“Ho solo due camere da letto,” ci avvisò Ade. “E la maggior parte dell’altra stanza è occupata dalle piante. A dire il vero, quasi tutta la casa lo è.”

Anche al buio, notai il verde all’esterno della casa. Lunghe viti si allungavano sui tralicci, lasciando pendere fiori carnosi, e un alto girasole tenuto su con delle canne, il grande capo che incombeva su di me. Roisin sorrise guardandolo, cercando di toccare i semi al centro. Ade ridendo aprì la porta e ci fece entrare.

Una volta dentro, Roisin fu abbastanza ubbidiente da bere dell’acqua e lasciarsi mettere sotto le coperte sul divano. Ade appoggiò una grande ciotola sul pavimento vicino a lei. I capelli rosso chiaro si erano adagiati sopra al bracciolo. Mi girai verso Ade per scusarmi dell’intrusione ma lui era già andato in cucina.

“Vuoi una tazza di tè?”

Assumere caffeina era una cattiva idea, considerata l’ora, ma continuavo a sentirmi irrequieta. Almeno tenere una tazza mi avrebbe dato qualcosa da fare con le mani. Annuii e mi sedetti al piccolo tavolo rotondo al centro della cucina. Una rigogliosa pianta ragno era posata nel mezzo e io mi misi pigramente a giocherellare con le foglie. I miei occhi vagarono per la stanza, scoprendo tutte le altre piante della cucina. Un'orchidea sul davanzale, piante grasse allineate su un tagliere. Alte palme con le fronde pendenti in un angolo della stanza. La villetta di Ade era piccola e affollata, ma non dava la sensazione di disordine e accumulo della maggior parte delle abitazioni compatte. Era semplicemente accogliente.

Zia Josephine aveva sempre detto che una casa poteva rivelare di una persona più di qualunque cosa si dicesse. Una casa disadorna, senza anima, apparteneva a un essere umano vuoto. Ma la casa di Ade era strapiena di vita che lui nutriva.

"Zucchero?"

"No, grazie." Sorrisi mentre versava l'acqua dal bollitore. "Hai bisogno di un animale."

Sollevò un sopracciglio mentre mi guardava da sopra la spalla. "Cosa te lo fa pensare?"

"Beh, ti piace prenderti cura di cose viventi. Perché non un animale?"

"Mi piacciono i gatti." Appoggiò la tazza su un sottobicchiere davanti a me con un sospiro. "Ti giuro che le bevute del sabato sera non finiscono così di solito. Non so cosa abbia preso a Roisin."

"Penso che avesse bisogno di scaricarsi. Mi ha dovuto fare da babysitter per quasi due settimane."

"Non riesco a immaginare che possa essere così pesante." Lo scintillio nei suoi occhi mi fece capire che faceva lo spiritoso ma la curva della sua bocca implicava qualcosa di sensuale.

Le mie dita si strinsero alla tazza e lasciai cadere lo sguardo sul tavolo. Le cose erano già abbastanza complicate senza aggiungere Ade alla miscela. Mi travolse un nuovo senso di claustrofobia. Quelle fronde piegate sembravano incredibilmente opprimenti in quella piccola stanza.

"Stai bene?" Mi chiese.

"Sono state settimane strane," risposi. "Lo sento. Il mio umore..." Agitai una mano. "Sono confusa in questo momento.

Non ti capita mai di sentire che non puoi fidarti di te stesso? Come se il tuo cuore stesse per tradirti?"

Piegò la testa da un lato come per valutare la domanda, poi lasciò andare una risata silenziosa, priva di umorismo. "Sinceramente, non so. Forse. Ma... non saprei proprio."

Annuii. "Fa niente. Sei troppo assennato. Troppo a posto."

"Beh, abbiamo tutti i nostri momenti negativi. Cerca di non lasciare che queste cose ti colpiscano. È esattamente quello che vorrebbe lo strambo che ti ha mandato quella stronzata. Lord Bertie non tollererà nessuna minaccia alla sua famiglia. Scommetto che si risolverà tutto tra qualche settimana."

Picchiettai un dito sulla ceramica della tazza, ricordando le parole insensibili di Lord Bertie: *Ho altro da fare che non indagare su stupidi regali*. Tutto quello che aveva detto mi aveva lasciato un sapore amaro. Forse era perché eravamo seduti lì nelle prime ore del mattino, con un cielo nero pece dietro le finestre della cucina, ma dentro mi sentivo tirata al limite, come una pelle di tamburo.

"Pensi che ci sia qualcosa di strano riguardo Highwood Hall?" Chiesi.

Ade soffiò tra le labbra come se gli avessi posto una domanda impossibile. "Ci sono molte cose strane riguardo Highwood Hall. Per anni ci sono state chiacchiere sul fatto che fosse infestata, ma sono sciocchezze."

"Davvero?"

"I fantasmi non esistono." Alzò le spalle. "È solo una vecchia casa. Non crederai mica a quelle cose, no?"

"No," sorseggiai il mio tè.

I suoi occhi si strinsero leggermente e capii che non mi credeva, ma continuò. "Lord Bertie è uno strano tipo. E... losco. Anche il figlio."

"Cosa intendi con losco?"

"Ho sentito parlare di alcune cose di cui si occupa. Le persone con cui fa affari non è proprio brava gente. Io sono solo un cazzo di giardiniere, sai? Non sono un esperto su come si fanno i soldi nel settore finanziario. Ma uno dei suoi migliori partner è andato in prigione per frode qualche anno fa."

"Wow. Che notizia."

“Sì.” Ade si spostò sulla seggiola. “E Alex...”

Mi sporsi in avanti, il mio interesse era cresciuto esponenzialmente. “Cosa sai di lui?”

“Non mi piace quel tipo.”

“Perché no?”

Ade sollevò due dita e le agitò davanti al volto. “Non c’è nulla dietro quegli occhi. Ogni volta che ti sorride, non è reale. Mi fa venire i brividi.”

Avvolsi entrambe le mani intorno alla tazza di tè, cercandone il calore.

Capitolo Ventitré

Mentre mi rigiravo nel letto della camera degli ospiti di Ade, sognai che un'entità senza volto schiacciava Highwood Hall riducendola alle dimensioni di una casa di bambola e io ero più piccola di una Barbie mentre facevo le mie pulizie. Era tutto proporzionato eppure sembrava tutto straordinariamente sbagliato. La pannellatura di legno era solo plastica attaccata a una parete di cartone e quando abbassai lo sguardo sulle mie mani erano deformate e rigide, le dita troppo lunghe, le giunture fisse. Avevo comunque il cuore che batteva nella cavità toracica e riuscivo a camminare nei corridoi, ma tutto il resto era come congelato. Una immobile signora Huxley stava nell'angolo in ombra della biblioteca, Lord Bertie disteso su una chaise longue, con un giornale in grembo, lo sguardo spento. Roisin era in ginocchio che strofinava il pavimento del corridoio, uno straccio che non si muoveva tra le mani. Ogni figura che guardavo mi faceva stringere la gola dalla paura. Le braccia e la testa mi pizzicavano mentre in tutto il corpo avevo la pelle d'oca.

Poi udii un suono di pianoforte venire dalla stanza della musica. Era una melodia romantica, che aumentava in un crescendo per poi tornare ad essere una carezza delicata. Forse Chopin. Mentre seguivo il suono, mi accorgevo di un mucchio di carte che mi cadeva dalla tasca. Lettere, forse. Le ignorai e continuai, cercando di raggiungere la stanza della musica. Ma mi ero persa. Ogni volta che cercavo la stanza della musica finivo nella sala da pranzo, con la madre di Alex che mi fissava dalla parete dipinta. Poi ceravo di trovare la porta di servizio, in modo da riuscire almeno a tornare in cucina, ma invece scoprivo che anche il mio ritratto era dipinto lì. Capelli scuri, pelle olivastra. Un'espressione di dolore e preoccupazione sul volto. Le labbra si muovevano. La mia versione dipinta cerava di parlare ma io non la volevo ascoltare. Corsi indietro sulle mie gambe di plastica finché inciampai.

Una mano mi toccò la spalla, strappandomi al sogno. E poi mi svegliai. Gli occhi marrone scuro di Ade guardavano giù verso di me con espressione confusa.

"Mi dispiace molto," disse. "Ho dovuto svegliarti perché è ora di tornare a Highwood. Sono le sette. Ti ho preparato una tazza di tè."

Girandomi lentamente, mi resi conto che avevo la fronte e il labbro superiore sudati. Mi passai la mano sul volto e poi la infilai tra i capelli. Gli occhi di Ade erano incollati alla mia faccia e io controllai che il piumino mi coprisse il corpo. Avevo dormito in biancheria intima perché non volevo andare a letto con il vestito di Roisin. Per fortuna, ero coperta.

"Stai bene?" Mi chiese.

"Ho fatto un brutto sogno. Grazie per il tè. Come sta Roisin?"

"Sta trangugiando acqua," disse con un sorriso. "Tra qualche ora starà bene."

"Almeno non dobbiamo pulire i bagni oggi."

Lui annuì. "Comunque, ti lascio vestire. Se vuoi puoi farti una doccia."

"Grazie," dissi. "Farò la doccia quando arriveremo alla residenza."

Lui uscì dalla stanza e io mi misi quasi a ridere. Ade era esattamente l'opposto di Alex praticamente in ogni modo. Se Alex era presuntuoso e arrogante, Ade era insicuro e un po' timido. Alex non si sarebbe sentito in imbarazzo a svegliarmi. Avrebbe aperto le tende e mi avrebbe ordinato di alzarmi. *Chi è il tuo capo?* Rabbrividii.

RIENTRAMMO IN TAXI, dato che il furgone di Ade era ancora alla residenza. Gli occhi da corvo della signora Huxley ci seguirono mentre in punta di piedi percorrevamo il corridoio fino alla nostra stanza. La mano di Roisin era nella mia, i suoi occhi fissavano i piedi. Io aprii la bocca una o due volte per parlare, ma non riuscii a raccogliere il coraggio per farlo. Era la nostra giornata libera. Non dovevamo nessuna spiegazione, eppure mi sentivo come un bambino che sta per essere sgridato dai genitori.

Nella camera che condividevamo, mi sfilai il vestito in prestito.

"Vorrei dormire ma non credo di riuscirci," disse Roisin stendendosi nel suo letto.

Mi avvicinai a lei, preoccupata. Avevo colto dell'ansia nella sua voce, quasi come una sofferenza o forse un gracchiare che suggeriva che stesse per crollare.

"Cosa c'è che non va, Ro?" Lentamente, sentendomi un po' debole a causa della serata finita tardi e dei tacchi alti, mi chinai in modo che fossimo faccia a faccia.

"Io... mi sento come se avessi fatto così tanti sbagli. Sai?"

"Che genere di sbagli?"

Si pulì qualche lacrima dal volto. "Oh, Dio, scusami. È il dopo-sbornia."

Ma io non le credevo. Il volto di Roisin era macchiato di mascara e tirato intorno agli occhi e alla bocca. Sapevo che c'era qualcosa che non voleva dire. Ma non immaginavo cosa.

"Vieni qui, amica mia," disse, sollevando il piumino.

Come due sorelle in un romanzo della Austen, ci distendemmo insieme tenendoci per mano. Dopo nemmeno cinque minuti lei iniziò a russare leggermente e io mi districai dalla sua presa. Mi feci una doccia, mi cambiai e andai a passeggiare in giardino per schiarirmi le idee. Una foschia bassa si insinuava tra gli alberi e una pioggerella inumidiva l'aria. Era una sensazione piacevole sulla pelle dopo una notte insonne. Camminai tra il verde per quasi mezz'ora e quando tornai alla residenza la signora Huxley non era più in cucina. Quando chiesi a Pawel dove fosse, disse che era sparita per la sua uscita settimanale.

Tornai verso la stanza che condividevo con Roisin, arricciandomi nervosamente una ciocca di capelli tra le dita. Non erano affari miei dove andasse la signora Huxley nel suo giorno libero, ma il sospetto mi tormentava la mente.

Invece di entrare in camera, proseguii verso gli alloggi della signora Huxley. Doveva avere dei dati registrati lì dentro. E il nome di mia madre poteva essere tra quelli. E se mia madre avesse lasciato un recapito di inoltro? Se fossi riuscita a rintracciarla?

Sogni irrealizzabili. Se avesse voluto farsi trovare, la zia Josephine ci sarebbe già riuscita. Mi calmai e appoggiai una mano sul legno, ricordando le battute sulla Huxley fatte la sera prima. La sua situazione era strana, a pensarci bene. La maggior parte delle cameriere erano giovani alle prime esperienze lavorative, senza alcun legame. Fare la cameriera a Highwood era più come proseguire la scuola o l'università. Era come mettere in pausa la vita per un periodo mentre ti mettevi in sesto e facevi un po' di soldi. E il fatto che la signora Huxley vivesse nei suoi "alloggi" all'interno della casa era strano e antiquato. Sembrava non avere famiglia o relazioni al di fuori della residenza, e il personale che lavorava lì da tempo, come Pawel, non sapeva niente della sua vita privata.

La mia mano scivolò lungo il legno finché agganciò la maniglia della porta. Era probabilmente chiusa, sapevo che doveva esserlo, e tuttavia volevo disperatamente entrare. Volevo vedere come viveva, che genere di fotografie aveva appeso al muro, se era incredibilmente ordinata o segretamente sciatta. Volevo sapere cosa faceva nel tempo libero. Lavorava alla creazione di intricati diorami rappresentanti Lord Bertie nel suo ufficio o Margot in relax vicino alla piscina con il turbante e una sigaretta in mano? Avrei trovato una bambola con le mie sembianze?

Delicatamente, come se temessi che qualcuno potesse udirmi spiare, abbassai la maniglia. Ovviamente era chiusa a chiave. In uno stato di torpore tornai nella mia camera e mi sedetti sul letto. Roisin aprì un occhio e poi l'altro. Sbadigliò, strofinò il mascara ancora più giù sul volto e si girò di lato.

"Pensi che Pawel mi farebbe una frittura se gli proponessi un favore in cambio?"

Sollevai le sopracciglia. "Che genere di favore?"

"Non mi interessa nemmeno a questo punto. Ho solo bisogno di grassi." Esitò, sedendosi sul letto. "Cosa c'è?"

"Ho cercato di entrare nell'ufficio della signora Huxley."

"Perché?" Fece una smorfia tanto lo trovava ridicolo e la fatica nel suo sguardo mi fece capire chiaro e forte che era ancora piuttosto confusa per l'eccesso di alcol.

"Penso sia lei," dissi. "Deve essere così. Chi altro potrebbe essere?"

"Cosa?"

"I diorami."

"Ah." Sembrava stanca, come se avesse di meglio da fare. Non me la presi per il fatto che se ne fosse scordata e che il suo primo pensiero non fossero le mie preoccupazioni. Comunque, mi turbava il fatto che nessun altro percepiva questi pacchetti come minacciosi. "Ma perché dovrebbe farlo? È strana, lo so, e abbiamo riso parlando di lei al pub e tutto quanto. Ma lei non ti conosce, no? Immagino che ce la possa avere con gli Howard, ma gli sta dietro tutto il giorno e la notte. Sinceramente penso che gli voglia bene. Forse anche troppo."

"Immagino di sì." Non avevo voglia di contraddirla. "Chiederò a Pawel per la frittura."

"Ti voglio bene." Ridacchiò verso di me.

"Questo è l'alcol che parla," risposi, sentendo un sorriso allargarmisi sul volto e mi diressi in cucina a chiedere la colazione.

Mentre percorrevo il corridoio, sentii dei passi alle mie spalle. Quando mi girai, vidi la signora Huxley uscire dai suoi alloggi.

"Ma lei..." Scoppiai.

Lei raddrizzò la schiena e mi guardò. Inossava lo stesso abito bordeaux del giorno in cui ero venuta a fare il colloquio. "Ma io?"

"Pensavo che fosse fuori."

"Beh, è evidente che sono tornata," disse e sul suo volto avrei giurato di notare del divertimento, l'angolo della bocca leggermente sollevato. "Cos'hai da fissare imbambolata?"

"Niente..."

"Dove siete andate ieri sera?"

"Al Crossed Scythes."

Sollevò un sopracciglio. "È una cosa saggia? Considerato il tuo passato."

"Non che siano affari suoi," dissi, "ma le assicuro che ho trascorso la serata bevendo Coca Cola. Siamo usciti tardi e ci siamo fermate a casa di Ade, nel villaggio." Mi scocciava giustificarmi con lei, ma non riuscivo a evitarlo.

"Ah, le giovani e i loro sogni. Avevo sperato che tu fossi più disciplinata, ma le ragazze del programma non lo sono mai."

"Come, scusi?"

"Spero che tu ti goda il giorno libero. Domani si torna al lavoro e dovete pulire i bagni." Si allontanò da me, muovendosi silenziosamente come faceva lei. In quel momento la odiai per avermi giudicata e fatta sentire inadeguata.

Non appena ebbe voltato l'angolo, corsi alla porta del suo ufficio e provai la maniglia, ma era ancora chiuso a chiave. Mi confondeva come riuscisse a passare davanti alla camera mia e di Roisin senza che la sentissimo. La signora Huxley si muoveva silenziosa come un cigno sull'acqua, ma non era possibile che non percepissimo nemmeno i suoi movimenti. Il fruscio del vestito, l'accenno di un passo sul pavimento duro. Pawel aveva detto che era uscita prima che io tornassi in camera con Roisin. Quando era stato? Un'ora prima? Da dove arrivava? C'era una porta esterna che portava al suo ufficio? Dovevo saperlo.

Dopo aver convinto Pawel a friggere un po' di bacon e uova e portarle a Roisin, uscii dalla casa e feci il giro del perimetro. C'erano diverse porte all'esterno e alcune di queste non avevo idea di dove portassero e nemmeno se fossero utilizzate. Camminai intorno all'ala est, tra la residenza e l'edificio delle stalle, verso la posizione in cui si trovava l'ufficio della signora Huxley, ma non riuscii a trovare una porta, solo una finestra. Scrutando dal vetro vidi cose di poco conto: una scrivania ordinata, una sedia e alcuni scaffali con delle cartelle.

"Stai progettando un furto?"

Gridai e mi girai, e un sorriso divertito percorse le labbra di

Alex. Era facile capire di che umore fosse solo da quel sorriso. Era in modalità affascinante e bello. Era l'Alex alla mano.

"Sì," dissi con il cuore che mi batteva forte. "E pensavo di iniziare dall'ufficio della governante. È lì che tenete i gioielli, vero?"

Alex guardò sopra la mia testa nella stanza della signora Huxley. "Io invece credo che tu stia curiosando. Che piccola spiona sei. Cosa ha fatto?"

Io scossi la testa. "Beh, a parte azzannarmi la testa...? Niente, credo. A parte che di tanto in tanto salta fuori dove meno te l'aspetti."

"Vuoi dire come ora?" Si girò come se dovesse svelare la Huxley alle sue spalle. Ma non c'era nessuno e si mise a ridere.

"Molto divertente." Alzai gli occhi al cielo. Era piacevole quando era di questo umore.

"Vieni, voglio mostrarti una cosa." Mi afferrò la mano. Ero di nuovo incapace di evitarlo.

Capitolo Ventiquattro

Ogni nervo della mia mano era conscio del suo tocco, del contatto con la sua pelle liscia. Mani che non avevano lavorato. Mani che erano state curate. Mia zia le avrebbe prese in giro. Ma lei prendeva in giro tutti eccetto il marito morto, un operaio edile che si era ucciso prima che io nascessi. Qualcuno che capiva il lavoro duro, proprio come anch'io avrei dovuto. Le mie mani erano rosse, la pelle tra le dita screpolata. Con la mia mano in quella di Alex, avrei dovuto sentirmi imbarazzata per la mia pelle ruvida ma non lo ero. Sospettavo che gli piacessero i calli e le irritazioni sulle mie mani. C'era pieno di donne dalla pelle liscia nei circoli sociali che frequentava. Alex voleva qualcosa di diverso.

Quasi corremmo intorno al perimetro della residenza e quando me ne resi conto, mi chiesi se Lord Bertie o la signora Huxley stessero guardando da una delle finestre sopra di noi. Le scarpe sportive di Alex scalciavano i sassolini sul vialetto. Ogni tanto, una delle rose rampicanti mi si attaccava al braccio. Quando alla fine ci fermammo, avevo una spina che usciva dalla manica della mia tunica.

"Eccoci arrivati," disse. "L'ala nord."

Si fermò davanti a una porta rossa. Era un ingresso estremamente più semplice di quello principale, con un arco di pietra regolare appuntito in alto e un grande pomolo di ottone al centro. Invece di un battente, c'era quello che sembrava un moderno campanello. Con mia sorpresa, Alex prese il portafogli dalla tasca e ne estrasse una scheda che premette su quello che avevo scambiato per un campanello, aprendo con un clic.

Alex spinse la porta ed entrò. Il suo volto, metà in ombra, metà in una luce grigiastra, sembrava un teschio. Per un microsecondo mi ricordò la signora Huxley, con zigomi alti e affilati e la mascella squadrata. Lo seguii nell'oscurità, con il cuore che mi batteva forte.

Quando la porta si chiuse, piombammo in una tenebra soffocante. La voce di Alex echeggiava intorno a me, vicina e lontana allo stesso tempo.

"Ti fidi di me?"

"No."

Un tocco leggero sulla mia guancia. Anche senza vedere, sapevo che mi aveva accarezzata con una delle sue dita pallide. Il cuore mi batté più forte. Ogni muscolo del mio corpo si tese. Lo sentivo respirare vicino a me, affannato, eccitato. E poi in alto si accese una luce e il suo volto emerse dal buio a pochi centimetri di distanza. Lo shock mandò un brivido attraverso i miei muscoli tesi. Lui aveva una mano sul muro alle mie spalle, le dita ancora sull'interruttore, e l'altra mano era stretta a pugno vicino al suo fianco. I suoi occhi erano fissi nei miei. Rimanemmo lì per dieci secondi, entrambi fermi, rigidi, poi lui riprese a camminare per la stanza.

Dai miei polmoni uscì un debole soffio d'aria ed ebbi un tremito di sollievo o delusione, o entrambi. Ma mentre lui era lontano potevo rilassarmi un po' e studiare quello che mi circondava. Le finestre erano oscurate da strati di polvere e una lampadina nuda pendeva sopra le nostre teste, emanando una luce dorata sul pavimento del salone coperto di detriti. Parte dell'intonaco era caduto dalle pareti e copriva il terreno su cui camminavamo. Il pulviscolo mi penetrava nelle narici e lottai contro il desiderio di starnutire per non rompere il silenzio. Mi strofinai il naso e mi trattenni, riflettendo sul fatto che questa non era polvere di sporco, era quella più pulita e delicata proveniente dal cemento frantumato.

"Come mai Lord Bertie non ha ancora finito di ristrutturare quest'ala?" Chiesi, dimenticandomi della mia posizione e conversando con lui come se fossimo pari.

Lui non si girò per rispondere. Aprì la porta che portava alle stanze successive. Sulla soglia iniziò a parlare e la sua voce sembrava venire da lontano. "A papà non interessa l'ala nord. Sa che non è sua." Si girò verso di me. "Muoviti."

Accelerai il passo seguendolo, aspettandomi altre macerie. Invece, mi ritrovai in una sala incredibile, con pareti dipinte e soffitto decorato. Il murale rappresentava la natura e creature mitiche, con cherubini danzanti e farfalle che svolazzavano. Notai un colibrì, le ali delicate traslucide contro lo sfondo arancione bruciato. Lasciai che le mie dita si allungassero verso il becco. Alex mi diede uno schiaffo sulla mano per allontanarla.

"Non si tocca," disse. "Non finché io dico che si può."

Rimasi immobile, in attesa, facendo il suo gioco.

"Ora puoi."

Volevo compiacerlo, così proseguii finché le mie dita toccarono delicatamente la parete fredda. Era come toccare Alex. Era fatto della pietra più fredda. Il suo sorriso non arrivava mai agli occhi. Ade aveva ragione.

"Ti piace qui?" Chiese.

"Sì."

"Questa dovrebbe essere la sala della colazione." Tirò via una delle lenzuola polverose per scoprire una splendida finestra dai vetri colorati, alta il doppio di me. La stanza si riempì subito di un bagliore caldo, evidenziando la pittura arancione. "E qui dovrebbe essere dove io tengo le feste," disse, indicando quella che avrebbe potuto essere una specie di sala da ballo o grande sala da pranzo. Si sporse su un vecchio piano verticale e suonò qualche battuta di Rachmaninoff. Era stonato e sgraziato, una versione honky-tonk.

"Perché mi stai mostrando tutto questo?" La domanda mi uscì dalle labbra senza che ci pensassi troppo. Forse avrei dovuto essere un po' più diffidente ma lui non mi spaventava. Avevo così poco da perdere.

Si allontanò dal piano e venne lentamente verso di me, le mani cacciate nelle tasche. "Quando sarò sposato, verrò a vivere qui con mia moglie e i figli. Quando avremo ospiti, suonerò il piano per loro. Forse eseguirò la sonata che mi stai aiutando a imparare. O magari Chopin per un'atmosfera più romantica. Ci sarà una camera per i bambini. La signora Huxley può aggiungere altro personale per aiutare a coprire quest'ala. Lottie può andare a farsi fottere e vivere con il primo presuntuoso dal naso all'insù con abbastanza soldi per nutrire il suo bisogno di coca. Margot può continuare a decomporsi nella stanza di sopra e papà può restare nel suo ufficio, a contare i soldi. Io invece prenderò l'ala nord, l'ala dimenticata." Mi venne così vicino che io mi spostai. Ma Alex non si arrese, appoggiò le mani sulle mie spalle stringendo sempre di più. Io non emisi un suono. Nemmeno quando cacciò le unghie nella mia carne attraverso il tessuto dell'uniforme. "È il genere di posto in cui vorresti vivere?"

"Sì."

"Dove vivevi prima di venire qui?" Mi lasciò andare e io provai dolore quando tolse le dita.

"Non vivevo da nessuna parte. Passavo da un divano all'altro."

Fece un sorrisino complice. Il suo dito mi strofinò di nuovo la guancia e lui si sporse verso di me. "Ora ti fidi di me?"

"No."

Avvolse le braccia intorno alla mia vita. Il suo corpo era talmente vicino al mio che sentivo battere il suo cuore. Ma invece di baciarmi, premette la guancia contro la mia.

"Cosa stai facendo?" Sussurrai.

"Voglio che tu ti fidi di me," disse, senza rispondere alla mia domanda.

"Hai detto così anche a Chloe?"

Al sentire il suo nome, si allontanò da me e si girò dall'altra parte. Quel nome aveva toccato un nervo scoperto ma non mi importava. Non sapevo cosa volesse da me.

"L'hai portata qui?" Chiesi.

"No," disse lui, sempre senza guardarmi. Non faceva alcuna differenza, pensai.

"Non ti credo."

"Credi quello che vuoi. Forza, è ora di andare."

Non volevo restare chiusa nell'ala nord, perciò lo seguii ripercorrendo all'indietro la strada da cui eravamo arrivati, fermandomi nella stanza arancione per toccare il becco del colibrì. Perché mi aveva portata lì? Forse voleva provocarmi mostrandomi una vita che non avrei mai avuto. I contatti, il caldo e il freddo, il morbido e il ruvido, lo sguardo verso un futuro che non mi apparteneva. Faceva tutto parte del gioco.

Alex mi tenne aperta la porta e uscimmo all'aria fresca. Per la prima volta da quando avevo pronunciato il nome di Chloe, mi guardò.

"Senti, voglio davvero che ti fidi di me. Mi dispiace se sono... freddo. Non hai idea di cosa significhi vivere in questa famiglia, essere l'erede di *questo*."

"Dev'essere una vera sofferenza," risposi.

Strinse leggermente gli occhi. Intorno a lui, il vento si insinuava attraverso i rami di edera che si arrampicavano sulle pareti di pietra. L'edera si muoveva e respirava, mentre Alex era immobile come una statua. Avevo sentito battere il suo cuore, visto una scintilla nei suoi occhi per una volta. Per la prima volta, fui spaventata da come cambiava rapidamente. "So di essere un privilegiato. Pensi che non me ne renda conto?"

Alzai le spalle. "Ti conosco a malapena."

"Beh, lo so bene. Ma questo non cambia il fatto che porto il peso di generazioni sulle mie spalle e devo tenere conto di tradizioni che preferirei dimenticare."

"Non puoi usarmi per evadere dalla realtà," dissi. "Io non sono così. Valgo più di questo."

"Lo so. Ma ti stai anche divertendo, non negarlo."

Non dissi niente.

"Devo andare." Fece un passo indietro. "Parleremo di nuovo. Magari nella stanza della musica. Mi piace passare il tempo con te."

"Va bene." Mi appoggiai all'indietro sulla porta rossa, aspettando che se ne andasse.

Cacciò le mani nelle tasche, in modo quasi rabbioso. "Non passare tanto tempo con il giardiniere."

Le labbra mi si stavano torcendo in un sorriso, ma lo soffocai. "È un ordine?"

Si girò e si allontanò a lunghi passi, la sua risposta mi arrivò attraverso il vento. "Sì."

Capitolo Venticinque

Lunedì arrivò e passò in un soffio. Pulii il pavimento del bagno ma la signora Huxley trovò delle macchie nere sotto al lavandino, così rifeci il lavoro e poi lei decise che il gabinetto non era abbastanza lindo. Quel giorno strofinai le piastrelle di ogni toilette di Highwood Hall. All'ora di cena le mie ginocchia erano rosse e sbucciate.

Mi puniva per aver passato fuori la notte di sabato. Roisin non ebbe la stessa punizione, ma dovette lucidare l'argenteria da sola mentre io mi occupavo dei bagni e non servimmo nemmeno la cena. La signora Huxley si fece aiutare dal personale di cucina. Eravamo state retrocesse ai lavori più umili, con lei sempre ad aggirarsi sullo sfondo, riservandoci solo parole dure. *Non va bene. Fallo di nuovo. Concentrati.*

L'intera giornata vide la mia mente in continuo mutamento. Avevo iniziato a ristagnare in quella casa, senza fare altro che le pulizie per cui ero stata assunta. Ma il diorama che mi rappresentava rimaneva nell'ufficio di Lord Bertie e io ancora non avevo idea di chi l'avesse mandato. Non ero ancora riuscita a ottenere dalla signora Huxley le informazioni che cercavo senza farle sapere di mia madre.

Alla sera, Roisin e io collassammo nei nostri letti e dormimmo profondamente. Non ci furono chiacchierate fino a tardi e nemmeno incubi. Non ero mai stata così stanca.

Martedì fu più o meno lo stesso. La signora Huxley divise di nuovo me e Roisin assegnandoci a diverse parti della residenza. Io trascinai un pesante aspirapolvere su e giù per le scale, spolverai gli angoli più remoti dei soffitti. Poi mi mandò a lavare il pavimento della cucina. Non vidi né Alex né Ade in quei due giorni. Più tardi scoprii che Alex era a Londra per lavoro per qualche giorno, e che quindi la mia ansia di trovarmelo davanti era del tutto ingiustificata.

La signora Huxley era diventata il tormento delle mie giornate e io non desideravo altro che risponderle male. Costringermi a rifare lo stesso lavoro diverse volte non era altro che una tortura. Eppure, ogni volta che pensavo di aver tirato la corda al limite, andavo avanti. Se non avessi avuto questo lavoro, cosa mi sarebbe restato? Tutto quello che potevo fare era stringere i denti e tenere duro.

Mercoledì mattina decisi che ne avevo abbastanza. Chiesi alla signora Huxley una pausa per poter parlare a Lord Bertie della sua indagine sui diorami.

Due biglie nere mi fulminarono. Appoggiò le mani sui fianchi. "Te lo dirà lui se ha informazioni importanti. I corrimani vanno lucidati." Dopo che si fu girata pensai di non ubbidire, ma poi cambiai idea.

"Signora Huxley," dissi. "Dieci minuti. Per favore. Ho il diritto di sapere cosa sta succedendo."

Lei si fermò solo per un momento e poi continuò a camminare, la gonna bordeaux sparì dietro un angolo. Io sospirai, presi la mia cesta con il materiale per le pulizie e mi diressi alla scala principale. Ma arrivata lì, lasciai il cesto sul quinto gradino e mi ritrovai a salire fino al piano di sopra. Proseguii finché arrivai all'ufficio di Lord Bertie. Poi mi fermai e bussai.

"Avanti."

Esitai prima di aprire la porta, cercando di non pensare alla conversazione che avevo ascoltato tra lui e la signora Huxley. Quella che mi aveva confermato che non gli importava niente della mia situazione.

"Mi scusi se la disturbo," dissi timidamente, non sapendo se chiamarlo "signore" o "Lord".

"Non c'è problema." Sorrise e mi fece segno di sedermi di fronte alla scrivania. Il labrador, Leo, mi annusò le scarpe e poi si sistemò di fianco alla sedia di Bertie. Mi ci volle un attimo prima di notare i diorami posti sulla scrivania tra di noi, le scatole chiuse. Le stava guardando? Notò che le fissavo e poi si allungò e ne aprì una in modo che potessi osservare di nuovo la scena. Avevo dimenticato il rosso brillante del sangue.

"Sei venuta per questo?" Chiese.

Feci di sì con la testa.

"Ti avrei chiamata comunque, oggi. Ho assunto un investigatore privato per trovare qualcosa, dato che la polizia non è giunta a niente. Non hai nulla di cui preoccuparti." Si appoggiò allo schienale della sedia, con le mani dietro la testa. "Si tratta di uno scherzo di cattivo gusto, tutto qui. Il mio amico è un eccellente investigatore, ti puoi fidare. Mi ha riferito questa mattina che chi li ha inviati è una nostra ex dipendente."

"Una ex dipendente. È stata Chloe?"

Per un momento Lord Bertie non reagì, poi corrugò la fronte come cercando di ricordare. "No, non ha detto che si chiamava Chloe. Chi è? La ragazza che hai sostituito?"

Annuii.

"Non mi ricordo molto di lei. Chloe non è rimasta qui a lungo. Alcune ragazze non lo fanno." Alzò le spalle con noncuranza. "Comunque, la polizia ha fatto due chiacchiere con la colpevole e non ci disturberà più."

Come fa a saperlo? Pensai. Ma non dissi niente, non volevo sfidarlo. "Ha saputo perché l'ha fatto?"

"Ci ha rubato dei soldi," disse Bertie. "Non tanti. Era il fondo cassa che la signora Huxley teneva nel suo ufficio. La povera ragazza soffriva di una dipendenza. Ma aveva un gran talento artistico e immagino che questo sia il suo personale modo di sfogarsi. Un vero peccato." Girò il diorama. "Ha talento."

"Come si chiamava?" Chiesi. Volevo sapere se fosse la stessa cameriera che Lottie aveva fatto licenziare una decina di anni prima. Il modo in cui Lord Bertie parlava mi faceva pensare che fosse giovane, ma potevo sbagliarmi.

"Preferirei non dirlo," rispose, piegandosi di nuovo in avanti e appoggiando le braccia sulla scrivania.

Aprii la bocca per chiedere perché, ma ancora una volta la mia decisione si era affievolita. Avevo il diritto di sapere chi mi avesse mandato un terribile messaggio tramite posta, ma Lord Bertie era l'unica persona che stava tra me e il dormire in una scatola di cartone.

"Senti," mi disse, interpretando la mia espressione esitante. "So che ha fatto una cosa orribile, ma voglio che resti anonima. È una ragazza con dei problemi ma non è pericolosa. Voleva spaventarti, tutto qui. Se ti dicessi il suo nome, si saprebbe tra tutto il personale e magari anche nel villaggio."

"Non dirò niente."

Sollevò le sopracciglia. Sono sicura che pensasse che tutte le donne sono chiacchierone. Le femmine non fanno altro che spettegolare, è nella loro natura.

"Quanto tempo fa ha lavorato qui?" Chiesi.

"Oh, alcuni anni fa."

"Lei è sicuro che non sia pericolosa? La scena che mi ha mandato è piuttosto violenta."

Intrecciò le dita e abbassò il mento. "Di certo non è piacevole e mi dispiace che tu abbia dovuto averci a che fare il tuo primo giorno. Ne hai parlato con qualcuno?"

"Qualcuno del personale. Roisin, Ade e Pawel più che altro."

"E al di fuori della residenza?"

"No."

Piegò la testa da un lato. "Nemmeno con la famiglia? Gli amici?"

Mi schiarii la voce. "A dire la verità, non parlo molto con la mia famiglia e... beh, non ho molti amici."

Annuì pensosamente. "A parte le prime due settimane, piuttosto particolari, ti sei sistemata abbastanza bene?"

"Sì, grazie."

"Vai d'accordo con tutti?"

"Sì."

"Benissimo. La Huxley mi ha detto che tu e Roisin siete andate al pub del villaggio sabato sera."

"Sì," dissi io. "Si è trattato di un'uscita per legare con gli altri del personale."

"Ah, ma certo," rispose. "Niente di sbagliato. Ma pensavo di verificare che la tua sobrietà fosse sempre sotto controllo."

"Lo è."

"Bene." Sorrise. "Beh, non ho nessuna lamentela. Le cose sembrano andare... abbastanza bene. Spero che tu resti a Highwood ancora per diversi anni." Batté insieme le mani. "Ora. Penso sia l'ora del caffè. Puoi chiedere alla signora Huxley di portarmene una tazza?"

Uscii dal suo ufficio, felice di allontanarmi dai diorami. Sollevata di non essere costretta a sorridere e annuire e sembrare grata. Nel corridoio, fuori dall'ufficio di Bertie, mi fermai e presi fiato. Ora dovevo dire alla signora Huxley che ero andata da lui. Se non avessi chiesto il caffè alla Huxley, Lord Bertie si sarebbe arrabbiato perché non avevo riferito il messaggio, ma se glielo *avessi detto*, lei avrebbe saputo che non le avevo ubbidito.

Dirigendomi verso la cucina, rimuginai sulla conversazione che avevo appena avuto con il Lord. Aveva protetto l'identità dell'ex dipendente che aveva inviato le scatole. Perché? Aveva detto che la polizia le aveva parlato ma non se avesse ottenuto risultati. Non conoscevo i reati punibili con l'arresto, ma mi sarebbe piaciuto sapere se almeno fosse stata diffidata. Ripensai al suo volto sorridente e conclusi che stava nascondendo qualcosa ed ero sicura che fosse qualcosa di importante.

Capitolo Ventisei

Più tardi, dopo un pomeriggio di lucidatura dei corrimani, Roisin e io passammo al setaccio la conversazione che avevo avuto con Lord Bertie.

"Non è stata Chloe?" Chiese lei.

"Non si ricordava nemmeno di Chloe," dissi. "A meno che non abbia fatto finta per portarmi fuori strada."

"Beh, almeno ora sai che è finita." Si arrampicò sul suo letto, con l'abbondante maglietta degli Smiths alzata fino alle cosce, e si lasciò cadere sul cuscino. Poi si girò per mettersi di fronte a me e sbatté le ciglia come se avesse delle informazioni appetitose da rivelare. "Alex torna domani."

"Ah, grande."

Roisin scoppiò a ridere. "Puoi fare finta che non ti importi per niente, ma io so la verità."

Stava ancora ridacchiando quando spensi la luce e nell'oscurità si mise a fare il rumore dei baci ed emise dei risolini.

"Come vuoi, ragazzina," dissi. "Io so che quella non è la tua maglietta. Di chi è? Di Pawel?"

Lei rise. "Forse."

Trascorse un'altra mezz'ora prima che ci mettessimo a dormire e nel frattempo continuavo a immaginare la signora Huxley davanti alla nostra porta, in attesa dell'opportunità di sgridarci perché stavamo sveglie fino a tardi.

La mattina successiva servimmo la colazione come al solito e per una volta tutto si svolse senza problemi. Perfino Margot era soddisfatta delle sue uova e della salsa olandese. Poi noi mangiammo velocemente qualcosa in cucina e ci dividemmo per fare il nostro lavoro. Io mi recai nel corridoio d'ingresso per spolverare i quadri e ben presto mi trovai persa nei miei pensieri. A un certo punto sentii uno scampanellio e capii che c'era qualcuno al cancello. Aspettai un momento che arrivasse la signora Huxley dalla cucina, ma non vidi nessuno. Quando il campanello suonò una seconda volta, timidamente mi avvicinai e chiesi chi fosse tramite l'altoparlante.

"Ho una consegna per lei."

Aprii i cancelli e attesi alla porta, chiedendomi dove fosse la signora Huxley. Di solito stava al piano terra la mattina, portando tazze di tè o caffè a Lord Bertie ogni volta che lo chiedeva, organizzando i pasti, scrivendo i menù e chiamando i fornitori. Era lei che apriva il cancello e ritirava le consegne dai fattorini. Poi mi resi conto che aspettavo alla porta sbagliata. Il postino arrivava sempre alla porta di servizio. Corsi sul lato della casa per andargli incontro e aprii proprio mentre stava per bussare.

"Solo un pacchetto, oggi." Il postino mi pose la scatola tra le mani e io strinsi forte, temendo di farla cadere. Poi mi passò alcune buste e tornò al suo furgone. Io mi diressi ai comandi del sistema di sicurezza per il cancello e fissai il monitor in bianco e nero finché il furgone del postino non fu sparito lungo la strada, poi chiusi il cancello girando un interruttore. Il cuore mi batteva nella cassa toracica. Guardai la scatola di cartone tra le mie mani e vidi che era indirizzata a Margot. La sua dimensione mi innervosì. Rimasi a fissarla così a lungo che a malapena udii il rumore dei tacchi della signora Huxley sulle piastrelle.

"Cos'hai?" Allungò la mano in attesa. Le passai la scatola con le mani che tremavano e la signora Huxley la osservò con la fronte corrugata. "Non sappiamo se è una di quelle."

"È ... è per Margot. Il postino..." Mi schiarii la gola nel tentativo di ricompormi. Perché questi diorami mi disturbavano così tanto? "Lord Bertie dice che ha risolto. Ha detto che era un ex dipendente. Perché arrivano ancora?"

"Non l'abbiamo ancora aperto." La signora Huxley sospirò accigliata, sembrando più frustrata che turbata. Si girò di scatto e percorse decisa il corridoio. Io la seguii non sapendo bene cosa fare e conscia di essere spinta da una curiosità morbosa. Volevo sapere cosa contenesse. Volevo sapere cosa quella persona avesse mandato a Margot e perché.

Trovammo Margot nella sala della colazione, accoccolata su un divano con un tascabile sul ginocchio, una sigaretta accesa nel posacenere sul tavolino e una pasta al cioccolato mezza mangiata in equilibrio precario su un cuscino. Sporse il mento in fuori mentre ci avvicinavamo.

"Ecco la cavalleria," disse, sollevando un angolo della bocca. "Cosa mai potreste volere, care? Non vi paghiamo abbastanza? Qualcuna di voi ha rotto una delle orride figurine che gli antenati di Bertie hanno rubato dall'Africa, da Taiwan o da qualche altra parte? Ah, un pacco per me. Aprilo, Huxley."

"Sì, signora," disse la Huxley, appoggiando la scatola sul tavolo basso in mezzo alla stanza. Strappò lo scotch dall'esterno, aprì le ali superiori e si fermò. Io feci un passo avanti, curiosa di sapere eppure temendo la risposta. Dopo un attimo di esitazione, la Huxley ne tolse una scatola bianca avvolta con un nastro rosso.

"Aha," disse Margot. "E così pare che mio genero non sia quel gran detective che pensa di essere. È il mio turno, vero? Avanti, facciamola finita."

La signora Huxley appoggiò la scatola su uno sgabello e tirò il nastro per aprirla. Silenziosamente, mi spostai in modo da mettermi dietro al divano, alle spalle di Margot. Volevo vedere la scena di persona in modo da poterla confrontare con le altre. Il cartone davanti cadde per rivelare le miniature dipinte e l'ambientazione del diorama. Questa mi fece mancare il respiro e istintivamente portai la mano alla bocca. Margot rimase di sasso. Sentii uscire da lei un suono che non avrei mai immaginato che potesse emettere. Un piagnucolio. Sussurrò qualcosa a sé stessa e poi strizzò gli occhi per chiuderli.

La miniatura rappresentava la sala da pranzo con il solito livello raffinato di dettaglio. Fino ai cherubini e agli angeli dipinti lungo i pannelli di legno. Sopra il tavolo c'era una bambola, molto simile a quella che rappresentava me caduta dalle scale. Era appesa a una ben realizzata versione del lampadario, fatta di minuscole perline di plastica. La figurina dondolava leggermente, ancora sbilanciata dal viaggio verso la sala della colazione. Non la riconobbi, ma era vestita in modo normale, moderno. Indossava jeans, calze, una maglietta bianca. I capelli erano lunghi e le arrivavano fino alla vita. Era fatta benissimo, con tasche e bottoni attaccati al tessuto. Ma il mio sguardo fu attirato non dai vestiti o dal leggero trucco sul volto o dai graziosi ritratti intorno alla stanza, ma dal fatto che la bambola aveva una corda attorno al collo. Ondeggiava, insieme al lampadario, appesa a una semplice fune di canapa che terminava con un cappio. Aveva le gambe leggermente divaricate e lividi viola erano pitturati con cura alla base del volto.

Margot aprì gli occhi e scosse la testa disgustata. "Chiudetelo. Chiudete quella dannata cosa prima che vi faccia licenziare."

La signora Huxley ubbidì, legando il nodo in cima. "La porterò a Lord Bertie."

"Vai subito allora. Portala via di qui."

Io dimenticai di muovermi quando la signora Huxley uscì dalla stanza con la scatola tra le mani. Rimasi lì, a guardare Margot, normalmente inflessibile, accartocciarsi in una palla. Meccanicamente presi dei fazzoletti da un contenitore nella credenza e mi sedetti vicino a lei.

"Si sente bene?" Chiesi.

Lei si soffiò rumorosamente il naso e scosse la testa. "Questa persona ha un senso dell'umorismo malato. Malato."

"Lo so," dissi. "Mi dispiace tanto."

"Meriterebbe di essere impiccato a quel modo," disse furiosa.

Le passai un altro fazzoletto. "Posso chiedere chi fosse? La bambola?"

Lei si tamponò gli occhi un'altra volta e poi lasciò andare un lungo sospiro come per far uscire il dolore. "Mia figlia."

Capitolo Ventisette

Attesi un momento, confusa dalla risposta. Ero convinta che la figlia di Margot, la moglie defunta di Lord Bertie, fosse morta cadendo dalle scale. Non era una storia che potevo dimenticare facilmente, non dopo aver sentito che Alex poteva aver visto la caduta stando nascosto nel pertugio segreto dietro al quadro.

"È successo un anno prima che morisse," disse Margot, continuando la sua spiegazione. "Non stava bene, sai, penso fosse depressione o comunque la chiamiate voi giovani... io non sono cresciuta con certi termini. Sono un vecchio dinosauro e non sapevo come aiutarla."

"Sono sicura che ha fatto del suo meglio," risposi.

Margot appoggiò le mani sulle ginocchia. Mani fragili con lunghe unghie rosse, vene bluastre e pelle macchiata. "Bertie l'ha tirata giù prima che potesse procurarsi danni seri, ma da quel momento non è più stata la stessa." Le mani si aggrapparono forte alle ginocchia. "Era così triste. Tanto, tanto triste e non c'era niente che potessi fare."

Timidamente, le appoggiai una mano sulla spalla. Non sapevo bene come comportarmi. Avevo la sensazione di oltrepassare un limite: eravamo due persone che non si dovrebbero toccare. Mi era sembrata irraggiungibile finché era crollata. Ora piangeva e tremava come avrebbe fatto chiunque altro.

"Fammi un favore cara, ti spiace? Vai alla credenza vicino alla televisione. Ci sono alcuni album di fotografie rilegati in pelle. Mi piacerebbe guardarli."

Trovai gli album impilati su un ripiano e glieli portai tutti sul divano, tenendoli in bilico sotto il mento. Li appoggiai tra il divano e lo sgabello, lei ne prese uno e cominciò a sfogliarlo.

"La maggior parte sono di Bertie," disse girando le pagine. "Guarda." Tenne l'album aperto in modo traballante con le sue mani sottili. Vidi due distinti vittoriani seduti a labbra serrate. Un uomo barbuto in uniforme e una donna dal volto tondo in corsetto con bei capelli ricci. "Qualche duca della famiglia, immagino. Molti di loro hanno vissuto qui a Highwood. È della famiglia dai tempi dei Tudor. Anna Bolena è stata ospite qui in più di un'occasione." Chiuse l'album e me lo passò.

"È una splendida residenza. È un peccato che non la veda nessun altro," mi lasciai scappare, guardandola con attenzione. Mi avrebbe criticata per le mie opinioni?

"È vero," disse lei. "È da egoisti tenerla chiusa ma Bertie è fatto così. Fa quello che vuole, non quello che è giusto. Ah, ecco, questo è mio." Aprì l'album e lo tenne sul ginocchio. "Ero un'attrice, sai?"

"Davvero?"

"Oh, sì. Ho conosciuto persone di ogni sorta. Qui sono con Marilyn."

"Monroe?"

"Guarda la foto, cara." Alzò gli occhi al cielo.

Nell'immagine si vedeva chiaramente Marilyn Monroe vicino a una brunetta che eguagliava, se non eclissava, la bellezza di Marilyn. "Questa è lei?"

"Beh, non mi sembra Liberace, vero? Sì, sono io."

"Lei è più bella di Marilyn, qui."

Sorrise. "Ero più giovane." Poi fece passare altre pagine, dove posava in foto bianco e nero vicino ad attori che avevo visto nei vecchi film che guardavo quando restavo a casa da scuola per un'influenza: personaggi come Audrey Hepburn e Grace Kelly. Andando avanti, Margot apparve in pizzo bianco, radiosa accanto a un bell'uomo alto, e qualche pagina dopo aveva un neonato tra le braccia. "Ah, ecco la mia Laura. Era una bambina bellissima e così tranquilla. Tutte le altre donne si lamentavano continuamente dei loro figli, ma io non ne avevo motivo."

"È adorabile."

"Sì, lo è." Margot toccò la foto con la punta di due dita. La sua voce tremava quando sollevò la mano per girare pagina. "Robert e io cercammo di avere altri figli. Ne perdemmo due nei primi mesi e poi..." Sollevò le mani vuote. "Poi niente. Laura era l'unica e io non... non mi sarei mai immaginata di sopravviverle." Si asciugò alcune lacrime. "Sono contenta che Robert non abbia dovuto vederla così."

Guardai in basso verso l'album di fotografie nel grembo di Margot. Laura ora camminava, indossando un cappellino e gli stivaletti. Qualche pagina dopo era in un vestito grazioso, con i capelli legati a codini. C'erano foto di Margot con il marito in spiaggia, Laura di fianco a loro, mentre costruivano un castello di sabbia. Davanti ai miei occhi vidi svolgersi l'esistenza di questa donna. Era patinata e privilegiata, abiti belli come il volto, ma era reale e io colsi il dolore di Margot mentre riviveva quei momenti.

"Questo fu l'inizio della fine," disse Margot, fermandosi quando raggiungemmo il matrimonio di Laura con Bertie, nei primi anni Novanta, con fotografie a colori ed effetto flou, ampie gonne vaporose e capelli gonfi. Margot stava ingrigendo, un completo Chanel che cadeva elegantemente sulla sua figura snella, splendida come sempre, con una sigaretta che pendeva dall'angolo della bocca.

"Cos'è successo?" Chiesi, allontanando gli occhi dalla foto del matrimonio.

"Il matrimonio con Bertie. La fece impazzire."

"Cosa successe tra loro?"

Chiuse di colpo l'album di fotografie e il rimbombo di quel colpo mi fece ritirare. "Mettili via, ti dispiace? Non so perché me li hai portati. Cosa sto facendo? Sto qui a piangere tutto il giorno? Assurdo. Portali via. Subito!"

Rapidamente, impilai gli album sotto al mento e corsi, piegata in avanti, alla credenza vicino alla TV. Avevo il respiro corto, allarmata dall'improvviso cambio di tono. Margot era stata piacevole fino a quel momento, desiderosa di raccontare tutto della sua vita.

Dopo aver chiuso lo sportello della credenza mi girai, chiedendomi se dovessi verificare come stava, ma Margot aveva lo sguardo fisso lontano da me, la sigaretta di nuovo tra le dita. Si era chiusa in sé stessa.

Chinai la testa e mi diressi fuori dalla stanza. Gli Howard raramente mostravano attenzione nei miei confronti. Il problema era che, quando lo facevano, era inebriante... poi si stancavano e per loro tornavo a essere un fantasma, un crescente freddo polare mi gelava le vene. Sparii nel corridoio di servizio, stringendomi le braccia intorno al corpo. Il gelo filtrava fino alle ossa.

NESSUNO PARLÒ del diorama ricevuto da Margot. Lord Bertie non mi chiamò nel suo ufficio per aggiornarmi su cosa aveva intenzione di fare. La scena inviata a Margot non era minacciosa, ma di pessimo gusto e crudele. Di sicuro Bertie aveva intenzione di coinvolgere la polizia e magari far emettere un ordine restrittivo contro l'ex dipendente scontenta. Nemmeno la signora Huxley ne parlò e procedemmo con la preparazione della cena, disponendo i piatti, portando da mangiare. Margot fu servita nella sua stanza dalla signora Huxley perché non si sentiva bene.

Bertie, Lottie e Alex cominciarono a mangiare in silenzio e continuarono senza dire una parola fino a che la signora Huxley ci congedò e lasciammo la stanza. Tornando in cucina raccontai a Roisin del pacchetto ricevuto da Margot e di quello che avevo visto all'interno.

"Non sapevo che Lady Laura avesse cercato di impiccarsi," disse Roisin. "Che cosa orribile."

E questo fu tutto.

Più tardi, nella mia stanza, cercai su Facebook Highwood Hall, chiedendomi se qualche ex dipendente avesse creato un gruppo o qualcosa del genere. Poi cercai Susan Cole, l'ex bambinaia di Lottie, ma trovai moltissimi risultati, diversi dei quali arano account privati. Senza sapere che aspetto avesse, non avevo modo di sapere quale fosse la Susan Cole che stavo cercando. Rinunciai e invece lessi le lettere di mia madre, alla luce del telefono sotto al piumino.

Questo posto ti fa sentire una gran solitudine a volte. Non è un posto felice. Non vivrei qui nemmeno se fossi ricca come questa famiglia perché qui non c'è alcuna felicità. Sembrerà strano, ma gli Howard mi fanno pena.

Mi immaginai un Lord Bertie in età giovanile con la moglie. Mia madre iniziò a lavorare qui quando ero neonata, quindi vent'anni prima. Bertie e Laura dovevano essere sposati da cinque o sei anni, con Alex che ne aveva più o meno cinque. Mentre mi addormentavo mi ritrovai a fantasticare su Lady Laura. Immaginai il suo volto sorridente il giorno del matrimonio, rimpicciolito dalla dimensione delle maniche a sbuffo, come l'esile Lady Diana nel suo enorme abito. Quando chiusi gli occhi, vidi i fiori tra i suoi capelli, un lungo strascico di gigli. *Questo fu l'inizio della fine*. Il modo in cui Margot aveva detto quelle parole suonava acido. Viveva ancora in casa di Bertie, eppure lo accusava della morte di Laura. Avevo colto il dolore e l'animosità.

Margot doveva pensare che Bertie si fosse comportato in modo vergognoso nei confronti della figlia. Ma cosa aveva fatto?

Povera Lady Laura. Era un piccolo paragrafo sulla pagina di Wikipedia dedicata a Lord Bertie. I suoi problemi di instabilità mentale venivano ignorati. Doveva aver condotto una vita complicata in questo posto con il marito, i figli e la madre. E poi era stata resa immortale sulla parete della stanza in cui aveva cercato di uccidersi. Sentii crescere la rabbia dentro di me, per lei e tutte le donne spinte ai margini delle proprie storie.

La Stanza della Musica

Suonò Liszt per la prima volta. Non sarebbe stata l'ultima. Io sedevo lì, in soggezione, mentre le sue dita si muovevano a una velocità incredibile su e giù per la tastiera. Ascoltavo il modo in cui a volte le note si scontravano e adoravo quella sfida. Debussy era rilassante e romantico. Liszt era un pezzo di bravura pensato per l'esibizione. Ero in piedi a qualche passo di distanza dallo sgabello del piano; quando ebbe finito applaudii e lui fece un rapido inchino.

"Quando ti esibirai davanti ad altre persone?" Chiesi, sedendomi vicino a lui sullo sgabello.

Lui alzò le spalle. "Non ho deciso. La prossima volta che avremo un evento alla residenza, immagino. O forse organizzerò una riunione informale."

"Hai mai desiderato diventare un pianista professionista?"

Lui alzò le sopracciglia. "Mah, direi praticamente ogni giorno. Ma papà preferisce che io mi occupi degli affari. Ed eccomi qui, immagino, che cerco di restarci aggrappato."

"Penso che non dovresti lasciar perdere."

Le mie parole chiaramente lo indispettirono. Un senso di tensione risalì dalla mandibola e gli fece strizzare gli occhi prima di espirare lentamente. "Non far finta di sapere cosa è meglio per me o chi sono io. Non ne hai idea."

Mi allontanai leggermente da lui, intimorita dal modo in cui il suo corpo si era teso, carico come un giocattolo meccanico. Non disse un'altra parola, semplicemente si lanciò nella sonata e io tornai a concentrarmi sulle note, sullo spartito ma anche sulle dita che si muovevano sui tasti. Stavo imparando, lentamente. La maggior parte delle volte la musica arrivava in ondate, troppo veloce perché potessi leggerla, ma in altri momenti la capivo.

Qualche volta mi ritrovavo a fissare il suo volto, distratta dall'intensità dello sguardo, poi mi costringevo a concentrarmi di nuovo. Quando arrivava alla fine, aveva la fronte sudata. Sospirava, si alzava e camminava per la stanza.

"La sezione di mezzo. Tutta sbagliata."

"Suonava bene," dissi.

"Beh, forse per te," rispose.

Il suo umore era cambiato all'improvviso. Per la prima ora era stato allegro, aveva suonato per me alcuni dei suoi pezzi preferiti, la maggior parte a memoria. Una nuvola tempestosa gli aveva attraversato gli occhi. Erano splendidi quando era felice e animato, ma ora erano scuri e irraggiungibili. Quando venne verso di me, dovetti concentrarmi al massimo per non sussultare. Tutto quello che fece fu mettermi una ciocca di capelli dietro l'orecchio.

"La Huxley non sarebbe contenta dei tuoi capelli sciolti." Sorrise. Avrei voluto che lo facesse anche con gli occhi.

"Odia che io venga qui. Non ha mai detto niente ma l'ho capito. Sta seduta in cucina e mi guarda passare mentre torno nella mia camera."

"È uno spirito maligno," disse e rise. "Forza, facciamo un'altra volta la sezione di mezzo. Quando la suono davanti a papà voglio che sia perfetta."

In quel momento vidi il ragazzino, quello che bramava l'ammirazione del padre. Nonostante tutto, mi faceva pena. Mi affascinava nei modi più strani. Si sbagliava su di me. Vedevo chi era. Vedevo l'oscurità in lui. Sapevo che aveva la mania del controllo e sospettavo che gli piacessero le cameriere perché erano facili da dominare. Qualche volta pensavo che mi invitasse perché mi vedeva come una donna disponibile, con cui non poteva avere un futuro. Praticamente, non c'era alcuna possibilità. Altre volte mi sentivo molto vicina a lui perché rivelava aspetti vulnerabili della sua personalità che io immaginavo, o speravo, non mostrasse a nessun altro.

Questa volta, pure io mi accorsi che aveva suonato il pezzo in modo perfetto. Il mondo eravamo solo noi. Smisi di guardare le sue mani e guardai lui. Quando giravo le pagine, lo facevo d'istinto, perché ormai conoscevo la musica e le note e dove si trovavano. Verso la fine dell'esecuzione però, smise di guardare lo spartito e rivolse il volto verso di me. Sulla nota finale, mi baciò.

L'alito sapeva leggermente di brandy e la pelle profumava di dopobarba. Mi tenne le braccia sui fianchi mentre ci baciavamo e io mi concessi di arrendermi alla sua morsa d'acciaio. Mi eccitava nel modo giusto. Mi spaventava nel modo giusto. Mi fece male nel modo giusto quando i nostri denti si toccarono per un secondo. Alla fine, si sciolse e le sue braccia mi circondarono. Mi avvicinò a sé sul seggiolino del piano, il suo gomito toccava i tasti, le note si scontravano come i nostri denti. Io mi persi, un crescendo nella mia mente.

Capitolo Ventotto

Quel sabato non andammo al Crossed Scythes. Invece, Pawel ci preparò la cena con il cibo rimasto in cucina, che doveva essere utilizzato, e gli altri bevvero sidro di fiori di sambuco portato dal birrificio artigianale che Ade aveva in casa. La signora Huxley rimase nella sua stanza mentre noi prendevamo possesso della cucina. Ovviamente ne fummo felici. Non volevamo su di noi il suo sguardo giudicante.

Ade mi mostrò il canale di introduzione al giardinaggio che aveva su YouTube, e gli altri ridacchiarono ai testi del suo copione mentre lui elencava i suoi consigli chiave per la crescita dei pomodori.

"Ah ah, stronzi. Vorrei vedere voi," disse con aria un po' imbronciata.

Il cibo era delizioso. Tapenade e stufato di melanzane con pane fresco e pavlova per dessert. Io guardavo il sidro con desiderio, sicura che avrei potuto berne un bicchiere o due, ma decisi di non dare alla Huxley l'opportunità di licenziarmi perché non ero restata sobria.

"Ehi, Andiamo fuori," disse Roisin. "È una bella serata." Attraversò la cucina verso la grande finestra sopra al lavandino. "Si vedono tutte le stelle."

"Vuoi dire che per una volta non sta piovendo?" Disse Pawel. "Un cambiamento incredibile."

"Forza," disse afferrandomi il braccio. "Prendiamo i cappotti."

Qualche minuto dopo camminavamo sui prati verso il giardino delle rose. Il profumo dei fiori di Ade aleggiava insieme a un venticello caldo, ma io non riuscivo a rilassarmi. Lanciai un paio di occhiate colpevoli verso la residenza, preoccupata che Lord Bertie ci vedesse spassarcela nei suoi terreni e il giorno dopo ci punisse. Ade se ne accorse e sorrise.

"È andato a passare la notte a Londra. Anche Alex."

"Ah." Cercai di mantenere la voce disinteressata.

"Cosa c'è tra te e Alex?" Chiese Ade. Il suo tono esplicito mi colse alla sprovvista e feci fatica a trovare il modo di rispondere alla domanda.

"N-niente."

Mi guardò storto, chiaramente senza crederci nemmeno un momento. Odiai la sua intuizione.

"Non so," ammisi. "È complicato. Lui è complicato."

"Lui è pericoloso," disse Ade.

Non dissi niente. Non ne ebbi l'opportunità. Roisin era saltata sul muro di cinta alla fine del giardino e lo percorreva come una ginnasta, puntando le dita dei piedi. Poi fece il pollo ruspante e ridemmo tutti.

"Cantaci una canzone," disse Pawel, sollevando in aria una bottiglia di birra. Si girò verso di me. "L'hai mai sentita cantare?"

Scossi la testa.

"Meglio così. È tremenda." Mi fece un sogghigno esagerato per indicare che era una battuta e Roisin scalciò con il piede verso di lui.

Io risi, guardandoli cazzeggiare. Dietro di loro, il cielo notturno si fondeva nell'oscurità della foresta che scendeva fino a Paxby. Mentre Pawel faceva finta di prendere le caviglie di Roisin e lei saltava e sfuggiva lungo il muro, ripensai alla mia camminata su per la collina il giorno del mio colloquio a Highwood. Mi vennero in mente i rami piegati degli alberi, i tronchi coperti di muschio e i rovi spinosi che prendevano possesso della terra del bosco. Immaginai che si muovessero verso di noi, come un'ondata di fronde che venisse a trascinarci via. Tremai.

"Hai freddo?" Chiese Ade. Prese con le dita il bordo della giacca, come se volesse prestarmela.

"No, sto bene."

Prima che me lo chiedesse di nuovo, Roisin cominciò a cantare e improvvisamente il cazzeggio terminò. Non sapevo cosa stesse cantando. Penso una canzone popolare. La voce melodiosa risuonava pura. Saliva e scendeva mentre lei camminava avanti e indietro lungo il muro. La luce della luna illuminava il suo volto e i capelli bronzei, circondandola di una luce azzurro pallido. Era bella, certo che lo era, e vidi il sorriso solitamente sarcastico di Pawel svanire dalle sue labbra. Ade si avvicinò silenziosamente a me e io mi accorsi del braccio della sua giacca vicino al mio. Una parte di me desiderava appoggiarsi, consentirgli di mettermi una mano intorno alle spalle come immagino che volesse fare. Sembrava infantile ma era tenero, l'opposto di Alex Howard.

E poi basta. Roisin saltò giù dal muro, il volto arrossato e stravolto. Aveva le lacrime che le scorrevano lungo le guance.

"Cos'è stato?" Pawel fu il primo ad avvicinarsi. Cercò di appoggiarle una mano sulla spalla ma lei si scostò e cominciò a correre.

"Ro?" La chiamai. Ma lei mi ignorò e continuò ad allontanarsi. Mi girai verso Ade. "Devo seguirla. Non so cosa c'è che non va."

"Assicurati che stia bene," disse Pawel.

La trovai appallottolata nel suo letto, il corpo che sussultava. Soffrivo per lei e quando mi avvicinai le misi una mano sulla spalla.

"Vuoi parlarne?" Chiesi.

Non rispose. Per un momento mi venne il dubbio che non si fosse accorta che ero lì.

"Ti manca casa tua?" Pensai che forse la canzone potesse averle ricordato momenti felici o tristi.

"Non è quello," disse piano.

"Cosa allora?"

Finalmente smise di singhiozzare e si sollevò per mettersi seduta. Avevo passato troppo tempo a confortare gli altri in quella settimana, Margot che ricordava la sua vita e ora la trasformazione improvvisa di Roisin. Ma, anche se mi sentivo esausta, mi ero resa conto che mi piaceva dare il mio sostegno. Lei si asciugò le lacrime e sospirò.

"Vorrei amarlo ma non posso."

"Chi?" Chiesi. "Pawel?"

Lei annuì.

"Lui ti ama?"

Annuì di nuovo.

"Gli hai detto cosa provi?"

Scosse la testa. Rimanemmo in silenzio per un po', poi lei iniziò a parlare. "Siamo stati un po' insieme a periodi. Non è mai stata una cosa seria, ma di recente lui ha iniziato a dirmi cosa prova. Mi ha anche comprato un regalo." Si sporse dal letto per aprire un cassetto del tavolino. Era un libro tascabile sottile. "È poesia. Poemi d'amore."

"Oh."

"Già. Dentro ha scritto un messaggio su come le poesie in questo libro gli fanno pensare a me e poi mi ha detto che mi ama e che vuole che siamo una coppia chiusa."

"Non siete una coppia chiusa?" Chiesi.

"No. All'inizio andava bene perché era una cosa superficiale e io sapevo che vedeva altra gente quando andava a York. Ma ora..."

"Ora lui vuole di più ma tu vedi qualcun altro?"

Lei annuì. "Una persona."

"Ah," dissi, cominciando a capire. "Qualcuno del villaggio."

Le cadde lo sguardo sul libro che aveva tra le mani. Si girò e lo appoggiò sopra al tavolino. "Non del villaggio, non proprio."

"Qualcuno ad Highwood Hall. È Alex, vero?"

Lei si allungò per prendermi il braccio. "No, non è lui. Te lo assicuro. È tutto tuo."

"Ade?"

Scosse la testa e le tremò il mento. "È terribile. Così terribile."

"Per favore dimmi che è la signora Huxley o Lottie."

Lei si morse il labbro. "No."

Mi alzai e mi misi le mani sugli occhi. Era... sbagliato. Mi si girava lo stomaco al solo pensiero. "Stai con Lord Bertie."

"Gesù, non pensavo che mi avresti giudicata," scattò Roisin.

Lasciai cadere le mani. "Ehi, non ti stavo giudicando, non intendevo quello."

"Anche tu ti stai comportando così. Stai con Alex."

"Io non sto *con* Alex," risposi.

Alzò gli occhi al cielo.

"Scusami," dissi, sedendomi di nuovo. "Non voglio giudicare. È che lui è così tanto più vecchio di te. Avevo qualche difficoltà a immaginarti con Pawel all'inizio, ma con Lord Bertie è ancora più impegnativo. Mi dispiace."

"Lui è gentile con me," disse.

"Okay."

"Mi stai ancora giudicando."

"No," risposi. "A dire il vero sto giudicando lui. Senti, sono sicura che lo sai già, ma lui potrebbe approfittare di te. Tu sei molto più giovane e lui è il tuo capo."

"Lo so," disse. "Ma non mi importa." La sua espressione si era indurita. Mi fissò con occhi cerchiati di rosso e carichi di ostinazione.

Sollevai le mani in segno di resa. "Va bene. Se tu sei felice... sono affari tuoi. Com'è iniziata? Riesci a tenerlo segreto alla signora Huxley?"

"Penso che lei lo sappia," disse Roisin. "Ci ha visti parlare nel corridoio di servizio, una volta. Mi aveva seguita lì per un bacio. Non vuole che Margot lo sappia, capisci. Non dopo il modo in cui è morta Lady Laura."

A sentire il suo nome un brivido mi percorse il corpo. Mi chiesi quante cameriere carine si fosse fatto Bertie mentre erano insieme. *Tale padre, tale figlio.* Tenni gli occhi chiusi per un attimo, cercando di evitare che i miei pensieri seguissero quel sentiero oscuro. E poi pensai a lei, una giovane madre, ingenua probabilmente, ansiosa di iniziare una nuova vita con la sua bambina. Mio padre era un drogato all'epoca. Lei non aveva nessuno. Aveva parlato di Lord Bertie nelle sue lettere...

"È iniziato come inizia di solito," disse Roisin, interrompendo il corso dei miei pensieri. "Parlando. Aveva bisogno che pulissi una macchia di vino nella sua stanza e lui era lì a leggere. Iniziammo a parlare e ci siamo trovati. È così brillante e divertente."

Ovviamente a lei sembrava così, pensai. Aveva più del doppio dei suoi anni, aveva frequentato le scuole migliori e aveva una vita intera di esperienza, mentre lei aveva ben poco.

"Poi ha iniziato a parlarmi dei diversi tipi di vino. Siamo andati insieme in cantina e ha aperto una bottiglia e mi ha spiegato tutto quello che riguarda l'uvaggio e il sapore di ognuno." Arrossì. "Così è iniziata, parlando di vino."

Avrei voluto dirle che lui le aveva proposto di trovarsi insieme a lui in situazioni in cui lei era vulnerabile, le aveva offerto del vino e sfruttato il suo fascino per ottenere quello che voleva. Cosa sarebbe successo se lei avesse rifiutato le sue avance? Lei era così pura che odiavo il solo pensiero. Io ero già segnata. Sapevo come giocare il gioco di Alex. Ma Roisin? No. Mi faceva ribollire il sangue il solo pensarci.

"Ti prego, non dirlo a nessuno. Non dirlo a Pawel."

"Non lo farò, te lo prometto. Ma tu devi rompere con lui. O con Bertie."

Lei annuì. "Lo so."

Capitolo Ventinove

Roisin e io trascorremmo la domenica separate. Lei fece colazione con Pawel in cucina mentre io mi portai una brioche in giardino e mi sedetti sul muro di cinta a guardare i boschi. Avevo diverse cose a cui pensare, dai diorami ad Alex Howard e Lord Bertie e la conferma che era andato a letto almeno con una cameriera. C'erano decisioni che dovevo prendere e informazioni da scoprire. Una parte di me desiderava parlare a Roisin dei miei sospetti, ma il nostro rapporto era diventato imbarazzato dopo che mi aveva confidato il suo segreto. Presi un petalo di rosa e cercai di togliermi dalla testa il pensiero.

Passai la mattina in attesa, desiderando di poter raccontare a Roisin quello che avevo progettato, anche se probabilmente lei avrebbe cercato di farmi desistere. Ma avevo una traccia e volevo seguirla.

Quando la signora Huxley lasciò la residenza, come faceva tutte le domeniche, lo feci anch'io, ma tagliai attraverso il bosco mentre lei percorreva la strada. Sapevo che non aveva un'auto e che avrebbe dovuto arrivare a piedi a Paxby prima di andare da qualunque altra parte. Avevo pensato di arrivare al villaggio prima di lei, ma non volevo rischiare di perderla se fosse saltata direttamente su un autobus o avesse preso un taxi.

Era la prima volta che passavo proprio in mezzo agli alberi e avevo sperato che il sentiero fosse relativamente diritto. Se mi fossi persa, non sarei mai riuscita a raggiungerla. Avevo indossato scarpe e vestiti adatti per la camminata: le scarpe da ginnastica e i jeans più spessi che avevo. Anche se faceva caldo, avevo optato per le maniche lunghe, in modo da liberarmi più facilmente di rami e rovi.

A ogni passo cresceva in me un senso di disagio. Questi boschi non erano di quelli in cui porti a spasso il cane con tuo marito e la giacca North Face sbottonata al colletto. No, questi erano boschi non particolarmente attraenti per chi ama fare passeggiate. Rischiai di cadere tre volte, con i piedi che scivolavano sulle pietre muschiose. Era un posto che faceva pensare che la natura fosse in grado di rigettare, che avrebbe potuto chiudersi attorno a un estraneo e sputarlo fuori.

Fortunatamente, non fui scartata e, un po' malferma, arrivai al villaggio prima che la signora Huxley sbucasse dalla strada. Velocemente mi lisciai i capelli, tolsi il più possibile il fango dalle scarpe e le spine dai vestiti. Poi feci un semicerchio attraverso la strada, correndo in modo da non restare visibile per troppo tempo. Mi infilai tra un'edicola e un dentista, tenendo d'occhio la fermata dell'autobus, nel caso la governante se ne andasse prima che io potessi seguirla.

Lei camminava con sicurezza verso il villaggio nel suo vestito bordeaux scuro, una borsa di pelle appesa alla spalla. Quando raggiunse la pensilina, si sedette sulla panchina, incrociando le caviglie. Nascosta nel passaggio io aspettavo, valutando le mie opzioni. C'erano un paio di taxi in attesa al parcheggio. Forse avrei potuto prenderne uno e seguire l'autobus. Ma cosa sarebbe successo se la signora Huxley si fosse allontanata di parecchio dal villaggio? Mi erano rimasti un po' di soldi dalla serata al pub, Roisin aveva insistito che tenessi per le emergenze, ma non potevo pagare per un viaggio lungo.

Decisi di aspettare e vedere quale autobus si sarebbe fermato. Se fosse stato quello per York l'avrei lasciata andare. Se fosse stato uno di quei piccoli bus locali che facevano il giro dei villaggi, avrei preso un taxi e *segua quell'autobus*.

L'ultimo diorama aveva superato il limite. Secondo me Lord Bertie si illudeva o stava mentendo o entrambe. La scena ricreata per Margot era così personale, così cattiva e crudele che non riuscivo a pensare ad altri che alla signora Huxley. Era l'unica costante a Highwood Hall. Doveva essere stata testimone di avvenimenti terribili nel corso degli anni, dal cattivo comportamento di Lottie alla morte di Lady Laura e forse anche delle tresche di Lord Bertie. Forse uno di questi eventi aveva fatto scattare qualcosa e ora cercava di vendicarsi. E se il primo diorama non fosse stato una minaccia ma un tentativo di spaventarmi e farmi andare via? E ora stava puntando gli Howard uno per uno.

Qualunque fossero le motivazioni, avevo bisogno di prove. Avevo bisogno della verità.

Nella mia testa si era formato il piano. Era possibile che la signora Huxley facesse da sé i diorami, dipingendoli e costruendoli con precisione maniacale nella sua stanza. Ma come e quando comprava l'occorrente? Non ci saremmo accorti se qualcuno avesse consegnato strane scatole di cartone alla residenza? Forse oggi sarei riuscita a coglierla sul fatto. D'altra parte, era possibile che la Huxley avesse commissionato quegli artefatti e che ogni domenica andasse a controllare come procedeva il lavoro dell'artista. Decisi che, anche se non stava facendo niente di male, se l'avessi seguita avrei almeno scoperto qualcosa del suo strano piccolo mondo.

Un piccolo bus locale avanzò lentamente fino alla pensilina e fu sufficiente per capire che non sarebbe andata lontano. Rimasi nascosta tra gli edifici finché lei fu salita sul veicolo, poi corsi verso il parcheggio dei taxi e chiesi all'autista di seguirlo. Mi squadrò in modo strano ma poi alzò le spalle e mi fece salire.

"Non dovrebbe essere al contrario?" Disse.

Lo sentivo a malapena, stavo fissando il bus davanti a noi. "Cosa?"

"Non dovrebbe seguire un taxi?"

"Su un bus?" Chiesi, confusa.

"No," disse lui ridacchiando. "In *un altro taxi*."

Era anziano, forse intorno ai cinquanta, e immaginai che volesse farmi ridere, così lo feci.

"Magari resti un po' indietro. Faranno delle soste. Sto aspettando che qualcuno scenda ma non so a quale fermata," gli dissi.

Lui rallentò, fece segno a un paio di auto di superare e poi mantenne una velocità costante in modo che io potessi vedere il bus fermarsi e ripartire in mezzo alla campagna. I miei occhi erano incollati al vetro posteriore ed ero carica di adrenalina. Non era esattamente una rincorsa tra auto ad alta velocità, ma l'eccitazione di scoprire un mistero mi aveva acceso un fuoco dentro. Mi agitai sul sedile, picchiettandomi un ginocchio, mordendomi un dito. Mi chiesi cosa avrebbe fatto mia zia con questo lato del mio carattere.

"Si fermi," gridai. L'autista fermò il taxi a lato della strada. La signora Huxley era scesa dal bus accanto a una pensilina deserta, vicino a una strada stretta. "C'è qualcosa qui intorno?"

"C'è un villaggio in fondo alla strada," rispose l'autista. "E una specie di casa di cura, penso. Di quelle per persone con... difficoltà."

"Ah," dissi. "Come un istituto psichiatrico?"

"Immagino di sì. È tutto quello che so. Perché sta seguendo quella donna? O è meglio che non lo chieda?"

"Lei è... mia zia," dissi. "E mi ha mentito."

L'autista alzò le spalle un'altra volta e poi mi chiese 5 sterline e 50. Gli passai i soldi, aspettai il resto e poi scesi. A quel punto la signora Huxley aveva qualche minuto di vantaggio su di me, ma dato che c'era un'unica strada non ero troppo preoccupata.

Camminai lentamente, controllando il percorso davanti a me. C'erano alcune curve e un marciapiede stretto. Ogni tanto la vedevo e restavo in tensione, temendo che mi vedesse. Non si girò mai.

Ormai eravamo in aperta campagna, con le mucche e le pecore che dondolavano la testa guardandomi passare. Sentii l'odore della fattoria prima di vederla e udii il rumore di un trattore al lavoro in qualche campo. Mi arrotolai le maniche, sentendo il sudore che mi scorreva giù dall'attaccatura dei capelli.

Passati quattro o cinque minuti da quando ero scesa dal taxi, arrivai al piccolo villaggio di Wicklesworth, che sembrava costruito attorno a un piccolo parco. I cartelli stradali indicavano York, Boshop-on-Ouse e Paxby. Mi fermai per un momento perché, per la prima volta, non riuscivo a vedere la governante davanti a me. Il cuore cominciò a battere rapidamente. Temevo di ritrovarmela all'improvviso alle spalle. Un dito che mi toccava per attirare la mia attenzione e il suo volto severo piegato in basso, che mi chiedeva perché la stessi seguendo. Ma dovetti solo girare un angolo allontanandomi dal parco per vederla di nuovo mentre si dirigeva verso una casa di cura chiamata Heather Grove.

La struttura psichiatrica. Cosa andava a fare là? Mi avvicinai ma restai fuori dalla sua vista. Mi lasciai cadere con un tonfo su una striminzita panchina di legno dall'altra parte della strada rispetto alla casa di cura e presi un libro dalla mia borsa. Lo aprii a una pagina qualunque, non avevo intenzione di leggere. Dalla parte opposta, la signora Huxley era sparita all'interno di un edificio dipinto di bianco.

Doveva essere andata a trovare qualcuno, ma chi? Avevo sperato di scoprirla mentre si recava nel laboratorio di un artista e invece mi ritrovavo davanti a una casa di cura. Chi andava a trovare la signora Huxley? Il marito o la moglie?

Rimasi sulla panchina per circa un quarto d'ora poi la vidi uscire dall'edificio con una persona al fianco. Camminavano insieme lungo il prato davanti all'edificio, passeggiando e chiacchierando. Stavano vicini ma non si toccavano. Avevo il libro aperto in grembo e gli occhi fissi su di loro.

L'altra persona era un po' più alta di lei, maschio, più giovane. Camminava con una postura un po' curva, guardando a terra e con le mani strette davanti al corpo. Ogni tanto indicava i fiori in modo fanciullesco, agitando un dito in modo eccitato. Fuori da Highwood, la signora Huxley camminava con postura completamente diversa. Non così rigida e con le spalle a un'angolatura naturale e non tirate indietro. Prendeva i fiori che lui raccoglieva per lei e faceva grandi sorrisi. Se avesse indossato qualcosa di diverso, avrei pensato che fosse un'altra donna.

E mentre ero lì a guardare, l'evidenza mi travolse. Mi vergognai per averla seguita. La signora Huxley stava facendo visita a un familiare, immaginai fosse il figlio, l'età poteva essere quella, e io li stavo viscidamente spiando dalla panchina. Misi via il libro e corsi lungo la strada verso la fermata del bus. Se fossi partita subito, avrei potuto prendere la corsa per Paxby e ritornare alla residenza prima di lei. Lungo la strada, le lacrime mi pizzicavano gli occhi e, per la prima volta da molto tempo, mi sentii persa.

Capitolo Trenta

Le avevo portate con me nella borsa. Lasciai che le dita frugassero all'interno e ne toccassero i bordi mentre sedevo in fondo al bus. Le lettere di mia madre a mio padre. Pagine che sapevo a memoria, che parlavano di me e di quanto ero importante per lei e perché aveva fatto quello che aveva fatto. Per me erano come la copertina di Linus. Avevano le orecchie e si erano assottigliate per tutte le volte che le mie dita le avevano sfogliate per rileggerle. Non so bene perché le avessi messe nella borsa quel giorno. Avevo paura di cosa avrei potuto scoprire sulla signora Huxley o del possibile confronto se mi avesse scoperta e prima di rendermene conto le avevo messe in borsa.

Qualche volta penso di scappare via da tutto. Dalla mia bambina.

Mio padre, David, me le aveva date quando ero andata a trovarlo la prima volta. Viveva in una casa a schiera fatiscente tra Leeds e York. Anche se sapevo che aveva pulito per il mio arrivo, il posto era ancora lercio. La muffa riempiva le scanalature tra le piastrelle della cucina e il calcare incrostava i rubinetti. La tazza che mi aveva dato era sbeccata e il tè sapeva di acqua.

"Le assomigli," mi aveva detto, occhi chiari, acquosi e iniettati di sangue, difficili da esaminare. "Sei proprio come lei. È incredibile."

E poi mi aveva raccontato di quanto erano giovani quando lei aveva scoperto di essere incinta e della conversazione difficile che avevano avuto. Lui non aveva un buon posto, non aveva mai avuto un buon posto, ma era messo particolarmente male quando venne fuori la mia spiacevole esistenza nelle loro vite. Lui prendeva sostanze stupefacenti che con il tempo erano diventate una dipendenza totalizzante, proprio come era successo a me. Aveva trascorso la maggior parte della vita senza casa, incapace di mantenere un lavoro per più di una o due settimane. Quando lo incontrai, era stato in prigione due volte e da quel momento aveva scoperto Dio e trovato un ente di beneficenza rispettabile che l'aveva aiutato a rimettersi in piedi. A quel punto, la caffeina era rimasta la sua unica dipendenza.

Lavorava alla caffetteria della chiesa locale, cucinava in un pub nei fine settimana e nel tempo rimanente passava dal lavare le finestre a tagliare l'erba nei prati a pulire cassonetti e grondaie. La sua idropulitrice era il suo orgoglio e la sua gioia.

Mi sentii un po' gelosa del fatto di essere stata sostituita da una idropulitrice.

Non aveva avuto altri figli, per cui non dovevo preoccuparmi di fratellastri o sorellastre. Da quello che avevo capito, non c'era nessun altro di importante nella sua vita quando lo incontrai, anche se parlava di una ex. Mi mostrò fotografie di mia madre quando era giovane, vestita in jeans oversize e magliette decorate con i nomi di band come Offspring e Blink 182. Gli occhi erano truccati con uno spesso eyeliner nero.

"Non le ho più parlato da quando sei nata," mi aveva detto. "Ogni volta che rispondevo al telefono pensavo che potesse essere lei. Non aveva senso perché non conosce il mio numero e non sa dove vivo ora, ma ho sempre pensato che avrei sentito la sua voce."

"Anch'io l'ho desiderato, qualche volta," avevo ammesso. "Ogni volta che suonava il campanello, immaginavo lei sulla soglia pronta a stringermi in un abbraccio e raccontarmi chi era. Ma era sempre una consegna o qualcuno che chiedeva soldi."

Almeno la signora Huxley stava vicino al figlio. Lo andava a trovare ogni settimana. Sorrideva e prendeva i fiori e gli parlava, lo amava. Ora tante cose di lei si incastravano al posto giusto. Lui era il motivo per cui lei era rimasta a Highwood. Ne ero sicura. Non solo

Highwood Hall era vicina a Heather Grove, ma la signora Huxley, come governante, aveva un lavoro stabile e ben pagato che aiutava a coprire le spese per le cure del figlio. Aveva bisogno di soldi e dove altro avrebbe potuto ottenere uno stipendio simile nei dintorni?

Rimanevano diversi altri misteri sulla governante, come per esempio perché era "signora", ma almeno la capivo un po' meglio. Poteva comunque essere lei la persona che mandava i diorami? Forse, ma ora sapevo che aveva più da perdere di quanto pensassi. Mi sembrò di dover ricominciare da capo e avevo speso inutilmente i soldi per bus e taxi. Fortunatamente, domani sarebbe stato giorno di paga e questo era un gran sollievo.

Quando il bus arrivò alla fermata di Paxby, decisi di passare un po' di tempo nel villaggio prima di tornare a Highwood. E, sì, in parte era per evitare Roisin, ma anche per conoscere il posto in cui vivevo e di cui non sapevo niente. Forse era ora di scoprire le sue particolarità e di trovare dove si poteva comprare la pasta sfoglia. Ma mentre camminavo, visitando i pochi negozi e le caffetterie, mi sentivo a disagio, come se la gente mi osservasse. Era una paranoia che non ero mai stata capace di evitare, che tutti mi guardassero e capissero che venivo dal niente. Che me lo vedessero scritto in faccia: *abbandonata dalla madre*. Lo sapevano.

Con una mano sulla borsa, pensando a mio padre e alle lettere che mi aveva dato quando avevo lasciato la sua casa, mi infilai nei boschi per restare sola. Era freddo al buio. Mi strinsi le braccia intorno al corpo, aspettando di vedere la residenza emergere sopra la copertura degli alberi. Ben presto i suoi bastioni oscurarono il sole pomeridiano. Un cielo nuvoloso circondava le torrette.

I boschi erano soffocanti, ma non era un sollievo tornare alla residenza. L'agitazione mi faceva stringere lo stomaco mentre percorrevo il corridoio verso la cucina. Appoggiai la mia borsa vicino a una sedia e mi sedetti per qualche minuto. Prima che me ne rendessi conto, un piatto apparve davanti a me. Pawel aveva preparato un panino al formaggio. Vicino c'era un tartufo al cioccolato. Iniziai con il cioccolato.

"È buono?" Chiese, sedendosi di fronte a me con un piatto colmo di tartufi allettanti.

"Delizioso." Mi allungai per prenderne un altro ma con uno schiaffo mi allontanò la mano.

"Uno solo per te, golosona. Sto mettendo in piedi un business. Cioccolatini per posta."

"È una grande idea."

Lui annuì serio. "Sì. E posso farlo qui, fuori dall'orario di lavoro. Almeno all'inizio. Se le cose vanno bene immagino che dovrò licenziarmi."

"Mi mancheresti."

"Almeno mancherei a qualcuno." Si accigliò e io capii subito che parlava di Roisin.

"Mancheresti a tutti," aggiunsi.

Lui alzò gli occhi al cielo. "Va bene. Puoi prenderne un altro se sei così disperata da farmi i complimenti."

Sogghignai e afferrai un cioccolatino prima che cambiasse idea.

"Lei dov'è?" Chiese, cogliendomi di sorpresa.

All'inizio pensai che intendesse la signora Huxley e che avesse capito che l'avevo seguita. Ma poi mi resi conto che parlava di Roisin. "Non è alla residenza?"

Lui alzò le spalle. "Non l'ho vista per tutto il giorno. Mi sta evitando."

"Non prenderla sul personale," dissi. "Penso che stia evitando anche me."

Appoggiò la testa a una mano e corrugò la fronte. "Perché dovrebbe evitarti? Sei la sua migliore amica."

I suoi occhi erano due fari grigio chiaro che si strinsero fissandomi, mettendomi in imbarazzo. Sapevo un segreto che lui voleva, aveva bisogno di sapere, ma io non volevo essere la persona che glielo avrebbe rivelato. *Non avrei dovuto* essere io a dirglielo, doveva essere Roisin. E ora dovevo mentire. O almeno confonderlo. Tenni gli occhi fissi sul piatto di cioccolatini tra di noi. "Oh, niente in particolare."

Pawel allontanò il piatto da me. "C'è un motivo. Non ha pianto ieri sera senza motivo. Non sta evitando te o me senza motivo. Dimmelo."

"Non posso, Pawel," dissi. "Deve farlo lei."

Lui impallidì. Penso che probabilmente avesse sempre saputo e ora gli avevo dato la prova di cui aveva bisogno. Me lo vide scritto in faccia. Non c'era niente che potessi fare o dire, così uscii dalla cucina e lo lasciai solo. Quando andai nella camera che dividevo con Roisin, la trovai vuota. Misi via le lettere di mia madre e decisi che sarebbe stato meglio cercare di trovarla. Potevo almeno avvisarla del fatto che Pawel aveva immaginato cosa stava succedendo. Ma mentre mi dirigevo sul davanti della casa, Lord Bertie fermò la sua Porsche, con Alex nel sedile del passeggero. Vedendoli, cambiai idea. Non volevo trovarmi nelle loro stanze nel mio giorno libero. Tornai all'entrata di servizio e decisi di percorrere il parco verso il retro della residenza. Notai che il furgone di Ade era parcheggiato lì, cosa insolita essendo domenica. Probabilmente, dato che le piante lo appassionavano, aveva fatto un salto per finire qualche lavoro.

Feci il giro intorno alla casa, evitando Alex e Bertie. Non avevo voglia di partecipare ai giochi di Alex. Ma mentre mi avvicinavo alle stalle, lo vidi che mi guardava da una finestra e mi preoccupai che mi venisse a cercare. Accelerai il passo, tornando sul prato davanti alla casa, e lì la trovai.

A metà del prato Roisin e Ade stavano parlando vicino alle rose. In sé non era un fatto strano, o forse sì, perché Roisin e Ade non parlavano molto. Pensai di avvicinarmi e partecipare alla conversazione ma non sembrava una cosa casuale, sembrava intensa, ed ebbi la sensazione che mi avrebbero considerata un'intrusa se li avessi interrotti. Quindi, girai e tornai verso la casa e a quel punto vidi la signora Huxley salire il viale. Per la sorpresa di trovarmela di fronte dopo averla seguita, feci un salto. Sperai che non l'avesse notato. Nel tentativo di nascondere la mia reazione, sorrisi e le feci un cenno con la mano. Lei non rispose né al sorriso né al cenno.

Non ci feci caso e riportai la mia attenzione a Roisin e Ade. Roisin non c'era più.

Capitolo Trentuno

Roisin non tornò alla residenza quella sera. Non sembrava da lei e mi lasciò un po' di amaro in bocca. Aspettai fino a mezzanotte, incapace di concentrarmi sul romanzo che stavo leggiucchiando. Ogni messaggio che le mandavo restava senza risposta. Provai con Pawel e Ade ed entrambi mi dissero che non era con loro. Riuscii ad addormentarmi verso l'una e mi risvegliai intorno alle cinque, accendendo subito la luce per controllare se fosse tornata. Il suo letto era vuoto. Nel panico, chiamai il suo telefono e scoprii che vibrava da sotto il cuscino. Provai un formicolio alla base della testa. A quel punto spalancai la porta e corsi scalza lungo il corridoio, ancora in pantaloncini e maglietta, verso la stanza della signora Huxley. Senza fiato, picchiai sulla porta finché lei aprì.

Indossava una vestaglia rossa e ciabatte e aveva i capelli raccolti in un turbante di seta. Quando mi vide non sembrò arrabbiata... ma piuttosto confusa.

"Roisin non c'è," dissi, le parole che mi uscivano a mitraglia. "Non è tornata a letto questa notte. Mi sono appena svegliata e lei non c'è. Il suo telefono è sotto il cuscino e Pawel non l'ha vista da questa mattina. Non so dove sia." Allungai la mano, agitata, poi la lasciai cadere.

"Va bene, ti aiuto a cercare," disse la signora Huxley. "Dovresti indossare vestiti pesanti e delle scarpe. Highwood è piuttosto grande."

Aveva ragione. Tornai in camera, mi infilai un paio di jeans e delle scarpe da ginnastica, poi incontrai la signora Huxley in cucina.

"Devo informare Lord Bertie," disse la Huxley. "Mentre io me ne occupo, tu puoi cercare nei corridoi di servizio. Potrebbe essere scivolata e caduta da qualche parte."

Annuii con la testa e iniziai a cercare, correndo lungo la rete di corridoi nascosti dietro le pareti. Dal soffitto pendevano lampadine nude, che mi facevano sentire come un prigioniero che scappa attraverso un tunnel. Valutai ogni stanza che superavo, la biblioteca, le stanze da letto, la sala da pranzo, chiedendomi se dovessi entrare nelle piccole porte nascoste in quegli spazi. Ma dovevo cercare in modo sistematico e assicurarmi che non fosse svenuta o ferita da qualche parte.

Più tempo passavo nei corridoi, più mi prendeva un senso di claustrofobia, ma allo stesso tempo ero disperata di non averla trovata. Non volevo abbandonare la ricerca. Non volevo ammettere che se ne fosse andata. Arrivai al piano superiore vicino alle scale e stavo per iniziare a scendere, avevo deciso di evitare la scala a chiocciola, che avevo percorso in salita, quando udii delle voci dall'ingresso. L'istinto mi suggerì di nascondermi. Silenziosamente, mi infilai nel piccolo ripostiglio dietro il quadro.

Senza fermarmi a pensare perché mi stavo nascondendo, spostai delicatamente il piccolo pezzo di metallo che copriva lo spioncino e vidi Lord Bertie e la signora Huxley in piedi in pigiama. La Huxley era vicino alla porta mentre Bertie era sull'ultimo gradino della scala, sopra di lei. Dal modo in cui si comportava la signora Huxley capii che era tesa, mentre Bertie sembrava più rilassato, un braccio appoggiato al corrimano.

"Quando l'ha vista l'ultima volta?" Gli chiese la Huxley.

"Prima di andare a Londra," disse lui. "Non sono sicuro di quando fosse. Forse giovedì sera."

L'espressione corrucciata della Huxley mi fece pensare che lei sapesse di Roisin e Lord Bertie. Se io non l'avessi saputo, non avrei riflettuto sulla sua domanda.

"Sono preoccupata," disse la Huxley. "Dovremmo chiamare la polizia."

"Non siamo frettolosi," rispose Bertie. "Sono sicuro che salterà fuori. È una giovane, sarà da qualche parte a festeggiare. Dov'è l'altra ragazza?"

"L'ho mandata nei corridoi di servizio."

"Bene," rispose Bertie.

"Devo controllare l'ala nord?" Disse la Huxley.

Lord Bertie semplicemente scosse la testa. Lei annuì e poi si allontanò, diretta verso gli alloggi degli Howard. Io rimasi dov'ero, pietrificata, mentre Bertie si girò e risalì le scale. Silenziosamente richiusi lo spioncino, per paura che notasse che era aperto. E poi rimasi lì, immobile, troppo spaventata anche per respirare. Perché saliva le scale così lentamente, praticamente fermandosi a ogni gradino? O me lo stavo immaginando? Lo scricchiolio di un gradino, poi quello successivo. Lo strisciare attutito di ciabatte sulla moquette e infine... silenzio.

Oppure no. Non potevo più vedere cosa stava facendo, ma ero sicura che si fosse fermato vicinissimo al ripostiglio. Era lì? Fuori dalla porta? Si avvicinava? Stava in ascolto? Quello era il rumore del suo respiro, l'infinitesima traccia di un fischio dal naso?

L'aria calda e viscosa mi travolgeva, penetrava i polmoni. Tutto odorava di legno vecchio, polvere e pittura a olio. Ogni parte di me voleva spalancare la porta e scappare da quello spazio ristretto, ma non potevo. Mi premetti una mano sulla bocca e ascoltai, aspettando un segno che se ne fosse andato. Forse se ne era già andato e io stavo aspettando inutilmente. Un uomo in ciabatte e vestaglia poteva essere silenzioso, ma di sicuro avrei udito un movimento.

Poi, proprio mentre stavo per uscire dal buco, udii un fievole frusciare di tessuto. Lo strisciare silenzioso delle ciabatte continuò, sempre più debole finché svanì. Alla fine, mentre la casa ripiombava nella quiete, appoggiai la fronte alla cornice di legno e mi permisi di respirare. Mentre strisciavo fuori dal ripostiglio, mi asciugai il sudore dal collo con le mani tremanti e scesi le scale per cercare di andare incontro alla signora Huxley.

In quel momento ero sicura che Lord Bertie avesse aspettato in cima alle scale, sospettando di essere spiato. Ma se era così, perché non aveva semplicemente aperto la porta del ripostiglio? Era casa sua, poteva fare quello che voleva. Ma forse si era fermato per controllare il telefono o riprendere fiato. O quello oppure avevo lasciato che i nervi e la paranoia si prendessero gioco dei miei sensi.

Attraversai di corsa la casa, controllando la stanza della colazione, la sala da pranzo, il nascondiglio e il soggiorno ma non c'era traccia di Roisin o della Huxley. Quando arrivai alla finestra che dava sui campi in direzione di Paxby, tornai indietro seguendo il lungo corridoio verso la cucina. Trovai la signora Huxley in sala da pranzo, che fissava il ritratto di Lady Laura. Sorpresa, entrai, chiedendomi dove fosse stata prima. Lei non si girò quando entrai, così mi schiarii la voce per annunciare la mia presenza. Si girò veloce, sbigottita, una rara espressione di preoccupazione sul volto. Di nuovo, mi sorprese vederla così *umana*.

"Non l'ho trovata."

"Va bene," disse pensosamente. "Forse dovremmo provare di fuori."

"E poi chiamiamo la polizia?"

Lei si morse il labbro. "Sì, poi chiamiamo la polizia." Fece strada fuori dalla sala da pranzo, attraversò il grande ingresso e scostò una tenda pesante. "Fuori è ancora buio. Dobbiamo prendere delle torce. Ce ne sono alcune in cucina."

Questa volta non ebbi problemi a tenere il passo della governante. Ero carica di adrenalina. Il mio stomaco teso per l'agitazione. Anche se conoscevo Roisin solo da qualche settimana, sapevo che non era il tipo di ragazza che poteva scappare senza il telefono e senza dire a nessuno dove andava. Non era così inaffidabile. Le piacevano anche troppo le persone di Highwood per farle preoccupare inutilmente. No, non era proprio da lei e quando me ne resi conto, desiderai potermi piegare in due e vomitare sul tappeto antico. Arrivata in cucina, provai una strana sorta di riluttanza verso tutto quello che dovevo affrontare. Non volevo prendere la torcia che mi passava la signora Huxley. Non volevo uscire dall'edificio e dividerci in modo da poter coprire più spazio. Ma lo feci perché ogni secondo era importante.

La cosa che desideravo meno di tutte era attraversare il prato verso il giardino delle rose, ma lo feci. Continuai oltre le rose, ignorando il loro profumo esageratamente dolce perché mi accentuava la nausea. Continuai lungo il muro di cinta. Il suono della sua voce riempiva l'aria e non volevo sentirlo. Mentre ripetevo la sua canzone nella mente, colsi il dolore nella melodia. Vidi anche il suo fantasma saltare giù dal muro e correre via. *Fantasmi*. Ecco cosa siamo. Cosa saremo sempre per gli uomini che tornano a dormire quando una di noi sparisce.

Appoggiai le mani sul muro e scrutai fuori verso il nero del bosco. Niente. Sollevai la torcia e la mossi su e giù lungo gli alberi. Niente. No. Qualcosa. Proiettai di nuovo il raggio della torcia. Sì, c'era qualcosa.

Controvoglia, mi arrampicai sul muro e camminai rapidamente verso il bosco. Ad ogni passo, il mio corpo mi pregava di girarmi e correre indietro. Ogni istinto mi urlava contro. L'immagine confusa davanti a me diventava più nitida mentre mi avvicinavo. La figura appesa, lunga e pallida, che dondolava leggermente, diventava sempre più grande finché il mio corpo disse alla mia mente che dovevo correre. Partii in una corsa disperata, agitando la torcia tanto che la luce sembrava saltellare intorno, dandomi la sensazione di guardare attraverso una videocamera instabile. La figura lunga e pallida era sempre più vicina, e poi me la trovai accanto. Mi gettai verso i piedi penzolanti, immaginando di essere Margot che aiutava la figlia a scendere dal lampadario nella sala da pranzo, ma le mie braccia si chiusero intorno a qualcosa di freddo e senza vita.

Capitolo Trentadue

La signora Huxley mi trovò nell'erba, che fissavo il raggio della torcia, caduta ai miei piedi. Sedevo lì da sola, in attesa della polizia, fissando la luce per evitare la vista delle sue gambe dondolanti. La governante appoggiò silenziosamente la sua vestaglia sulle mie spalle e si diresse verso il corpo di Roisin. Aprii la bocca per dirle di non farlo, ma ne uscì solo un suono gracchiante. Distolsi lo sguardo dalla luce e vidi che appoggiava una mano sul piede di Roisin, poi barcollava all'indietro.

Roisin meritava più di questo. Una bella ragazza con una voce melodiosa non avrebbe dovuto morire al freddo sotto a un ramo contorto. Per un attimo, pensai che avrei dovuto essere io al suo posto. Poi ci furono luci lampeggianti e una sirena e un'auto veloce lungo il viale di ghiaia. Qualcuno mi aiutò a mettermi in piedi e mi accompagnò alla residenza, dove vidi gli Howard allineati fuori dall'ingresso in pigiama, tranne Lord Bertie che si era cambiato e ora era in camicia e pantaloni. Alex stava con le mani ficcate nelle tasche della vestaglia di seta viola. Lottie si mangiava l'unghia del pollice, spostando il peso da una gamba all'altra, rabbrividendo in pantaloncini e canottiera. Margot si fece avanti e mi abbracciò. Le braccia scheletriche avvolte attorno al mio collo.

"Oh, ragazze," disse. "Non sareste dovute venire."

Mi allontanai da lei, confusa e sconvolta. Lord Bertie mi prese per il braccio e mi tirò via mentre i freddi occhi azzurri di Alex mi osservavano.

"Cosa sta dicendo?" Chiesi a qualcuno. Non so a chi. Non ad Alex.

"Mo-mo si confonde, a volte," rispose Lottie. Stava piangendo. Volevo toglierle le lacrime dalle guance con uno schiaffo. Non aveva diritto di piangere.

Dopo quello, tutto divenne confuso. Mi diedero una tazza di tè caldo in soggiorno. Sembrava strano stare seduta su uno dei divani degli Howard. Accarezzai il tessuto smarrita, la mia mente a pezzi e molto confusa. Una poliziotta era seduta vicino a me e mi faceva domande a cui rispondevo mormorando. Dall'altra parte della stanza, Lord Bertie era appoggiato a una parete, con la mano su un fianco. Lo vidi rifiutare un drink. Non parlava con nessuno. Tutto quello che faceva era guardare.

Non mi ero mai sentita così sola come in quel momento, seduta in quella stanza piena di gente, mentre rispondevo a una domanda dopo l'altra. Alex e Lottie gironzolavano sullo sfondo mentre la signora Huxley parlava a un altro agente vicino alla porta. Margot era seduta sul divano di fronte, le gambe magrissime incrociate, una sigaretta che bruciava mentre lei fissava nel vuoto. I capelli grigi erano sciolti e scarmigliati intorno al volto. Quando i poliziotti ebbero finito di parlare con noi, si consultarono tra loro sottovoce. E poi arrivò Pawel per il lavoro. Lo guardai accasciarsi mentre la poliziotta lo prese da parte.

Dopo aver informato il cuoco della morte di Roisin, la poliziotta tornò a sedersi accanto a me sul divano. "Ho trovato una lettera indirizzata a lei nel comodino di Roisin."

Mi girai di colpo. "Che genere di lettera?"

"Un biglietto d'addio, temo," disse.

Non potevo crederci. Non Roisin. No. Non poteva essere successo. "Posso vederla?"

"Certo," disse, porgendomi un foglio A4 di carta bianca che era già stato inserito in una busta di plastica. Era una prova ora, immaginai. Ci sarebbe stata un'inchiesta o un'indagine. Non conoscevo la terminologia, ma sapevo che dovevano assicurarsi che Roisin si fosse suicidata.

Mi fu difficile tenere la lettera con le mani gelate e le dita tremanti. La appoggiai sulle ginocchia e mi ci sporsi sopra per leggerla, ma il contenuto mi lasciò indifferente. Il biglietto non mi mostrava niente della Roisin che conoscevo.

MI DISPIACE. Per favore contatta la mia famiglia e dì loro che gli ho voluto bene. Non è a causa loro. Semplicemente non posso andare avanti.

"FATELO SPARIRE," dissi, chiudendo gli occhi con forza.

"Prima le devo fare una domanda." Aprii gli occhi e girai lo sguardo verso l'agente. Aveva il volto rotondo e l'attaccatura dei capelli lo faceva sembrare un cuore. La dolcezza doveva essere utile per un agente di polizia, pensai. Essere costantemente sottostimati poteva essere un vantaggio. "Può identificare la scrittura di Roisin?"

Scossi la testa. "Non penso di averla mai vista scrivere. Dovreste chiedere alla sua famiglia. O forse alla signora Huxley."

Lei annuì. "Va bene. Grazie. Contatteremo i genitori di Roisin al più presto. Mi dispiace per la sua perdita." Delicatamente, prese il foglio dalle mie gambe.

"Cosa succede... Cosa succede con il suo corpo? L'avete tirata giù? Dall'albero?"

"Sì," rispose. "La portiamo in obitorio."

Tirai le ginocchia in alto sotto al mento, chiusi gli occhi e sentii le lacrime inondarmi le guance. La tazza di tè si raffreddava sul tavolo di fianco al divano mentre i poliziotti lentamente uscivano dalla stanza. Non riuscivo a smettere di pensare alla canzone di Roisin nei giardini. Mi era sfuggito il suo dolore. Non capivo. Ero l'unica ad aver ricevuto una minaccia quando avevo iniziato qui. Se qualcuno avesse dovuto morire, sarei stata io, cadendo dalla scala a chiocciola.

Perché in questo posto morivano tante donne? Prima Lady Laura, ora Ro. Sollevai la testa e guardai Lord Bertie, seduto vicino a Margot con il volto girato verso la finestra. Lui era il legame tra le due donne morte. Lui. Ricordai l'album di foto, le immagini del matrimonio di Laura e Bertie, con pizzi e crinoline, gran sorrisi e capelli gonfi. Margot mi aveva detto che lui era stato il catalizzatore della rovina di Laura e ora era successo lo stesso a Roisin.

Capitolo Trentatré

Quel giorno i bagni non vennero puliti. Gli Howard generosamente offrirono di occuparsene da soli e il personale fu mandato a casa. La signora Huxley e io non avevamo alcun posto dove andare e io non volevo tornare nella mia camera a fissare il letto vuoto di Roisin, così camminai per la tenuta di Highwood finché non mi fecero male i piedi. Sedetti nell'erba umida vicino alle rose e rivissi nella mia mente le ultime settimane, cercando di trovare qualcosa che avrei potuto dire o fare in modo diverso.

Mi trascinai di nuovo alla residenza quando iniziò a piovere, costringendomi nella stanza da letto per fare una doccia e cambiarmi. E ovviamente mi trovai a fissare il letto inutilizzato di Roisin. Poi il mio sguardo si spostò al comodino. Quando aveva messo il biglietto lì sopra? E quando si era impiccata? Come aveva trovato la corda? Doveva aver pianificato tutto in modo che non ci fossero intoppi, eppure Roisin non mi era mai sembrata tanto organizzata. Era più una persona istintiva. Se dovevo pensare che si volesse uccidere, sarebbe stato in un modo molto meno complicato. Saltando da un punto alto o prendendo un'overdose di qualcosa.

Il mondo si era piegato ed era tutto storto. Il fatto che Roisin non fosse più viva lo faceva sembrare strano. Le mie riflessioni sul fatto se si fosse uccisa o no erano così assurde che mi venne quasi da ridere. Ma, comunque, non potevo fare a meno di pensarci, perché non riuscivo a farmene una ragione. Non credevo che si fosse suicidata. Mi misi una giacca con il cappuccio e lasciai Highwood, senza preoccuparmi di dire alla signora Huxley dove fossi diretta. A dire il vero, non mi era proprio passato per la mente. Tutti i miei pensieri erano concentrati su Roisin. Anche nella nebbia dello shock e del dolore, ero abbastanza lucida da sapere che se non si era suicidata, qualcuno l'aveva uccisa.

Non aveva ricevuto nessun diorama minaccioso, ma Roisin era nel mezzo di un triangolo d'amore con due uomini. Lord Bertie, che aveva potere e privilegi tali da poter pensare di fare quello che voleva, e Pawel, un giovane passionale con un talento creativo. E poi c'era la casa, un posto pieno di segreti fino al soffitto.

Mi ci volle meno della metà del tempo che impiegavo di solito per arrivare a Paxby. Mi mancava il fiato e sudavo nonostante il freddo e l'umidità dell'aria. Superai il Crossed Scythes e ripercorsi a memoria la strada verso la casa di Ade. Se qualcuno aveva fatto del male a Roisin, Ade era sospettabile come Pawel e Lord Bertie? La mia mente era affollata da pensieri contrastanti. Era davvero troppo presto per fare ipotesi sull'omicidio, eppure non riuscivo a evitarlo.

Aprì la porta al secondo colpo, gli occhi spalancati per la sorpresa. "Entra."

In corridoio, cercai di slacciare la giacca, ma la cerniera continuava a incastrarsi. Lui gentilmente appoggiò la mano sulla mia, aiutandomi a tirarla giù. Mi fece sentire come una bambina, ma non in senso negativo, più come se qualcuno fosse lì ad aiutarmi quando ne avevo bisogno. Poi mi guidò verso la cucina, riempì il bollitore e mi fece sedere al tavolo.

"Come stai?" Chiese. "E non dire bene, so che non stai bene."

"Non bene," dissi. "Tutt'altro che bene."

"Mi ha chiamato la signora Huxley e mi ha detto che l'avete trovata."

"Dondolava appesa a un albero. Tutta la vita l'aveva lasciata. Non cantava più. Era fredda e..." Mi interruppi, terrorizzata dalle parole che mi uscivano dalla bocca, dal ricordo di aver trovato la mia migliore amica nel bosco. Ade si allungò sul tavolo e mi prese la mano, mentre il bollitore fischiava in sottofondo. Aveva le lacrime agli occhi.

"Non avevo idea che fosse depressa," disse. "A parte il pianto dell'altra sera, non l'avevo mai vista sconvolta."

"Tu la conoscevi da più tempo di me."

"Sì," disse. "Ma non la conoscevo molto bene. Non parlavamo molto."

"Stavate parlando nel giardino delle rose, ieri. Di che cosa?"

Ade mi lasciò la mano e si appoggiò allo schienale della sedia. "Dio, sembra che sia passata una vita." Scosse la testa. "Le ho chiesto se stava bene, perché aveva fatto quella scena. E poi le ho chiesto se era tutto a posto tra lei e Pawel, ma lei... era sfuggente, come se non ne volesse parlare. Tutto qui."

"Penso che si sia uccisa non molto dopo," dissi. "Se davvero si è uccisa."

"Cosa stai dicendo?"

Alzai le spalle. "Sono accaduti fatti strani a Highwood da quando ho iniziato a lavorare qui. Sono arrivati quei diorami e ora è morto qualcuno. Voglio dire, so che Roisin non ne ha ricevuto uno, ma mi sembra una coincidenza troppo strana, no?"

"Immagino," disse. "Ma perché Roisin?"

Feci una pausa per studiare la sua espressione. Aveva un volto aperto, gentile e sincero.

Mi sentivo un peso sul petto e sulle spalle. Una zavorra di dolore, paura e rimorso. Feci un lungo respiro e presi una decisione.

"Roisin aveva una storia con Lord Bertie."

"Cosa?"

"È vero. Me l'ha detto lei ieri. Per questo era così sconvolta. Non sapeva se dirlo a Pawel e rompere con lui o no. Penso che lei amasse Pawel ma Bertie l'aveva coinvolta in una relazione tossica." Scossi la testa, attraversata da uno scoppio improvviso di rabbia pura. "Era abbastanza giovane e ingenua da pensare che avrebbe potuto funzionare con lui."

Ade si strofinò la base della testa pensoso. "Questo cambia tutto."

"Pensi che Lord Bertie avesse un movente?"

La sua espressione si fece tesa, gli occhi si strinsero. "È un'accusa grave." Intrecciò le braccia e corrugò la fronte. "Perché poi? Lui è single. So che lei è una cameriera, ma penso che certi pregiudizi siano superati, no?"

Alzai le spalle. "Forse non in questo mondo."

Ade sospirò. "Penso che dovremmo prendere una tazza di tè e, non so, rilassarci un attimo. Non sappiamo cosa sia successo e, a dire la verità, nessuno di noi due conosceva Roisin così bene. La polizia arriverà a fondo di qualunque sospetto."

Si alzò per versare il tè mentre io cercavo di calmare i nervi in tutto il corpo. Ade era ragionevole e sensibile, ma non sapeva quello che sapevo io sul passato e sugli uomini di quel posto. Non aveva letto le preoccupazioni di mia madre quando era cameriera lì. *Penso ci sia qualcosa che non va a Highwood Hall.*

Capitolo Trentaquattro

I genitori di Roisin arrivarono da Sligo il giorno dopo il ritrovamento del corpo. Erano bassi, con lineamenti tondeggianti e guance rosa. La madre aveva gli stessi capelli biondo ramato, ma i suoi erano ricci e tagliati più corti.

Nella mia mente, vidi come potevano essere prima e quello che erano ora: un'imitazione pallida e stropicciata, con occhi umidi e vestiti sgualciti. La madre di Roisin mi abbracciò quando ci incontrammo e io sprofondai nel suo morbido calore. Quell'abbraccio mi fece quasi andare in pezzi, ma volevo trattenermi per raccontare loro degli ultimi giorni della figlia. Dopo, mostrai ai genitori la camera che condividevamo. Misero in alcuni scatoloni tutto quello che apparteneva a Roisin, con lacrime silenziose che scendevano lungo le guance. Con le mani appoggiate su quelle scatole, dissi loro che lei gli voleva bene. Avrebbe voluto che lo sapessero.

"Qualche volta litigavamo," disse la signora Byrne. "Ma era la nostra piccola."

La guardai negli occhi e non riuscii a confidarle i miei sospetti sulla morte di Roisin. Non riuscii proprio a parlare. Né potei dirle che la sua bambina era coinvolta con un uomo che aveva il doppio dei suoi anni.

"Ci fermiamo al villaggio stanotte," disse. "Dobbiamo aspettare un paio di giorni per... poter riportare il suo corpo in Irlanda. Restiamo in contatto, ti spiace?" Scarabocchiò un numero e me lo passò. Capisco che Roisin teneva a te e che tu sei stata una buona amica per lei. Ti farò sapere quando organizziamo il funerale."

Presi il numero e annuii con la testa. Ma dentro di me sapevo che non avrei potuto permettermi un viaggio in Irlanda, anche se avrei desiderato dirle addio. Quando se ne andarono, portando con sé le cose di Roisin, mi distesi sul letto e fissai la parte vuota della stanza.

In qualche modo riuscii a scivolare in un sonno ristoratore, dovevo essere esausta, e mi svegliai trovando la signora Huxley in piedi accanto al letto.

"Vuoi qualcosa da mangiare?" Chiese. "Non c'è niente di caldo perché metà del personale di cucina è ancora fuori ma ci sono dei panini se hai fame." Mentre stava in piedi vicino a me, scrutai il suo volto in cerca di qualche emozione umana, ripensando al suo sorriso a Heather Grove. Era colpita dalla morte di Roisin. C'erano delle ombre sotto i suoi occhi e i capelli non erano perfettamente in ordine come al solito. Se ne andò subito, lasciandomi il tempo di decidere.

Con riluttanza, mi costrinsi ad alzarmi e barcollai con gli occhi annebbiati fino alla cucina. La signora Huxley sedeva al suo solito posto, a capotavola. Le feci un cenno, prendendo un piatto da una pila vicino ai panini. Il mondo continuava a girare e non c'era modo di fermarlo.

Dopo un pranzo silenzioso, mi misi l'uniforme e pulii la biblioteca, passai l'aspirapolvere sui tappeti e aiutai la signora Huxley con la cena. Nessuno degli Howard alzò lo sguardo su di noi mentre li servivamo. Bertie aveva il naso nel giornale mentre Alex e Lottie fissavano i loro telefoni. Margot mangiò nella sua stanza, servita dalla Huxley.

Nei giorni che seguirono, lavorai il doppio, addossandomi i compiti di Roisin oltre ai miei. Mi sentivo come se dovessi dimostrare che potevo farcela e di certo non volevo che la signora Huxley assumesse un'altra cameriera. Il pensiero di sostituire la mia amica carina e gentile mi faceva stringere lo stomaco.

Verso la fine della settimana la polizia riferì di aver classificato la morte come suicidio e i Byrne riportarono il corpo di Roisin in Irlanda. Pensai a lei in una bara e rabbrividii. No, non potevo andare al funerale. Non potevo vedere il suo corpo seppellito nella terra fredda. Non con quella sensazione che mi consumava in fondo allo stomaco, quella che mi diceva che avrei potuto evitarlo. Avrei dovuto capire che stava precipitando verso la rovina. Avrei dovuto fare di più per impedirlo. Per aiutarla.

Pulire divenne un modo di sfuggire al dolore e mi ci buttai con tutta me stessa. Strofinai e spolverai e aspirai e lavai e lucidai. Non parlai a nessuno per giorni. Non mi prendevo del tempo per me stessa e mangiavo poco. Quando Pawel rientrò, scoprimmo che riuscivamo a malapena a parlarci, forse sentendo ognuno il dolore che l'altro stava provando, o forse perché non avevo ancora deciso cosa pensare di lui. Pawel aveva subito un torto da Roisin. E se avesse perso la testa? Se le avesse fatto del male?

No. Ferma. La polizia aveva concluso... Il dubbio mi tormentava, mi lacerava e mi assillava. E se la polizia avesse sbagliato?

Mi ritrovai nella sala da pranzo, a fissare le donne sulle pareti, provando un enorme senso di impotenza. Volevo mettere insieme gli ultimi istanti di Roisin, ma ogni volta che cercavo di leggere il rapporto della polizia mi ritrovavo con gli occhi pieni di lacrime. Anche se avessi scoperto qualcosa che non andava, chi avrebbe ascoltato una cameriera? Invece, tenni la testa bassa e aspettai finché fui pronta a seguire il corso dei pensieri da cui ero partita. E di notte, quando non riuscivo a dormire, rileggevo le lettere che mia madre aveva scritto a mio padre. Leggevo del mio aspetto di bambina e di quanto le mancassi quando era via per lavoro. Leggevo dei suoi problemi economici e della sua disperazione. Leggevo finché le palpebre crollavano e la mente scivolava via.

Ma durante il giorno, ero sempre più attirata dalla sala da pranzo. Mentre gli Howard cenavano, io studiavo le immagini delle donne sulla parete a pannelli di legno e mi fissavo su di loro. Attribuivo loro storie e inventavo famiglie. Ero una di loro, stampata per sempre sui muri di questa casa. Quel volto, quello che avevo notato il mio primo giorno, che un po' mi assomigliava, divenne il mio avatar. Nessuno dei ritratti aveva le fattezze delicate, da elfo, di Roisin, ma sapevo che sarebbe rimasta per sempre incisa lì.

Avevo fatto domanda per il lavoro a Highwood Hall più o meno sei settimane prima della morte di Roisin. Nessuno, non di certo io, avrebbe potuto prevedere quello che sarebbe successo da quando mi ero unita allo staff. Speravo di potermi avvicinare all'unica donna che avevo sempre desiderato incontrare, ma non ne ero stata in grado. Con il passare del tempo mi chiedevo quando sarei riuscita a scoprire qualcosa di più su di lei, rintracciare scorci del suo passato, tramite la signora Huxley o Lord Bertie. Ma non mi sarei mai aspettata di dover elaborare questo senso di perdita. Non mi ero mai sentita una tale delusione. E ora dovevo prendere una decisione difficile. Dovevo scegliere se tirare le fila di quello che vedevo intorno a me o se lasciar perdere e tirarmene fuori. Perché ormai mi sembrava evidente. Highwood Hall era guasta all'interno.

La Stanza della Musica

Non volevo essere lì e lui lo sapeva, ma invece dei soliti modi sgarbati, di ordini e punizioni, quel giorno lui era più tenero. Non si dedicò per niente alla sonata. Invece, mi suonò diversi pezzi e mi chiese quale fosse il mio preferito. Mi disse che gli dispiaceva che non avessimo più parlato dal venerdì prima, che non voleva vedermi triste e poi cominciò a confidarsi, poco per volta, aiutandomi a non pensare a nient'altro.

"Papà non ha mai voluto che diventassi un pianista professionista, ma mi ha fatto studiare. Tutti gli uomini di famiglia hanno imparato uno strumento."

"È una tradizione insolita," notai.

"Credimi, ci sono diverse tradizioni particolari nella mia famiglia." Sorrise. "Lui è un violinista eccezionale, mio padre. Ma tutto questo, la musica, lo studio... è un passatempo. Gli affari sono la realtà. Ogni uomo ha bisogno di un hobby. Sembra che sia salutare avere uno scopo creativo. Nel mio mondo, ti trovi una moglie e un passatempo, oltre al lavoro, e sei felice così."

Ma la mia mente era altrove. Notò che stavo fissando dall'altra parte della stanza e scostò una ciocca di capelli dalle mie orecchie. In modo delicato. Non l'avevo mai conosciuto così.

"È tutto a posto? So che ti manca."

Asciugai le lacrime dagli occhi e per una volta, mi appoggiai a lui. Si sistemò sullo sgabello del piano in modo che potessi accoccolarmi sulla sua spalla e, mentre mi mettevo comoda, sentii il profumo del suo dopobarba al ginepro. Le sue mani mi accarezzavano la testa e poi mi passò le dita tra i capelli, lasciandoli cadere a onde, il suo volto vicino al mio.

"Sì," dissi. "Mi manca moltissimo."

"La vedrai di nuovo," disse. "So che è così."

Lo ascoltavo a metà, con le mani appoggiate al suo petto, stringendo nel pugno la sua camicia. Non sarebbe dovuto succedere, era poco professionale e anche pericoloso, ma avevo bisogno del suo calore.

"Ti fidi di me, Emily?" Disse.

Annuii. Le sue labbra incontrarono le mie e con le mani continuava ad accarezzarmi i capelli. Mentre mi abbandonavo al suo bacio, quelle dita si strinsero fino a formare un pugno, tirandomi indietro leggermente la testa. Si staccò da me e continuò a tirare, questa volta forte. E mentre tirava, mi guardava, gli occhi neri. Poi mi lasciò andare.

"Forse non dovresti fidarti di me," disse. Distolse lo sguardo e fissò il piano. "Sono incasinato."

"Tutti lo siamo." Desideravo sentire di nuovo le sue mani tra i miei capelli. Agognavo la pressione sulla mia testa, il leggero pizzicore del dolore che bloccava tutti i cattivi pensieri. "Non mi interessa cosa mi fai. Mi piace. Ne voglio di più."

Quando mi avvicinai a lui, si alzò dal seggiolino così in fretta che quasi inciampò, andando a scontrarsi contro un leggio. Quello cadde a terra e l'improvviso rumore cacofonico mi fece saltare. "No. Non dirlo. Non dire mai una cosa simile."

Sembrò disgustato da me e io non riuscivo a sopportare quell'espressione sul suo volto. Dovevo andarmene da lì rapidamente ma quando lo superai per andare alla porta lui mi prese per il gomito e mi baciò di nuovo. All'inizio delicatamente e pigramente, ma ben presto mi stava spingendo contro il muro, il suo corpo appoggiato sul mio. Ero malleabile, come creta, o una bambola, con cui giocare. Quando lui aveva il controllo, io lasciavo il mio corpo. Mi rendeva insensibile da capo a piedi, portando via tutta la tristezza chiusa in me. Ma mi veniva anche da chiedermi se provassi qualcosa per lui o se volessi solo usarlo per sfogare il mio dolore. Le sue mani si diressero alla mia gola, un pollice premuto nella carne. Non troppo forte ma nemmeno delicato. Volevo incoraggiarlo, dirgli di fare più forte. Meritavo il dolore. Lo volevo. Ma non lo feci e lui non lo fece. Smise e scuotendo la testa si allontanò da me. Vidi brividi di tensione sui muscoli della sua schiena, le braccia flettersi mentre raccoglieva le mani a pugno.

"Non va bene," disse. "Dovremmo smetterla."

"Perché?"

"Perché..."

"Sono una cameriera?"

"Sì!"

Appoggiai le dita sulle mie labbra, che portavano ancora il sapore del suo bacio. "Ha importanza?"

"Sì," disse lui. "No. Non lo so." Si girò di nuovo a guardarmi. "Vuoi vivere nell'ala nord con me?"

"Certo che voglio." Dissi. Ed era vero. Ma perché era vero? Lo amavo o desideravo una casa?"

"Penseranno che sei una cacciatrice di dote," disse, quasi ridendo alle sue stesse parole.

Alzai le spalle. "Lasciali fare."

"Stai accettando tutto questo perché sei ancora sconvolta," disse. "Non stai pensando chiaramente."

Forse aveva ragione. Il desiderio lasciava il mio cuore aperto e forse avevo lasciato che fosse la disperazione a decidere per me. "Allora aspetta qualche settimana e chiedimelo di nuovo."

Lui sorrise. "Va bene."

Capitolo Trentacinque

Sabato mattina mi svegliai confusa. Non so perché ma mi aspettavo di essere nel mio letto a casa di zia Josephine. Quando non la sentii chiamarmi per colazione, non capii cosa stesse succedendo. Poi notai un secondo letto nella stanza e mi ricordai che ero a Highwood Hall. Il secondo letto era stato spogliato di tutto, rimaneva il materasso appoggiato sulla rete. Guardare quella cosa ingombrante mi riportò tutto alla mente.

Era il giorno del funerale di Roisin.

La signora Huxley mi aveva offerto qualche giorno libero per le esequie, ma comunque non potevo permettermi di volare in Irlanda, per cui le dissi che avrei lavorato come al solito. Aveva assunto un'impresa di pulizie per aiutare a sistemare la residenza quel fine settimana, e questo significava che avrei avuto la giornata libera. Decisi che non volevo. Avevo bisogno di tenermi impegnata.

Mentre facevo la doccia e mi vestivo, pensai alla stanza della musica, al modo in cui la musica del piano mi aveva sollevata, trasportata in un altro tempo e in un altro posto. Quando ero in quella stanza, non mi fidavo di me stessa. Non mi fidavo di Alex. Roisin mi aveva messa in guardia così tante volte, ma che significato poteva avere quando lei vedeva un uomo come Lord Bertie? Lui non sarebbe andato al suo funerale. Non aveva nemmeno pianto per lei, a quanto ne sapevo. Si comportava come se si trattasse di una persona che non conosceva. Non aveva mostrato nemmeno un minimo di tristezza.

Forse era *lui* alla radice di tutto, il cancro di Highwood Hall di cui mia madre aveva sospettato tanti anni fa. E poi la mia mente ritornò alla conversazione tra Lord Bertie e la signora Huxley la notte in cui Roisin era morta. Il modo in cui lei gli aveva parlato, come se stesse tastando il terreno per capire se fosse colpevole di qualcosa che andava tenuto nascosto. Cosa sapeva lei? Volevo disperatamente scoprirlo.

Mentre mi asciugavo i capelli, misi insieme un breve elenco di domande di cui cercavo la risposta.

Come fa la signora Huxley a spostarsi così rapidamente attraverso la residenza? Potrebbe esserci un altro corridoio segreto?

Roisin si è davvero suicidata?

Cos'è successo a mia madre quando lavorava qui?

Chi ha inviato i diorami?

Più riflettevo su queste domande e più mi sentivo sola. Le cose non erano andate come avevo progettato quando ero arrivata a Highwood Hall e cominciavo a chiedermi se venire fosse stato uno sbaglio. Mia zia mi avrebbe definita una perdente se non fossi andata fino in fondo.

Sentii un trambusto provenire dalla cucina. Pawel aveva deciso di andare in Irlanda per il funerale di Roisin così eravamo ancora una volta a corto di personale. Mi misi in azione e rapidamente ne venni a capo, togliendo le paste dal forno, passando cucchiai, pulendo la glassa di zucchero dalle superfici di lavoro. Mentre ci davamo da fare, suonò il campanello e la signora Huxley uscì dalla stanza mormorando tra sé.

Il mio stomaco brontolava dalla fame mentre sistemavo i croissant. Era la prima volta che provavo un po' di appetito dalla morte di Roisin e mi sentii in colpa. Ma il ritorno della signora Huxley mise subito fine ai morsi della fame. La sua pelle, solitamente rossomarrone, era diventata grigio cenere. Portava una scatola regalo chiusa con un nastro esattamente come quella che avevo ricevuto io il primo giorno. Corsi verso il tavolo mentre lei vi appoggiava la scatola.

"A chi è indirizzata?" Chiesi. Avevo il cuore in gola. Ero sicura che questa scatola fosse per Roisin. Ne avevo già proiettato l'immagine nella mia mente. Un mostruoso ritratto in miniatura delle sue gambe fredde e bluastre che dondolavano tra i rami.

"È indirizzata a me," disse.

Mi strinsi le braccia intorno al corpo per impedire alle mani di tremare. L'aspetto di queste scatole mi faceva accelerare il battito cardiaco in modo tale che non avrei mai più potuto guardare una confezione regalo. Lentamente, la signora Huxley tirò il nastro rosso fino a farlo scivolare via dalla scatola. La parte davanti cadde e guardammo dentro.

Questa volta, Highwood Hall era realizzata dall'esterno. Vidi i mattoni e le finestre dipinte sulla parete posteriore della scatola. C'erano piccole pietre di tanti colori diversi incollate per formare un sentiero e vicino al sentiero piccoli fiori, gli steli in plastica ma i petali di stoffa, incollati fino a restare abbastanza fissi e mantenere la forma. In mezzo, una donna alta con un vestito rosso stava in piedi fuori dalla casa, guardando verso l'interno, i capelli neri tirati in una crocchia stretta. La signora Huxley.

"Cosa significa?" Chiesi.

Lei non rispose subito, rimase a fissare il diorama. Mi avvicinai di un passo per esaminarlo meglio e potrei giurare di aver visto un volto nella finestra della residenza. Il volto di una giovane donna. Ma prima che potessi guardare meglio, la signora Huxley chiuse di scatto la parte frontale e prese la scatola tra le braccia. Si girò e uscì a passo veloce.

Lanciai un'occhiata al mio telefono. Erano le sette e trenta di mattina e dovevamo servire la colazione. Non avevo scelta. Dovevo organizzarmi da sola. Presi un vassoio d'argento, ci impilai sopra un po' di piatti e percorsi il corridoio nudo, ignorando il dolore dei miei muscoli tesi. La porta segreta si aprì con un clic e io entrai nella sala da pranzo, tenendo gli occhi bassi in modo da non dover guardare nessuno degli Howard, soprattutto non Alex o Bertie.

Ma, sfortunatamente, mi notarono.

"Ti senti di lavorare, cara?" Chiese Margot con una gentilezza nella voce che mi sorprese.

"Sto bene, grazie." Appoggiai il pane sul tavolo e aiutai gli altri a portare uova, bacon e paste, e sistemare tutto sullo scaldavivande in acciaio lungo la parete più lontana.

"Dov'è la Huxley?" Chiese Bertie.

Senza guardarlo dissi: "è andata in camera sua. Non si sentiva bene."

"L'ho vista mezz'ora fa e stava bene," rispose lui.

La sua noncuranza mi infastidiva. Perché gli stavamo servendo da mangiare? Roisin, la sua amante, era morta e io ero lì a sistemare il cucchiaio vicino al suo cazzo di piatto.

"A dire il vero, ha ricevuto per posta un pacchetto spiacevole. Un altro diorama." Mi raddrizzai e lo guardai dritto negli occhi. "L'ha sconvolta e quindi si è ritirata nella sua stanza. Sembra che questa ex dipendente sia ancora arrabbiata anche se lei aveva detto di averla sistemata." Mi costrinsi a chiudere la bocca prima di dire altro. Era già stato un grosso errore aver sbottato in quel modo. In silenzio arretrai dal tavolo con le gambe malferme e notai che Alex mi fissava. Non vidi traccia di sorriso sul suo volto, ma ebbi l'impressione, dal modo in cui la testa era leggermente piegata, che mi stesse valutando, cercando di decidere se quello che avevo fatto era coraggioso o stupido.

Io pensavo che fosse stato stupido. Potevo aver infastidito un assassino o aver portato poco rispetto al mio capo, un uomo potente che poteva licenziarmi quando gli pareva. L'aria della sala da pranzo raggelò. Gli occhi di Bertie rimanevano fissi sui miei, ma non sembrava turbato dal mio sfogo.

"Beh, è un vero peccato," disse. "Dì alla signora Huxley che vorrei vedere il dono minaccioso che ha ricevuto. Il mio investigatore sta ancora raccogliendo prove. Sono sicuro che il problema sarà risolto al più presto. Sfortunatamente, la ragazza è più fuori di senno di quanto pensassi." Gli angoli della sua bocca si alzarono. "Comunque la compatisco, come faccio con chiunque abbia una malattia mentale. Grazie per aver organizzato la colazione. Sono sicuro che sia stata una giornata difficile per te."

Chissà che giornata difficile per *te*, pensai, annuendo con la testa e uscendo dalla porta di servizio. Di ritorno in cucina, uno scoppio di rabbia quasi incontrollabile mi prese dalla testa ai piedi.

Premetti le nocche sul muro e strinsi i denti per cercare di fermarlo. Non ci riuscii.

Mentre spolveravo e strofinavo e lavavo, consumandomi le mani finché erano rosse e squamate, immaginai la famiglia di Roisin. Li vidi aspettare il carro funebre, guidare verso il cimitero, il rumore del pianto sopra quello del motore. Li vidi camminare lungo la navata della chiesa in processione con la bara, braccia su spalle, petti che si alzavano e si abbassavano mentre i parenti singhiozzavano. Mi chiesi che musica avessero scelto per lei.

Mi mandava fuori di testa. Era come se avessi vissuto le esequie, ma senza la possibilità di essere presente per superare il dolore. Così pulii con ancora più vigore, finché la manopola di legno di una spazzola mi fece venire una vescica.

A pranzo, vagai verso la fine del giardino e trovai Ade che fissava una rosa rossa, una pala ai suoi piedi. Si girò verso di me quando fui vicina, un sorriso triste sul volto.

"Non sei andata," disse.

Io scossi la testa. "Non potevo."

"Non ti hanno dato dei giorni liberi?"

"No, non è quello. Semplicemente... non potevo."

Rimase in silenzio. Si limitò ad annuire e abbassò lo sguardo verso la pala. "Oggi non riesco proprio a concentrarmi, sai?"

"Nemmeno io."

"Se vuoi parlare con qualcuno..."

"La Huxley ha ricevuto un diorama questa mattina," dissi, interrompendolo. Non ero pronta ad accettare la sua gentilezza. "Pensavo fosse lei. Per tutto questo tempo, ne ero convinta. Ma ora che ne ha ricevuto uno... sembrava davvero terrorizzata, sai? Pallida e sconvolta. Non puoi fingere una cosa simile." Mi morsi l'interno della guancia, cercando di mettere insieme tutto quello che era successo. Non quadrava niente.

"L'hai visto? Com'era?"

"Sì, l'ho visto. Era la residenza dall'esterno e la signora Huxley guardava verso l'interno. Mi sembra di aver visto il volto di una donna nella finestra."

"Beh, davvero inquietante."

"Già." La mia voce mi suonò distante, mentre la mia mente correva, cercando di elaborare il tutto. "L'unica persona che è morta non ne ha ricevuto uno. Questi pacchetti appaiono come una sorta di stramba minaccia, eppure a Roisin non ne sono arrivati."

Ade picchiò per terra con la punta dello stivale. "Potrebbe essere una coincidenza."

"Potrebbe. Forse c'è più di uno strano evento alla residenza. Forse non sono per niente collegati." Cercai il suo sguardo. Volevo che fossimo allineati, che credesse che tutto fosse possibile con questa famiglia. Ma vidi circospezione. Vidi incredulità.

"Immagino," disse. "Ti senti bene? Sembri su di giri."

Sapeva che non gli stavo dicendo tutto. Penso che mi conoscesse abbastanza per intuirlo. Mi venne in mente Alex nella stanza della musica, le sue dita che mi scostavano i capelli dal viso, le sue labbra che sussurravano promesse al mio orecchio. Pensai all'ala nord, il posto in cui mi aveva detto che avrebbe vissuto sua moglie. Aveva accennato che avrei potuto essere io, ma mi faceva sentire quasi come se fosse una gara da vincere. Partecipa al gioco e avrai un pezzetto di questa fortuna. Pensai a Lord Bertie a colazione, la sua noncuranza, la sua completa indifferenza nei nostri confronti. La sua conversazione privata con la Huxley. Margot con l'album di fotografie che lo indicava, accusandolo. Lady Laura che cadeva dalle scale e suo figlio adulto che guardava...

"Tra non molto potrei aver bisogno del tuo aiuto," dissi. "E quando verrò a chiedertelo dovrai fidarti di me."

Lui raddrizzò la schiena e un'ondata di calma sembrò scendere su di lui. Decisione, pensai. Sperai. E allora seppi che potevo contare su di lui. Provai un incommensurabile sollievo.

"Va bene," disse lui. "Qualunque cosa."

Capitolo Trentasei

Il giorno successivo, attesi che la signora Huxley se ne andasse come faceva ogni domenica. Aspettai vicino alla fontana, furtivamente, come un ladro. Non appena si fu avviata, entrai in azione.

Non ci sarebbe mai stata opportunità migliore di questa. Lord Bertie era andato in uno dei suoi uffici a York. Lottie aveva passato la notte fuori e non era rientrata. Margot stava bevendo Martini vicino alla piscina interna. Alex lavorava nel suo ufficio nelle stalle. Avevo Highwood Hall tutta per me, o quasi.

Prima di tutto andai all'ala nord, ma trovai ogni ingresso chiuso a chiave. Allora mi ricordai che Roisin mi aveva raccontato che lei e Bertie si incontravano in cantina. Io non ci ero mai stata, anche se noi cameriere avevamo passato parecchio tempo in lavanderia nel seminterrato. In ogni caso, se Lord Howard aveva un posto d'incontro segreto forse la mia indagine poteva partire da lì. Highwood era piena di sorprese. Cosa avrei trovato nel luogo in cui il padrone di casa organizzava i suoi appuntamenti?

L'ingresso alla cantina non era lontano dagli alloggi di servizio, vicino alla scala principale. Una porta nel corridoio adiacente si apriva su una scala stretta che scendeva al piano più sotto. Per fortuna la porta non era chiusa a chiave e potei entrare, scendendo con attenzione i gradini di cemento. Non so cosa mi aspettassi ma di certo non la stanza modernamente arredata in cui mi ritrovai.

C'erano faretti incastonati nel soffitto, intonacato e dipinto di color crema. Alcune bottiglie di vino erano sistemate in vetrinette a temperature controllata non dissimili da quelle nella biblioteca. Altre centinaia di bottiglie erano allineate su ripiani e senza dubbio valevano più di quanto io avrei mai guadagnato in un anno. Nel mezzo della stanza c'era un divano, anch'esso color crema, e una piccola libreria, presumibilmente per accomodarsi a bere un bicchiere di vino leggendo un libro.

Lanciai uno sguardo al divano e il mio stomaco si rivoltò. Mi comparve alla mente un'immagine di Bertie che incantava Roisin. *Assaggia un altro bicchiere, tesoro. Questo è speciale, proprio come te.* Una mano sulla coscia o sul sedere di lei, quel sorriso gioviale sul volto di lui. Non mi importava quanto le piacesse, per me lui era sempre un aggressore. Lo odiavo. Ma del resto l'avevo sempre odiato. Avevo fatto del mio meglio per nasconderlo.

Il tempo passava e io avevo un lavoro da fare. Percorsi il perimetro della cantina, toccando i muri alla ricerca di possibili pannelli segreti. Ma l'intonaco era liscio. C'era però un caminetto elettrico con delle candele sull'architrave. Mi avvicinai e sollevai ogni candela, aspettandomi che succedesse qualcosa, come in un film di Indiana Jones. Sfortunatamente non si aprì nulla e le candele erano solo candele. Passai una mano intorno all'intero caminetto ma non trovai nient'altro che potesse aprire una porta segreta.

Spostai il tappeto alla ricerca di una botola. Niente. Cercai di estrarre i libri dalla libreria. Niente. Poi percorsi con le mani i bordi dei ripiani dei vini. Sorrisi. Avevo trovato un pulsante.

Piccolo e insignificante. Un oggetto senza alcuna teatralità. Quando lo premetti, semplicemente si spostò uno scaffale. Mi misi a ridere forte. Quei ripiani erano una porta che si apriva su un corridoio segreto. Forse avevo trovato il bunker di Lord Bertie per l'apocalisse o forse una sorta di camera delle torture.

Entrai e con piacere notai che il tunnel era illuminato. Aria fresca mi pizzicava il collo. Prima di iniziare a seguire il corridoio, feci una pausa per assicurarmi che ci fosse un pulsante per aprire il passaggio anche da quella parte. Di certo non volevo restare bloccata in quel posto senza che nessuno sapesse dov'ero. Lord Bertie era il tipo che mi avrebbe lasciata marcire piuttosto che svelare i suoi segreti.

Percorsi rapidamente il tunnel. Era già passata un'ora da quando avevo iniziato l'esplorazione e temevo che la signora Huxley scoprisse che stavo curiosando.

All'improvviso il corridoio piegava verso l'alto, arrivando più o meno all'altezza del primo piano. Alla fine della salita, notai una porta alla mia sinistra. Tuttavia, non era la fine del tunnel. Con mia sorpresa, questo continuava a salire verso un secondo pianerottolo. Forse era così che la signora Huxley compariva sempre dove meno te l'aspettavi. Ma da quale direzione era arrivata il giorno che avevo cercato di entrare nel suo ufficio? Da su o da giù?

Quando la porta si aprì, sospirai di sollievo. Aver faticato tanto per arrivare ad affrontare un ennesimo ostacolo sarebbe stato traumatizzante. Superato l'ingresso mi trovai nell'ufficio della signora Huxley. Ora il cuore mi batteva a mille. Era la prima volta che entravo lì. I miei occhi divorarono famelici la scena, alla ricerca disperata di tracce. Per prima cosa notai il suo diorama personale, appoggiato sul tavolo. Lo aprii rapidamente ed esaminai la scena un'altra volta. La vista dei volti spettrali dipinti alle finestre mi fece trattenere il respiro. Erano piccoli, quasi trasparenti, pallidi, rotondi e cupi. Non l'avevo notato ma in cucina c'erano diverse altre facce, almeno dieci, tutte che fissavano la signora Huxley. Tutte donne. Mi vennero i brividi.

Poi frugai nei cassetti, senza trovare niente. Penne, carte, buste, raccoglitori pieni di contatti per le pulizie e fornitori di alimentari, catering e noleggi di automobili, anche un pilota di elicottero. Rimisi a posto il raccoglitore. Un documento attirò la mia attenzione: una fattura della casa di cura Heather Grove a Wicklesworth. Lo aprii e riuscii a trovare il nome della persona che era andata a trovare. Charlie Huxley. Allegato al documento c'era un foglio scritto a mano da parte di uno degli addetti. *Charlie sta andando molto bene. Siamo davvero fieri di lui. Ama l'arte e soprattutto l'artigianato. È apprezzato dagli altri residenti e sta migliorando le sue capacità di relazione sociale.* Trovai una fotografia di Charlie, in piedi con la testa leggermente piegata, un sorriso timido sulle labbra. Il genere di sorriso innocente di qualcuno che non comprendeva bene il mondo ma semplicemente ci viveva. Aveva sui vent'anni, forse la mia stessa età, e quindi la nascita risaliva più o meno a quando lei aveva iniziato a lavorare a Highwood. La somiglianza tra Charlie e la Huxley mi era evidente. Avevano la stessa struttura ossea, gli stessi occhi scuri. Notai anche che la pelle di Charlie era di una o due tonalità più chiara rispetto alla madre e i suoi ricci erano più sciolti. Ma era indubbiamente suo figlio. Sollevai un'altra volta la fotografia, chiedendomi se la signora Huxley fosse stata costretta a prendere la stessa difficile decisione di mia madre. Poi riposi la foto e trovai la diagnosi di Charlie: era autistico.

Conscia di non avere molto tempo, cercai rapidamente tra i faldoni della signora Huxley, le mie dita che volavano tra i mobiletti, ansiosa di scoprire quello che desideravo. Feci passare gli anni *2018, 2006, 2002*... Finché... Afferrai un raccoglitore e me lo cacciai sotto la tunica, infilandolo nella cintura dei pantaloni. Non avevo abbastanza tempo per leggerlo ora. Dovevo scoprire dove arrivava la fine del tunnel.

Lasciai l'ufficio e attraversai la sua camera da letto. Era tutto in ordine. Le pareti coperte di carta a fiori scura. C'era una Bibbia sul comodino. Non ebbi il coraggio di frugare tra le sue cose, anche se lo desideravo. Uscii dalla porta del tunnel e salii al piano di sopra. Dove andava la signora Huxley quando spariva? Avevo i miei sospetti e ora volevo la conferma.

Il corridoio era così ripido che cominciarono a farmi male le cosce. Cercai di pensare alla governante che andava su e giù per il tunnel segreto, i suoi lunghi passi da ballerina che davano l'impressione che galleggiasse mentre camminava. Immaginai il suo volto, teso e preoccupato, mentre svolgeva commissioni segrete per gli Howard. Mi ci volle forse un minuto o due per arrivare alla porta, anche se nella mia mente era passato molto più tempo. La aprii con facilità, nervosa all'idea di scoprire cosa ci fosse dall'altra parte. E mi ritrovai nell'ufficio di Lord Bertie.

I miei sospetti erano confermati. La signora Huxley e Lord Bertie erano legati a un livello più profondo di quanto si sapesse. Questo risolveva il mistero della governante che appariva all'improvviso dove meno te l'aspettavi e che riusciva a tornare in cucina più rapidamente di me, che percorrevo il corridoio di servizio. E ora ero nell'ufficio di Lord Bertie da sola e potevo fare quello che volevo.

Mi misi in azione, rovistando nei cassetti, controllando documenti, scaffali e mobiletti. Controllai ogni angolo del camino sulla parete opposta, spostai ogni attizzatoio, premetti ogni piastrella. A un certo punto mi eccitai perché avevo trovato un angolo segreto sotto la scrivania, ma poi mi resi conto che era la cuccia di Leo.

Cosa stavo cercando? Mi sedetti sulla sedia da ufficio di Bertie e aprii i diorami uno per uno. Mancava quello ricevuto dalla signora Huxley e questo mi fece dubitare del fatto che le indagini su questi strani doni fossero ancora in corso. Controllai un'altra volta tra le cartelle e trovai la fattura di un investigatore. Beh, almeno aveva pagato qualcuno. Lo sguardo mi cadde sul portatile di Bertie. Delicatamente sollevai il coperchio e aspettai che si avviasse. Se avesse avuto una password, come sospettavo, non avevo alcuna possibilità di scoprire qualche segreto. Lo schermo si aprì e vidi l'icona di un occhio che cercava la mia pupilla. Rapidamente lo chiusi prima che registrasse che qualcuno aveva cercato di collegarsi.

E poi udii una chiave nella serratura.

Senza pensare, mi cacciai sotto la scrivania, nascondendomi nella piccola nicchia. Dei piedi si trascinarono nell'ufficio mentre io restavo accucciata in mezzo al forte odore di cane bagnato. Chiunque fosse appena entrato si dirigeva verso la scrivania. Trattenni il respiro, con il cuore che batteva forte. Un pelo di cane mi solleticò il naso, ma rimasi immobile come una statua.

Una persona prese posto sulla sedia e un paio di scarpe sportive comparve sotto la scrivania. Riconobbi quelle scarpe. Mi ricordavo che le indossava Alex quando scalciava la ghiaia mentre mi portava all'ala nord. Alex si schiarì la gola e digitò sulla tastiera. Lavorava sul portatile di Bertie? Mi sembrava strano. Lo sentii canticchiare mentre lavorava. Lo *Studio* di Chopin, pensai.

La cuccia imbottita presto si scaldò sotto il mio corpo. Il sudore mi scivolava dalle tempie e sulla schiena. Piegai la testa e respirai silenziosamente nelle ginocchia, sperando che finisse presto. Alex aprì un cassetto della scrivania, infilando la mano fino in fondo. Erravamo a pochi centimetri di distanza. In qualunque momento avrebbe potuto sporgersi di più e vedermi o allungare un po' più a destra il piede e trovarmi accucciata a mo' di palla. Silenziosamente, cercai di spostare la testa per vedere meglio. La mia curiosità continuava ad avere la meglio. Sentii un rumore sordo e il fruscio delicato di una porta che si apriva da qualche altra parte nella stanza. Alex chiuse il cassetto, si alzò in piedi e andò via. Nella cuccia sudata e puzzolente sentii crescere l'adrenalina. Più di ogni cosa avrei voluto cacciare la testa fuori per vedere cosa stesse facendo. Invece, dovevo accontentarmi dei rumori. Misurai il suono dei suoi passi. Si muoveva per la stanza. La porta frusciò di nuovo sulla moquette seguita da un secondo suono sordo. Quando fui sicura che il passaggio si fosse richiuso, rimasi dov'ero per almeno due minuti. Attorno a me c'era solo silenzio. Lentamente, uscii dalla nicchia e strisciai fuori da sotto la scrivania.

La stanza era vuota. Non avevo tempo di capire dove fosse andato Alex. Dovevo sparire. Trovai la porta del corridoio segreto e lo percorsi per tornare alla cantina.

Capitolo Trentasette

La governante era in piedi in cucina, gli occhi scuri infossati nel volto scarno, che mi guardava, come sempre. Notai il modo in cui seguiva i miei movimenti mentre attraversavo la cucina diretta alla mia camera. Era evidente che avrebbe voluto sapere dove ero stata e perché camminavo con una mano sullo stomaco. Le feci un cenno con la testa, superandola, e poi il suo naso si rivolse verso l'alto quando mi sentì addosso l'odore di cane. In quel momento, mi convinsi che avrebbe indovinato dove ero stata e tutto quello che era successo. Ma non disse niente. Si girò e continuò a prepararsi una tazza di tè. Io proseguii verso la mia stanza, con le ginocchia tremanti.

Chiusi a chiave la porta alle mie spalle, mi buttai sul letto e tolsi il faldone da sotto la camicia... e mi resi conto di una cosa. Prima della morte di Roisin, ero convinta che perdere il lavoro fosse la cosa peggiore che potesse capitarmi. Ma l'idea del mio corpo senza vita lasciato appeso a un ramo era ancora meno preferibile. Mi vennero i brividi, il sudore mi gelò sulla pelle, con la sensazione di freddo del corridoio segreto che mi penetrava nelle ossa. Mi infilai sotto le coperte, pregando di essere sicura nella mia stanza e che non ci fossero prove che avevo curiosato. Il raccoglitore con i documenti era appoggiato sul cuscino vicino alla mia testa. Dovevo trovare la forza di aprirlo.

Non ci volle molto. Dopo poco la curiosità aveva scacciato la paura. Presi il faldone, lo aprii e lasciai che le mie dita scorressero le pagine, cercandola. La Huxley aveva tenuto degli appunti scritti di tutte le cameriere a quel tempo. Quando avevano iniziato, il CV, le referenze, quando se ne erano andate, trascrizioni dei colloqui di uscita se li avevano fatti – ne lessi una che era entusiasta di Bertie ma si lamentava del cibo – e ogni dettaglio di cattiva condotta. Una ragazza era stata accusata di furto. Alcune di loro avevano un passato difficile, proprio come me, ci erano ricadute e se ne erano andate. Alcune altre avevano anche fatto dei periodi in prigione per reati minori, di solito droga. Il turnover frequente delle cameriere era inevitabile, proprio come mi aveva anticipato la signora Huxley. Lessi il resoconto di queste giovani donne che cercavano di rifarsi una vita, ma lei non c'era. Mia madre non era tra loro.

Il mio cuore sprofondò, ma pensai che potevo essermi sbagliata. Controllai rapidamente le date delle lettere di mia madre a mio padre e poi cercai di nuovo tra i documenti. Quando misi in fila tutte le cameriere su una linea temporale, notai un buco. A Highwood tra il 17 gennaio 1999 e il 20 marzo 1999 c'era una sola cameriera, mentre prima erano sempre state in due. Perché la registrazione di mia madre era stata tolta?

Oltre al fatto che mancavano i dati di mia madre, mi accorsi anche che in quel periodo se ne era andata un'altra cameriera e gli Howard non avevano trovato una sostituta per più di una settimana. Era impossibile che una persona precisa come la signora Huxley avesse consentito agli Howard di restare così a lungo senza cameriere. C'era sempre la possibilità di assumere personale provvisorio, ma gli Howard erano esigenti e Highwood Hall era enorme. Conoscevo la signora Huxley e sapevo che aveva bisogno di almeno due cameriere.

Infilai il raccoglitore nel mio cassetto della biancheria, coprendolo con mutande e reggiseni. Tutto quel curiosare e nascondersi per così poche informazioni. Non avevo trovato niente che collegasse Bertie alla morte di Roisin ma a dire il vero non me lo ero aspettato. Non avrei potuto trovare rotoli di corda o registrazioni video di lui che la uccideva. Sono sicura che era successo al buio, lontano da tutti, se davvero era stato lui. Bertie era così ricco che avrebbe facilmente potuto farsi aiutare da qualcuno all'esterno per non farsi scoprire.

Non avevo trovato niente sui diorami. Se Lord Bertie aveva informazioni aggiuntive, non le aveva condivise con nessuno e immaginavo fossero sul suo computer privato. Ma se anche avessi provato a indovinare la password, probabilmente il computer mi avrebbe fatto una foto. No, non sarei stata in grado di hackerare quel pc, questo era sicuro.

Il mistero del passaggio segreto poteva essere spiegato con la logica. Aveva senso che le stanze della governante fossero collegate con l'ufficio di Lord Bertie. Avevo sentito che in passato le stanze di servizio erano collegate con passaggi segreti alle camere dei bambini. In questo modo la bambinaia poteva tranquillizzare un bambino che piangeva senza dover attraversare la casa per arrivare nella sua stanza. Forse Bertie e la Huxley avevano approfittato di un corridoio preesistente. Ma perché? E perché non era comunemente noto tra il personale? Avevo i miei sospetti, ma ero ben lontano dall'avere conferme.

E cosa avevo scoperto? Ora sapevo che Alex aveva le chiavi dell'ufficio di Lord Bertie e da lì poteva sparire attraverso *un'altra* porta. Avevo scoperto il nome del figlio della signora Huxley e avevo visto che i registri che dimostravano che mia madre era stata cameriera lì erano andati persi o distrutti.

Tutto insieme questo portava a... cosa? La mia mente era sopraffatta dalle possibilità. Mi sedetti sul letto, raccolsi le braccia intorno alle gambe e provai la morsa di una vera paura totalizzante in tutti i muscoli. Non mi piaceva dove mi stavano portando queste briciole di informazione. *C'è qualcosa che non va a Highwood Hall.* Segreti, così tanti segreti da scoprire. Ora mi domandavo se dovevo essere io a portarli alla luce prima che consumassero altri innocenti come Roisin. O come me.

PER IL RESTO di quella domenica, evitai la signora Huxley e presi un pezzo del pane appena cotto da Pawel da mangiare in giardino. L'erba era calda sotto i jeans e desiderai di avere i pantaloncini o una gonna. Il profumo delle rose cominciava a diventare stucchevole nel calore della tarda primavera, soprattutto se pensavo a Roisin e sentivo la sua voce nella mia testa. Con le gambe incrociate, aspettai, masticando il pane e gustandolo a malapena, nonostante il talento di Pawel per la cucina, finché si avvicinò Ade, oscurandomi la vista del sole. Si sedette sul prato vicino a me.

"Devo dirti una cosa," dissi.

"Strano modo di salutare." Fece un mezzo sorriso e si sistemò meglio sull'erba. Poi notò la mia espressione e divenne serio. "Cosa succede?"

"Non sono venuta a Highwood Hall perché avevo bisogno di un lavoro e di un posto dove stare. Sono venuta perché mia madre lavorava qui tempo fa, quando ero piccola."

"Bene," disse. "Wow. È una notiziona."

"Lo so," dissi. "Mi dispiace, avrei dovuto dirtelo prima. Ma non voglio che la signora Huxley lo sappia. Lei ha lavorato qui contemporaneamente a mia madre."

"Si conoscevano?"

"Forse. Mia madre, mi ha abbandonata subito dopo aver smesso di lavorare qui. Mi ha mollata a mia zia ed è sparita."

Ade scosse la testa. "Mi dispiace molto..."

"Non preoccuparti." Mi guardai le unghie e storsi la bocca. "Ho così tanti... tanti pensieri contrastanti e non so come metterli in ordine..." Con orrore, cominciai a piangere e a quel punto non riuscii a smettere. Il pianto mi scoppiò da dentro, rompendo tutte le barriere che avevo costruito. Pensai di aver eretto un muro solido, ma non era nient'altro che un velo delicato.

"Ehi, vieni qui." Ade mi tirò tra le sue braccia, avvolgendomi, proteggendomi con il suo calore.

Scacciai le lacrime, alzando lo sguardo verso Highwood. Alex era alla finestra e guardava.

Lasciai che Ade mi consolasse e continuammo a parlare fino al tramonto. Di mia madre, della signora Huxley, di Roisin, di tante cose. Ma tutto quello a cui riuscivo a pensare era Alex alla finestra che guardava.

Capitolo Trentotto

Dormii un sonno leggero e spesso interrotto da incubi che dimenticavo non appena aprivo gli occhi. Quando mi svegliai, mi aspettai di trovare lì Roisin, i capelli spettinati sulle spalle, che aspettava che le raccontassi i miei sogni. Ma il letto era vuoto.

Trascorsi il lunedì come una sonnambula, i pensieri altrove. Le mani lavoravano mentre la mente prendeva decisioni. La mia vita divenne quella di un automa. Seguivo gli ordini della Huxley alla lettera. Spolveravo, lucidavo e servivo il cibo.

Martedì e mercoledì arrivarono e passarono più o meno nello stesso modo. Feci alcune commissioni per Margot, aiutandola a mettere via i capi del guardaroba che non le sarebbero serviti in estate. Alcuni abiti di Chanel rovinati dalle tarme vennero gettati via. Mi aveva messo in mano una collana di diamanti strizzando l'occhio, ma la rimisi sulla sua toeletta mentre portavo sacchi di vestiti vecchi fuori dalla stanza. Non avrei mai potuto accettare un regalo del genere. Per quello che sapevo, la signora Huxley o Lord Bertie avrebbero potuto accusarmi di furto e Margot dimenticarsi all'improvviso di avermi mai regalato la collana.

E poi la seconda parte della settimana mi trascinò scalciando e urlando fuori dalla mia nebbia, costringendomi a fermarmi e prendere coscienza della realtà. Per prima cosa, nelle prime ore di giovedì mattina, mi svegliai convinta di aver sentito qualcuno chiudere la porta della mia camera. Era come un eco, qualcosa che non ero sicura se avessi sognato, ma barcollai fuori dal letto e corsi comunque verso gli alloggi della signora Huxley. Mi colpì un terribile senso di dejà vu mentre bussavo alla porta con i pugni e aspettavo. Non arrivò nessuna risposta. Corsi attraverso la cucina, ma era vuota. Proseguii verso le scale, ma anche lì non c'era nessuno. Silenziosamente, aprii la porta del ripostiglio sopra le scale, in modo da aspettare e vedere se fosse successo qualcosa di strano, qualcosa che potesse aiutarmi a capire cosa succedeva a Highwood Hall, ma invece una mano si allungò, mi prese alla gola e strinse.

Andai nel panico, afferrando le dita sottili attorno al mio collo finché l'aggressore improvvisamente smise di strozzarmi e mi lasciò andare. Gli occhi incredibilmente azzurri di Alex emersero dall'oscurità. Emise un lungo sospiro affannoso.

"Scusa," disse. "Non mi ero reso conto che fossi tu."

Quando uscì dal ripostiglio, io comunque feci un passo prudente all'indietro, tenendomi una mano sul collo. "Chi pensavi che fosse?"

Indossava un pigiama di seta. Rosso scarlatto, brillante in modo esagerato ma in qualche modo minaccioso su di lui. "Non so. Camminavo nel sonno."

Guardai verso il ripostiglio e poi di nuovo Alex. "Lo fai spesso?"

"Sì. Strano, no? Sono fissato con questo posto."

"Perché hai visto..." mi fermai prima di dirlo ad alta voce.

Ma sapeva cosa stavo per dire. Il suo mento si piegò verso il basso e lui fece un passo verso di me. "Perché da qui ho visto mia madre morire."

Le guance mi si arrossarono di calore. Mi faceva male la gola. Mi venne da pensare a Roisin con la corda attorno al collo. Lady Laura che pendeva dal lampadario.

"Sembra che a Highwood le donne abbiano l'abitudine di morire," disse Alex. "Triste, non è vero?"

"Inquietante," dissi io. "Eri tu nella mia stanza?"

Vidi che la sua mente era lontana. Forse era ancora mezzo addormentato. Non sembrava concentrato su qualcosa in particolare, solo perso nei suoi pensieri. All'inizio non mi rispose.

"Ehi," dissi, afferrandolo per il braccio. "Rispondimi. Eri tu nella mia stanza?"

"No," disse. "Non farmi ridere. Perché dovrei entrare nella tua stanza?"

Mi allontanai da lui e barcollai di nuovo verso il mio letto, strofinandomi la parte di gola che mi aveva stretto. Quando arrivai alla mia stanza, provai la serratura. Funzionava. Mi ricordavo bene di aver chiuso a chiave la porta quella sera, eppure il rumore era chiaro nella mia mente. Se qualcuno doveva entrare nella mia stanza, doveva avere la chiave. Chi aveva il passe-partout per tutte le porte della casa? La signora Huxley? Alex? Lord Bertie?

Mi ci volle un bel po' di tempo per riaddormentarmi e il sonno rimase agitato finché suonò la sveglia. Quando mi misi l'uniforme e tornai in cucina, ebbi la sensazione che Alex non avrebbe nemmeno accennato a quello che era successo la notte prima.

Come uno zombie, portai i vassoi lungo il corridoio di servizio verso la sala da pranzo, aprii con un calcio la porta nascosta e misi in ordine paste, uova e bacon. Alex evitò il contatto visivo come al solito, ma lo vidi fissare il mio collo. Per fortuna, le sue dita non avevano lasciato il segno e probabilmente ne fu sollevato. Anche la signora Huxley sembrava distratta. Non avevo dimenticato come avevo picchiato alla sua porta nel mezzo della notte e non solo non aveva risposto, ma non mi aveva chiesto spiegazioni alla mattina. Quando la vidi sbadigliare, seppi che non era nella sua stanza. E allora dov'era? Forse era entrata nella mia camera per cercare il faldone rubato e si era nascosta in corridoio quando mi ero svegliata. Ci rimuginai un po', ma non avevo molto tempo per perdermi nei pensieri.

Il secondo avvenimento strano successe durante la colazione. Quando suonò il campanello del cancello principale, la signora Huxley sparì e ricomparve mentre versavo il caffè a Margot. Nelle sue braccia c'era un'altra scatola regalo bianca, legata con un nastro rosso. Io versai il caffè bollente sulla tovaglia quando la vidi, imprecando sottovoce. Ma nessuno se ne accorse perché stavano tutti fissando la scatola mentre la signora Huxley la appoggiava al centro del tavolo.

"Non c'è un biglietto," disse, facendo un passo indietro. "Tutti gli altri avevano un biglietto."

Lord Bertie sbatté il giornale sul tavolo. Io sussultai all'acciottolio delle porcellane.

"Papà," disse Lottie. "Stai attento."

Notai che Alex osservava la sorella con un'espressione maligna. "Questa storia dovrebbe essere ormai finita e conclusa. Perché non abbiamo ancora trovato chi manda queste cose?"

Quando Lord Bertie rispose, fu come se si rivolgesse a tutto il tavolo invece che al figlio. "Perché non è stato chi credevo inizialmente, ecco perché. Se avessi avuto ragione la prima volta, il problema sarebbe risolto. Ma ora non sappiamo chi sia o cosa voglia."

"Vuoi dire che non puoi pagarli," disse Lottie deridendolo.

"Qualcuno ha intenzione di aprirlo?" Scattò Margot. "Potremmo anche vedere con cosa abbiamo a che fare. Forza, Huxley. Tu l'hai portato, tu puoi fare gli onori."

La signora Huxley annuì, si avvicinò e delicatamente tirò il nastro. Come per gli altri, la parte anteriore cadde e rivelò la scena interna. Io mi trovavo proprio di fronte e vidi per prima il contenuto. Mi lasciai sfuggire un rantolo che cercai di mascherare con la mano, poi i miei occhi puntarono su Alex, che se ne accorse subito.

"Cos'è?" Chiese alla nonna.

"Guarda tu stesso," disse lei, girando la scatola.

Lo sguardo di Alex fu diretto su di me solo per mezzo secondo, poi tornò sulla scatola. Non mi guardò di nuovo. Fissò il diorama o il tavolo, volutamente dove non fossi io. Lottie alzò le spalle e guardò altrove, apparentemente disinteressata, vedendo che la scena non la riguardava. Lord Bertie aggrottò lo sguardo ma non disse nulla.

Questo diorama non mostrava niente di violento o inquietante come gli altri, ma la scena mi scosse fino alle ossa. Vidi la stanza della musica riportata in vita, con il murale floreale e la carta da parati a righe ricreati in maniera sfarzosa. Un lampadario in miniatura, di nuovo fatto con piccoli gioielli di plastica, pendeva dal coperchio della scatola. Sotto le luci, cartone curvato in forma di pianoforte a coda, dipinto di nero lucido come la sua controparte. Piccoli tasti singoli erano allineati sulla parte davanti come denti scoperti. E, sedute sullo sgabello, due bamboline stavano per suonare lo strumento. Una, un uomo con capelli corti tagliati ordinatamente con indosso una camicia elegante, le maniche arrotolate fino al gomito. L'altra, una giovane donna vestita in modo semplice. La mia uniforme da cameriera. I capelli marroni erano tirati indietro, ma c'erano delle ciocche sciolte, a boccolo, che le incorniciavano il volto.

La scatola non aveva etichetta ma chiaramente mostrava me e Alex nella stanza della musica. Ma perché? E come facevano a conoscere dettagli particolari come il fatto che io sedevo sullo stesso sgabello del piano con Alex? La maggior parte di chi gira le pagine sta in piedi vicino al piano, ma ad Alex piaceva che mi sedessi vicino a lui. Come potevano saperlo? Agganciai le mani dietro la schiena e lottai contro il desiderio di scappare da lì. Avevo bisogno di sapere... Dovevo essere sicura... che non fossimo stati osservati.

Capitolo Trentanove

A quel punto, su Highwood Hall era scesa una cappa di stanchezza e tutti nella stanza sembravano annoiati dall'ultimo diorama, come se fosse diventata una cosa così comune che nessuno ci faceva più caso. Margot chiese spiegazioni e Alex le raccontò che faceva pratica al pianoforte con il mio aiuto ogni venerdì. Lottie fece un commento su quanto il fratello ci tenesse a trascorre del tempo con l'*aiuto*, con il risultato che lui si alzò e se ne andò. Poco dopo, Lord Bertie portò via il diorama e la colazione terminò.

Spolverare la biblioteca poteva aspettare e non appena Lord Bertie e la signora Huxley furono fuori dalla sala da pranzo, corsi verso la stanza della musica. Avevo la gola secca e faticavo a respirare, trascinavo i piedi sul pavimento. Afferrai la maniglia della porta, ma non si mosse.

"Serve una chiave?"

Mi girai e trovai Alex che faceva dondolare la chiave tra il pollice e l'indice.

"Sembra che io abbia avuto la stessa idea," disse, allungandosi oltre me per aprire la porta.

"Qualcuno ci ha spiati," sussurrai. "Come altro potevano sapere?"

"Sapere cosa?"

"Che io mi siedo accanto a te, che tu ti arrotoli le maniche della camicia. E perché ce lo vogliono mostrare? Non capisco il contesto. Ora ci sono due diorami con me dentro. Perché sono un obiettivo più degli altri? Pensi che chiunque sia voglia farmi del male? Come hanno fatto a Roisin?" Mi disprezzai per aver blaterato in quel modo e mi decisi a chiudere la bocca. Stavo parlando troppo e a un uomo di cui non mi fidavo.

Alzò semplicemente gli occhi al cielo mentre apriva la porta. "Penso che tu sia un tantino drammatica. Ma comunque vale la pena controllare." Alzò le spalle. "Come hai detto tu, questa persona conosce alcuni particolari strani."

"Cosa c'è di interessante nel fatto che tu suoni il piano e io giri le pagine?" Mi intromisi, notando che era tutto al solito posto. Il coperchio del piano era chiuso sui tasti. Lo spartito di un preludio di Rachmaninoff era sul leggio. Un violino era appeso al suo posto sulla parete.

"Dio solo sa," disse Alex, con tono annoiato. Chiuse la porta dietro di noi, impedendomi l'uscita, e subito la mia mano salì alla gola. Pensai al buio, alle dita pallide che uscivano dal ripostiglio segreto e i miei occhi guardarono nei suoi. Non avevo avuto paura di lui, prima, ma ora ne avevo.

"Chi pensi che stia mandando queste scatole?" Chiesi, avvicinandomi a lui di qualche passo, lottando contro la paura che mi faceva tremare i muscoli. "Pensi a qualcuno della tua famiglia? Chiunque sia conosce molte cose di tutti voi. O è la signora Huxley. L'ho sempre pensato. Almeno, lo pensavo finché non ne ha ricevuto uno anche lei."

"Non la Huxley," disse, respingendo il pensiero come insensato. "È troppo leale a papà. No, non riesco proprio a immaginarla. Lottie o Margot, invece..." Fece scorrere una mano lungo la parete, come per cercare una porta nascosta. I suoi occhi corsero su e giù per la stanza.

Controllai gli angoli per cercare una videocamera segreta. Cercai nel violino, sotto le corde tese. "Ti aspetteresti una cosa del genere dalla tua famiglia più che dal personale?"

Alex esitò vicino al piano. "Sì, è così."

Io sussultai, guardandomi intorno. "È strano essere qui di

giorno. Quando veniamo il venerdì sera, mi sembra che siamo in un posto e in un tempo diverso. Hai anche tu questa sensazione?"

"Sì," disse lui. Ora era di fronte a me, la sua espressione impassibile come sempre ma i suoi occhi erano luminosi e accesi. Avrei potuto giurare di vedere il desiderio che illuminava l'acqua ghiacciata delle sue iridi. "L'ho sentito dalla prima settimana."

"Non penso ci siano videocamere o spioncini qui dentro," dissi, osservando la stanza ancora una volta.

"No, nemmeno io," disse Alex. "Penso che qualcuno abbia fatto delle ipotesi su quello che succede in questa stanza." Si strofinò il mento. "A meno che tu non abbia raccontato a qualcuno dei nostri venerdì sera."

"Ho raccontato a Roisin quasi tutto."

Alzò un angolo della bocca. "Quasi."

"Quasi."

"Pensi che lei potrebbe averlo detto a qualcun altro?"

Alzai le spalle. "Immagino che avrebbe potuto. A Pawel forse o..." Mi raggelai. Alex notò subito il mio cambiamento e girò intorno fino ad avvicinarsi. Guardò in basso verso di me mentre eravamo faccia a faccia.

"O?"

"A tuo padre."

La mascella già tesa di Alex si strinse di più. Una ruga di tensione si fece spazio sul volto e poi si rilassò, espirando e chiudendo gli occhi come se fosse del tutto esasperato. "Nonostante tutte le volte che gli abbiamo detto di non scoparsi le cameriere."

"E a te?" Scattai. "Quante volte ti è stato detto di non scopare le cameriere? Devo andare."

"Nessuno ti sta trattenendo," rispose.

"Lo so." Spalancai la porta e me ne andai.

AVEVO IL SANGUE AL CERVELLO. Avevo raggiunto il punto in cui non ne potevo più. Ne avevo abbastanza degli Howard ed ero stufa di controllare i miei sentimenti. Mi fermai in sala da pranzo mentre tornavo all'ala di servizio e rimasi per un bel po' di tempo a fissare i ritratti. Quelle strane donne eteree con le loro espressioni serene, che mi guardavano passivamente. Cercai la donna che avevo notato il mio primo giorno, poi cercai Lady Laura per un momento... e mi infilai nella porta segreta.

Il giorno dopo dovevo trascorrere un'altra serata nella stanza della musica con Alex. Non ero sicura di poterlo sopportare. Ma ovviamente, sarei andata comunque. Sarei rimasta docile, sottomessa, la brava ragazza che desiderava.

Ma io cosa volevo?

Cosa volevo fare?

Decisi che era ora di smettere di far finta di niente e più tardi quel giorno, dopo aver cenato con Pawel e Ade, andai dalla signora Huxley. Qualcuno mi doveva dire perché mia madre era stata cancellata dai registri. Lei lo sapeva. Ne ero sicura. Era lì da decenni, doveva saperlo. Ma mi avrebbe detto che cosa stava succedendo? E se davvero c'era qualcosa che non andava a Highwood Hall, la governante era coinvolta? Quella donna teneva il mio destino nel palmo della mano e poteva decidere di chiudere il pugno e schiacciarmi o guidarmi verso quello che avrei dovuto fare. Tutto quello che avevo imparato su di lei fino a quel momento suggeriva che avrebbe chiuso il pugno, *tranne* Charlie. Dovevo rischiare. Non potevo rovinare Lord Bertie da sola. Mi fermai davanti alla sua porta e feci un respiro profondo.

Lei mi fece entrare, chiuse la porta e andò verso la sua scrivania. Si mise dietro il diorama e ci appoggiò le mani sopra. Non disse niente. Aspettava.

"Penso che lei sappia perché sono qui," dissi.

Con mia sorpresa, prese un telecomando e premette un bottone. La stanza si riempì del suono di un'orchestra che eseguiva musica da camera. Poi andò verso la porta segreta e cominciò a spingervi davanti un mobiletto. Istintivamente la andai ad aiutare finché la porta fu bloccata. Dopo, aprì un cassetto della scrivania, ne estrasse una grande bottiglia di whisky e due bicchieri in acciaio.

"Sono pulita e sobria," dissi.

“Eri dipendente dalle droghe. Analgesici, tranquillanti...”

“Sì, ma...”

“Senti,” disse, “penso che tu ne abbia bisogno. *So* che ne avrai bisogno, e io ne ho di sicuro.”

“Quindi lei sa perché sono qui.” Mi allungai verso il bicchiere.

“Sì.”

“Mi racconterà tutto?”

“Sì,” disse lei.

“C’è sul serio qualcosa che non va a Highwood Hall, vero?”

La Huxley buttò giù il suo whisky e il suo corpo si accartocciò. Per un terribile momento pensai che stesse per collassare, ma fece un lungo respiro e si ricompose. Io mi sedetti su una sedia vicino alla sua scrivania e ascoltai ogni parola, con un senso di terrore che entrava sempre più a fondo nel mio corpo finché arrivò alla fine della storia.

La Stanza della Musica

Ero ansiosa di entrare, timorosa di vederlo. Troppe volte avevo trascurato la stranezza di Highwood Hall e ora dovevo affrontare il fatto che non mi fidavo più della famiglia Howard. Ma allo stesso tempo, quello che provavo per *lui* era più complicato di così. *Dentro la stanza della musica siamo io e lui e il resto del mondo non importa. Siamo qualcosa di diverso e il tempo non scorre. Di qualunque cosa io abbia paura, devo ignorarla.*

Lui camminò verso di me, sorridendo, e io pensai tra me e me che forse avrei potuto parlargli e chiedergli del padre e delle cose che mi spaventavano di Highwood. Ma il sorriso sparì non appena si avvicinò, perché avvertì subito il mio umore inquieto.

"Qual è il problema?" Chiese. "Sembri nervosa."

"Non sono nervosa." Per nascondere la mancanza di convinzione nella mia voce, mi appiccicai un gran sorriso in volto. Ma lui corrugò le sopracciglia e capii che non lo avevo convinto.

Entrammo nella stanza e lui chiuse la porta e si appoggiò alla parete. "Sono successe cose un po' strane qui intorno, vero? Lo so che sei un po' spaventata, ma ti prometto che andrà tutto meglio. Ti fidi di me?"

Annuii.

Mi porse la mano. "Senti, non ho voglia di suonare stasera." Aprì di nuovo la porta. "Perché invece non facciamo una passeggiata?"

Nella stanza della musica il tempo non scorre. "Non so. A me piace sentirti suonare."

"Per favore," disse lui. "Mi piacerebbe davvero passeggiare con te. Qualche volta ho l'impressione che tu scopra tanto su di me in questa stanza, ma io non riesco a sapere mai niente su di te. Vieni con me. Ti faccio fare un altro giro della casa, se vuoi."

Mi allungai per prendergli la mano ma poi esitai. "E se qualcuno ci vedesse tenerci per mano?"

Lui sorrise, riducendo la distanza tra noi e fece passare le dita tra i miei capelli. "Non mi importa. A te importa?"

All'inizio mi appoggiai a lui e quando le nostre labbra si sfiorarono, il desiderio si impadronì del mio corpo, circolando insieme al sangue. Lui aveva il profumo del legno lucido del piano a coda, ma insieme all'odore terroso del legno c'era un sottotono di dolcezza con una punta di acidità, come una pera matura che sta per marcire. Era gentile, tanto per cambiare, finché non lo fu più. Sentii la pressione dietro alla mia testa e volevo che si fermasse. Spinsi entrambe le mani sul suo petto e lo allontanai.

"Non sei stata molto carina," disse.

"Mi stavi facendo male."

"Non ti sei mai lamentata prima."

"Beh, lo faccio ora," risposi. "Non penso di voler andare a passeggiare, dopo tutto."

Ma lui mi afferrò per il gomito e mi fece girare. "Io voglio andare a passeggiare. Forza."

Il mio cuore batteva forte, pompando il sangue con tale forza che ne sentivo il rumore nelle orecchie. Stava facendo uno dei suoi giochi. Se avessi accettato, avrei dovuto fare quello che voleva, come era già capitato diverse altre volte. Nonostante tutto, mi sentii colpevole perché l'avevo fatto per mantenere il lavoro e perché speravo che avrebbe portato ad altro. Non perché eravamo fatti uno per l'altra. Per tutto questo tempo, tutto quello che pensavo era la sicurezza economica che qualcuno come lui mi poteva offrire e tutte le opportunità che mi avrebbe aperto nella vita. Ma poi mi ero resa conto che niente valeva il genere di dolore che mi faceva provare. Mi sbagliavo sul fatto di poterlo gestire. Non potevo. Era ora di finirla con gli stratagemmi, di smetterla di dargli corda.

"Devo tornare nella mia stanza. La signora Huxley..."

"Non ti aspetta per almeno un'ora," puntualizzò. Il suo sorriso mostrava i denti in modo spiacevole, con gli occhi che brillavano alla luce del lampadario. Mi fece pensare a un gatto che sta per avventarsi sulla preda. "Andiamo. Non accetto un no come risposta."

Il buon senso combatteva con l'istinto di scappare. Gli atti violenti capitano agli altri e non da parte di qualcuno di cui ci si fida. Non è un pensiero comune? Non stavo camminando in una stradina di notte; ero con il figlio del mio capo. Quindi perché avevo paura? Il problema è che non ci aspettiamo mai il pericolo dietro l'angolo. Non pensiamo che potremmo essere presi di mira da un terrorista o un criminale violento o di essere investiti da un'auto. È quello che vediamo nei notiziari e di solito succede a *loro*. Abbiamo una visione così limitata di cos'è il pericolo e di chi lo corre. Donne ubriache da sole di sera. Membri di una gang che trafficano in droga. Le persone sfortunate nate in un paese stravolto dalla guerra.

Anche se avevo paura di lui in quel momento, comunque camminai al suo fianco perché, nonostante i segnali di avviso, ero convinta che non potesse succedermi niente di male. Avrei dovuto correre.

Mi portò all'ala nord. Mi ci aveva portata in precedenza e mi aveva raccontato come lui e sua moglie avrebbero vissuto lì insieme dopo averla restaurata. Mi ero chiesta spesso se le sue parole dolci erano uno stratagemma per farmi credere che si sarebbe innamorato di me. Forse in quel momento avevo pensato che sarei riuscita a conquistarlo e che sarei stata io la moglie nell'ala nord, con tutti i soldi che volevo.

Mentre attraversavamo la grande sala notai che nel cielo non c'erano nuvole ma la tinta blu scuro trasformava il giorno in notte. Lui camminava così veloce che io quasi inciampai due o tre volte e una volta lui mise la mano sul mio gomito per mantenermi in equilibrio. Una mano salda.

Perché camminava così veloce? Perché era così ansioso? Sembrava che avesse progettato qualcosa per me nell'ala nord, ma aveva anche aperto la stanza della musica come al solito, pronto a iniziare la pratica. La passeggiata aveva sempre fatto parte del piano? O era davvero una decisione spontanea? Diverse volte aprii la bocca per chiederglielo, ma la paura mi bloccava. E poi la mia mente cercava di confortare il cuore dicendo che c'era una spiegazione razionale per questo comportamento incostante. Poi riuscii a raccogliere il coraggio necessario per parlare. Lo feci mentre lui apriva la porta.

"Perché siamo venuti qui?" Chiesi.

"Voglio farti vedere una cosa."

"Sai," dissi, "Non sono sicura di voler entrare lì stasera."

"Come mai?"

"Mi sento un po' strana. Forse mi sta venendo l'influenza. Vorrei rientrare e chiedere alla signora Huxley un'aspirina."

Lui mi prese il volto tra le mani. "Cinque minuti. Promesso. Ne vale la pena. La smetti di essere così nervosa? È una bella sorpresa, te lo assicuro."

Un po' di tensione riuscì a lasciare i miei muscoli. Ora lui sorrideva. Un sorriso vero, che arrivava agli occhi. Annuii con la testa e lo seguii. All'inizio sembrava che avesse intenzione di chiudere la porta dietro di noi, ma io esitai abbastanza a lungo da costringerlo ad andare avanti. Avevo avuto la terribile sensazione che volesse chiuderci dentro e preferivo assicurarmi che non lo facesse.

Quando girammo l'angolo nelle stanze più grandi, la musica mi colse di sorpresa. Un brano di Debussy suonava in sottofondo. Il mio preferito. Lui mi vide sollevare la testa e rise.

"Ti ho detto che era una bella sorpresa."

"Davvero," dissi. "Mi dispiace."

"Ora ti vuoi rilassare?"

Intrecciai le braccia alle sue, appoggiandomi al suo fianco. "Sì."

"Brava ragazza."

Camminammo così, abbracciati, attraverso l'ala nord mentre lui mi raccontava cose che mi aveva già detto la volta precedente. Quali sarebbero state le stanze dei bambini, dove avremmo intrattenuto gli ospiti, dove sarebbe stata la cucina e così via.

"Voglio essere più autosufficiente di papà. Voglio essere in grado di cucinare per me e per mia moglie."

All'improvviso non riuscii più a starlo ad ascoltare. Mi fermai, tolsi il braccio e sospirai. "Per favore basta. Smettila di prendermi in giro. Sappiamo entrambi che non sarò mai tua moglie. Non lo sarò mai e i tuoi figli andranno a Eton e poi Oxford e forse un giorno saranno a capo del Paese. I miei figli..." Mi si spezzò la voce. "Beh, non faranno quelle cose. Senti, io probabilmente dovrei... Forse dovrei andarmene. Posso farmi scrivere le referenze da tuo padre e trasferirmi. Questa è stata..."

"No," disse. "Tu non te ne vai." Lanciò un'occhiata all'ultima porta, poi mi afferrò la mano.

Quando il mio sguardo seguì il suo verso quella porta, uno strano senso di freddezza mi percorse la pelle, come uno straccio umido buttato sulla carne. Ai miei occhi ci volle un attimo per capire cosa stavo guardando e perché mi sembrava così fuori posto. Era una porta completamente diversa dalle altre dell'ala nord. E ora era tutto così evidente. Tutte le sue chiacchiere sulla casa che avrebbe costruito per la sua famiglia non erano altro che una distrazione per quello che aspettava dentro quella stanza.

C'era un tastierino. La porta in questa ala abbandonata di una vecchia casa aveva un tastierino. Non potevo pensare a nessuna spiegazione logica per una cosa del genere. E poi vidi che mi guardava e la maschera scivolò via dal suo volto. In quel momento sapeva che non sarei più riuscita a distrarlo.

"Papà," chiamò.

Cercai di liberare le braccia dalla sua presa. Mi teneva stretta con le sue dita forti. Restai a bocca aperta. Lo fissai, senza dubbio con un'espressione incredula, ma lui non mollò la presa. I miei occhi si spalancarono, il dolore mi colse di sorpresa. Sì, aveva usato la forza e mi aveva fatto male qui e là come parte del suo gioco, ma ora era diverso. Mi teneva stretta in modo crudele.

E poi la porta si aprì. Sulla soglia c'era suo padre, Lord Howard, alto e imponente, con i soffici capelli grigi e quei luminosi occhi azzurri, che riempiva lo spazio verso la stanza successiva. Mi guardò freddamente prima di volgere gli occhi socchiusi verso il figlio.

"Portala qui dentro," scattò.

"No," dissi io. "No, voglio andare." Avevo le lacrime agli occhi. Avrei dovuto ascoltare il mio istinto. Avrei dovuto scappare quando ne avevo avuto la possibilità. Ma ora potevo scegliere. Non potevo lasciare che mi trascinasse in quella stanza. Dio solo sa cosa c'era dietro quella porta. Non lo sapevo per certo, ma sospettavo che non ne sarei uscita.

"Smettila di resistere, stupida!" Mi mostrò i denti. Tutta la sua finzione era svanita, mostrando la sua vera essenza. Ora lo vedevo, finalmente. Era un mostro.

Scelsi di lottare. Gli sferrai un gran calcio nelle parti intime, mi sporsi in avanti e gli morsi il polso, poi mi girai e corsi in direzione opposta. Né lui né il padre reagirono abbastanza rapidamente da prendermi.

Procedetti sbandando attraverso le stanze, la nursery, la cucina, lo spazio per gli ospiti, sentendomi come un puledro appena nato che non ha ancora il pieno controllo delle zampe. Eppure, in qualche modo lo spunto, la paura e l'istinto alla fuga mi portarono attraverso la porta che mi ero assicurata che restasse aperta. Udii il rumore dei passi degli inseguitori. Più veloce che potei, mi sbattei la porta alle spalle e corsi indietro verso il salone. Cosa avevano intenzione di farmi là dentro? Pensai al rapido turnover delle cameriere. Avevano più avuto notizie della ragazza che avevo sostituito? *Cosa facevano alle ragazze*? E poi mi colpì un'illuminazione.

Ero stata assunta per un motivo.

Avevo un passato burrascoso e pochissimi familiari a cui importasse qualcosa di me. Mi avevano scelta perché sarebbe stato poco probabile che qualcuno notasse la mia scomparsa. Potevano fare quello che volevano, qui in questa enorme casa e tutti i soldi che volevano a loro disposizione. Io per loro non ero niente e non ero niente per il mondo. *Cosa avevano intenzione di farmi*?

Attraversai veloce la grande sala, superai pannelli di legno e dipinti. Avrei voluto cercare aiuto, ma potevo fidarmi del resto della famiglia? Cosa sapevano le donne dei loro uomini? Potevo fare affidamento sul personale? La scelta più sicura era di uscire il più rapidamente possibile, raggiungere Paxby e chiamare la polizia. Anche se... cosa potevo fare senza prove? Non lo sapevo.

Quando girai l'angolo verso la porta sbattei con tale forza contro la signora Huxley che quasi la ribaltai. Tuttavia, la donna era abbastanza solida da assorbire il colpo. Anche se non aveva molti più anni di me, aveva questo aspetto concreto e io fui felice di vederla. La Huxley avrebbe saputo cosa fare.

Mi afferrò per le braccia e mi tenne ferma. A quel punto, avevo le lacrime che mi rigavano le guance e muco che colava dal naso. Mi sforzai di inspirare aria sufficiente a dirle cosa era successo.

"Loro... L'ala nord."

"Vieni con me," disse, prendendomi per le spalle.

Era un sollievo avere aiuto. Più di ogni cosa avevo bisogno di qualcuno che mi facesse sentire al sicuro. Le sorrisi ma lei era così concentrata che non rispose. Poi mi afferrò le spalle e mi fece girare. Con le mani ancora su di me mi fece tornare da dove ero arrivata.

"Cosa sta facendo?" Mi contorsi per liberarmi ma mi aveva presa per i gomiti, le dita ossute che spingevano forte.

"Sarebbe stato più facile se non ti fossi rivoltata," disse. Il suo sguardo cadde al suolo. "Andiamo."

Provai a scappare. Avevo esitato troppe volte prima. Ma lei era tra me e l'uscita, non mi restava che la cucina. Con mia sorpresa, quando provai ad aprire la porta, la trovai chiusa a chiave. L'ala di servizio non era mai chiusa a chiave. Alle mie spalle il rumore di passi pesanti. Tutto quello che potevo fare era schizzare su per la scala principale. Senza fiato, passai davanti alla lunga esposizione di ritratti del corridoio al primo piano e tastai le pareti fino a trovare la porta segreta verso il corridoio di servizio e vi entrai.

Il mio cuore era diventato un pistone, pompava così forte da spaventarmi. Un tremito faceva vibrare ogni muscolo del mio corpo mentre correvo verso la scala a chiocciola. Potevo uscire dalla porta di servizio se non era chiusa a chiave. E in quel caso avrei rotto una finestra. Avrei fatto tutto quello che serviva. Alle mie spalle, una voce profonda mi gridò di fermarmi. Che stupida ero stata. Non avevo creduto davvero di poter essere la signora della casa e far nascere bambini privilegiati, comprare loro dei cavalli e guardarli crescere in una residenza signorile... ma non mi ero aspettata quello che avrei dovuto sapere: che la mia vita per loro valeva così poco che ero la preda in un gioco che avevano concordato insieme. Ora capivo quello che non avevo capito prima: potevo solo perdere. Mi faceva male il cuore per quelle che se ne erano andate prima di me e quelle che sarebbero venute dopo. Gli indizi erano evidenti e io me li ero persi tutti.

Ma ero comunque decisa a non arrendermi.

Mai.

Avevo qualcuno per cui combattere.

Ma lui era più veloce.

Mi raggiunse in cima alle scale, il volto tutto rosso. Non avevo mai visto la mia espressione terrorizzata riflessa negli occhi di qualcun altro prima, ma ora eccola lì. Mi mise le mani attorno al collo e quando strinse, la faccia divenne di un rosso scarlatto e i capelli caddero in avanti sul naso.

"Non potevi lasciare che ci divertissimo, vero? Dovevi proprio svegliare tutta la casa con le tue scene."

"Per favore... B..."

"Smettila, Emily," disse.

Lottai contro la sua morsa d'acciaio ma era inutile. Anche con le mie unghie cacciate nelle nocche, non si spostava di un millimetro. E mentre la vita lasciava il mio corpo, mi buttò giù dalle scale.

Il mio corpo era ferito e spezzato quando atterrai. Chiusi gli occhi, li riaprii e vidi tutti e tre che guardavano in basso verso di me: la signora Huxley, Lord Howard... e lui. Bertie. Occhi acqua di mare che mi guardavano morire.

È curioso. Avevo pensato che morendo avrei visto passarmi davanti tutta la vita ma ne vidi una parte. Vidi le persone a cui volevo bene. Vidi i bei momenti che custodivo gelosamente.

Vidi mia sorella.

Sperai che mi volesse ancora bene.

Vidi la mia bambina. Una bambina così bella.

Ma poi il pensiero più forte nella mia testa era il mio nome, perché ero sicura che ben presto sarebbe stato dimenticato, non solo dalle persone che mi circondavano in quel momento, ma dal mondo intero.

Emily.

Emily.

Emi...

Em...

Parte Seconda

"L'inferno è vuoto e tutti i diavoli sono qui."
William Shakespeare, *La tempesta*

Capitolo Quaranta

Avevo letto in una delle lettere di mia madre che fantasma è un'altra parola per cameriera. Non importa quanto tu creda di essere vicino alla famiglia, un giorno per loro non significherai nulla. Dimenticheranno il tuo nome, dimenticheranno che sei una persona, dimenticheranno che hai gli stessi desideri e bisogni di chiunque altro. Qualche volta ti racconteranno tutto di loro, ma non vorranno sapere niente di te. E quando avranno finito di sfruttarti, non sarai altro che uno scarto. Una sagoma su un muro. Un fantasma in corridoio.

Lui era già nella stanza della musica quando arrivai. Lo guardai per un po', rimanendo nell'ombra contro la parete. Lui si sedette sul lungo sgabello del pianoforte, come sempre. Si era messo a sinistra, in attesa che io mi sedessi alla destra. Quelle dita forti sollevarono il coperchio e accarezzarono i tasti. Ma non suonò, non ancora.

Non aveva idea che io fossi lì. Pensai a quello che mi aveva detto nel ripostiglio sulle scale, sul potere di guardare, il voyerismo. Anche a me piaceva. Ma poi inspirai rapidamente e lui si girò per guardarmi. Vidi una sorta di emozione sulla superficie lucida dei suoi occhi. Non felicità. Forse desiderio?

"Ruby," disse Alex. "Perché resti lì? Vieni a sederti vicino a me. Ti voglio insegnare."

Feci come mi chiedeva, come sempre. Mi sedetti e lasciai che mi posasse le mani sulla tastiera. Era come ogni altra volta, con l'insegnamento rigido di Alex e la mia arrendevolezza, solo che ora stavo facendo finta, proprio come lui.

"Sai, non penso di avertelo mai detto, ma mio padre è un eccellente pianista," disse lui.

"Non bravo come te, scommetto." Gli mostrai un sorrisetto che sapevo lo avrebbe eccitato. Il genere malizioso che sapevo gli avrebbe fatto desiderare di fare uno dei suoi giochi.

"Sì," disse debolmente. "Io suono meglio in realtà. Papà è troppo ossessionato da Debussy per imparare pezzi più impegnativi. Anche se io non l'ho mai sentito quando era giovane. Magari era meglio, allora. Comunque, tutti gli uomini della mia famiglia suonano uno strumento, di solito il piano. È una tradizione. Mio nonno suonava il violino."

"E le donne?" Chiesi.

Cominciò delicatamente l'esecuzione del mio pezzo preferito, uno *Studio* di Chopin. "Nessuna tradizione per quello che so. Comunque, non ci sono molte donne. Mio padre aveva una sorella, penso, ma morì quando aveva dieci anni."

"Cos'è successo?"

"È caduta dalle scale."

"Come tua madre."

Tolse le dita dai tasti e si girò per guardarmi. "Sì. Come lei."

"C'è un suo ritratto in sala da pranzo?"

"Della sorellina di papà?" Alex alzò le spalle. "Forse."

"Quando tuo padre suonava il piano, aveva qualcuno a girargli le pagine come te?"

Alex sorrise. "Sì. Mi ricordo che la cameriera qualche volta lo aiutava."

"Quale cameriera?"

Scosse la testa. "Beh, diverse negli anni." Si allungò e prese la mia mano nella sua. "Senti, Ruby, voglio portarti a fare una passeggiata."

"Pensavo che volessi insegnarmi qualche altra nota." Quando accarezzai i tasti d'avorio, mi diede uno schiaffo sulla mano per allontanarla. Mi fece sorridere, vedere che reagiva. Avevo aspettato che quel lato di lui tornasse di nuovo.

"Ho cambiato idea. Andiamo. Facciamo il giro dei terreni."

"Va bene," dissi.

Nonostante il silenzio che ci seguiva di stanza in stanza, Highwood Hall non era vuota. Al contrario. Il posto brulicava della sua stessa storia. Uomini e donne dal volto pallido mi fissavano dalle loro cornici sulle pareti. Fantasmi dovunque. Mentre procedevamo attraverso il salone, superando le stanze che gli Howard usavano tutti i giorni, dirigendoci verso l'ala nord, pensai a Margot che si godeva l'ultima sigaretta prima di andare a letto e a Lottie al telefono o su TikTok.

Più ci muovevamo attraverso la residenza, più stretta diventava la presa di Alex. Non tolsi la mano, nonostante potesse sembrare strano ai membri del personale o agli abitanti della casa. No, gli permisi di stringermi le dita mentre camminavamo. Sapevo cosa stavo facendo.

Ma quando ci avvicinammo alla sala da pranzo, mi fermai di colpo, respirando forte e con una stretta nervosa allo stomaco. "Voglio vedere di nuovo il murale."

Alex mi tirò per la mano. "Più tardi."

"Solo un momento," pregai.

Sospirò. Questo per lui era un inconveniente, una battuta d'arresto nel percorso verso la realizzazione delle sue intenzioni. Un uomo come Alex non amava gli intoppi perché non ci era abituato. E, comunque, cedette.

"Potrebbe esserci tua zia, qui," dissi, fermandomi nella stanza. Mi liberò la mano e la misi con l'altra dietro la schiena, strofinandomi la parte che doleva per la sua stretta. Il cuore mi batteva forte mentre percorrevo il perimetro della stanza, esaminando tutti i volti che vedevo davanti a me.

"Forse uno dei cherubini," disse lui, la voce piatta, disinteressata. Ma io notai che i suoi occhi si dirigevano verso il ritratto di sua madre.

Io, tuttavia, ero attirata da un altro volto sulla parete. Aveva capelli e occhi marrone. Non era stata dipinta in grande sulla parete: era nascosta dietro a un angelo biondo e un pavone in volo. Ma i suoi occhi mi affascinavano. Anche se volevo, non mi soffermai. Appena ebbi finito, feci segno che potevamo andare. Se Alex avesse qualche sospetto, non lo mostrava. Ma mi prese la mano, applicando la stessa pressione alle mie dita.

"Adoro lavorare qui, sai," dissi. "Ho fatto la cameriera presso altre famiglie, ma questa è la mia preferita. La casa è bellissima."

Lui grugnì. Non mi stava ascoltando per niente. Volevo dire di più. La mia bocca desiderava aprirsi, in modo che le parole si rovesciassero fuori, per liberare finalmente i segreti nascosti nel profondo, ma tenni stretta la mandibola. Lo guardai camminare. Andai quasi a sbattere contro il montante di una porta mentre ci avvicinavamo all'ala nord dall'interno di Highwood. Anche quando infilò la mano in tasca per prendere la chiave a tessera, non mi lasciò andare. Invece, armeggiò finché riuscì ad aprire la porta e quando fummo dentro, girò intorno a me in modo da chiudere. Solo allora mi lasciò andare e a quel punto chiuse a chiave dietro di noi.

"Cosa stai facendo?" Chiesi. "Perché hai chiuso la porta?"

"Ora fai silenzio." Appoggiò un dito sulle labbra.

La paura mi colpì come un secchio di acqua gelata. Lui colse l'intenzione nel mio sguardo prima ancora che decidessi di correre. Non appena cercai di allontanarmi da lui, si scagliò in avanti, afferrandomi alla vita. Io gridai ma lui mi mise una mano forte sulla bocca. In quel modo, praticamente mi trascinò attraverso le stanze che aveva promesso sarebbero state per sua moglie. Io lottai e mi contorsi e scalciai e lui ansimò e imprecò e mi sussurrava minacce all'orecchio.

"Senti un po', puttanella." Il suo fiato caldo soffiava contro la base del mio collo. "Se non smetti di agitarti, ci penso io."

Gli morsi un dito e lui ritirò la mano con un grido. Mi diede quasi un secondo per cercare di scappare ma prima che riuscissi a fare qualche passo mi prese per i capelli e mi tirò indietro con tutta la sua forza, tanto che feci un volo e stramazzai sul pavimento duro e freddo. Da lì, mi prese per il colletto della tunica e mi trascinò come un sacco di patate per tutta la stanza fino a un'altra porta.

Ancora una volta, armeggiò per aprire la porta con una sola mano, questa volta con un tastierino. Cercai di affondare i denti nella sua caviglia ma mi scalciò via. Un tacco mi arrivò in bocca. Dal labbro si riversò una quantità di sangue e insieme scoppiò il dolore.

Poi la porta si aprì.

Nel buio pesto, Alex mi trasportò attraverso la porta, accostandola e chiudendola a chiave. Ora ero silenziosa, e immobile. Aspettai, senza sentire altro che il mio respiro. Capivo che Alex stava prendendo tempo. Forse si godeva questi momenti di controllo completo o forse stava aspettando che io perdessi la ragione, che iniziassi a gridare per chiamare aiuto. Entrambe, decisi. Ma dopo qualche momento di silenzio, accese una luce.

Eravamo in una stanza rossa come il pigiama che gli avevo visto addosso la sera che aveva camminato nel sonno. Era quasi vuota, a parte un letto, una sedia, un lavandino e un gabinetto. L'odore di sangue e sudore permaneva acido nell'aria, ma non ero certa che fosse il mio.

Una catena pendeva dal centro della stanza e alla catena era appesa un'imbracatura. Repressi un fremito d'orrore, sapendo esattamente a cosa serviva.

"La signora Huxley l'ha pulita per te," disse Alex. "È stato preparato tutto per il tuo arrivo. Ho controllato personalmente non molto tempo fa." Prese un piccolo telecomando e premette un bottone. Nella stanza si diffuse la musica di Chopin, proveniente da piccoli altoparlanti alle pareti. Il mio *Studio* preferito.

"Chi sto sostituendo?" Chiesi, alzando la voce sopra la musica. "Venivi qui quando uscivi dalla porta segreta nell'ufficio di tuo padre?"

Abbassò leggermente la musica. "Queste sono le tue prime domande?" Rise. "Penso che potresti essere la mia preferita, Ruby. Nelle settimane scorse, mi è piaciuto giocare con te. E penso davvero che tu sia migliorata nei nostri giochi." Si avvicinò e mi costrinse a mettermi in piedi, mettendomi una mano sulla gola. La pressione improvvisa mi fece rantolare. "Non rivoltarti." Poi mi tirò al centro della stanza, aggiustò rapidamente l'imbracatura intorno alla mia vita e barcollò indietro, il riso che gli sbocciava sulle labbra.

No, non avevo lottato perché ora non serviva. Ero in trappola. Ero il topo che si è fatto prendere la coda. La mosca nella ragnatela. Alex lo aveva fatto prima e sapeva esattamente come spostarmi rapidamente in modo che non potessi scappare. Dopo tutto era il suo gioco.

Quando fui legata in modo sicuro mi perquisì, cercando un

cellulare, che invece era rimasto nella mia camera. Poi prese il suo telefono dalla tasca interna del blazer e fece una chiamata.

"È fatta. Puoi venire ora."

Studiai la lunghezza della catena. Pendeva da una carrucola sul soffitto con l'imbracatura attorno alla mia vita e al petto. Non avrei potuto raggiungere il lato della stanza dove si trovava Alex né la porta. Sopra di me, il soffitto era coperto di faretti che rendevano la stanza quasi insopportabilmente luminosa, trasformando le pareti in rettangoli lucidi color sangue. Ma almeno le mie braccia erano libere.

"Chi hai chiamato?" Chiesi. I miei occhi percorsero le pareti, studiandone ogni centimetro. Erano così spogli che era difficile guardarli. Cercai di non pensare a cosa poteva essere successo in quella stanza. Una parte di me avrebbe voluto almeno sedersi, e il letto sembrava invitante, ma di nuovo non riuscivo a risolvermi di guardarlo, figuriamoci toccarlo. "Cosa hai intenzione di fare con me?"

Alex si tolse il blazer e lo appoggiò ordinatamente sullo schienale della sedia. Poi tirò la sedia nell'angolo della stanza e si sedette. Aveva l'aspetto di un uomo a un incontro d'affari, in attesa di negoziare un accordo.

"Qualunque cosa abbiamo voglia di fare con te," disse lui.

Annuii con il capo. "Lo pensavo."

"Hai paura?" Piegò la testa da un lato mentre mi valutava.

Risposi sinceramente. "È da un po' che ho paura."

"Eppure non te ne sei andata."

"Chi ha ucciso Roisin, Alex? Aveva scoperto troppo? Era troppo vicina? Perché non è finita qui?"

"Roisin si è uccisa," disse. La sua risposta mi fece ribollire il sangue. Anche ora, dopo aver lasciato cadere la maschera, non riusciva a dire la verità.

Si udirono passi a distanza. Qualcuno era entrato nell'ala nord. Non ero stupida. Sapevo chi sarebbe stato.

"Alex," dissi. "Puoi spegnere la musica, per favore?"

Lui sogghignò. "Va bene."

"E poi guarderesti sotto il letto?"

Sbuffò. "Non ci casco. Cosa hai intenzione di fare? Vuoi soffocarmi?"

"No," dissi gentilmente. "Ti assicuro di no."

Avvicinò le sopracciglia e la testa girò leggermente verso il letto. Anch'io guardai nella stessa direzione, cercando di vedere l'angolo della scatola che sbucava da sotto il bordo delle coperte. Lui si accigliò e premette un bottone sul telecomando. Capii che non si aspettava di vedere qualcosa sotto il letto. Pensava che stessi bluffando, ma non era così.

"Forse è meglio se controlli cos'è," dissi. "Ti potrebbe interessare."

La sua espressione diceva *ma che cazzo*, e un delizioso sorriso di soddisfazione mi allungò le labbra. Corse verso il letto, un occhio su di me per tutto il tempo. *Ha paura di me*, pensai. Poi si buttò in ginocchio, prese la scatola e la portò alla sedia.

Quando tirò il nastro, la parte davanti si aprì per rivelare il diorama all'interno. Era stato creato alla perfezione, con le pareti rosso sangue e una catena che pendeva dal centro della stanza. Un uomo stava leggermente lontano dal centro, in camicia e jeans, le maniche della camicia arrotolate fino ai gomiti. Nell'angolo della stanza un uomo più giovane si rilassava in una poltrona con una gamba incrociata sull'altra. Le braccia penzolavano con indolenza dai braccioli della poltrona. Due piccoli, acuti occhi azzurri, del colore dell'oceano profondo, erano stati dipinti con perizia sul volto della bambolina.

"A te piace guardare, Alex, vero?" Chiesi.

La porta si aprì.

Capitolo Quarantuno

Caro David,

Penserai che sia strano ricevere mie notizie. Non ci siamo lasciati molto bene, vero? Senti, voglio che tu sappia che quando sarai di nuovo pulito ti farò vedere ancora Ruby, te lo prometto. Ma in questo momento non posso permettertelo. Ha bisogno di stabilità nella sua vita. Perché pensi che l'abbia lasciata con Josephine? Io non posso garantirle stabilità e tu nemmeno. È la cosa migliore. Almeno, questo è quello che continuo a ripetermi, che alla fine tutto andrà bene.

Ruby mi manca moltissimo. Mi manca il suo odore e il modo in cui mi stringe il dito con la sua manina. Non sopporto di lavorare qui e non poterla vedere, ma guadagno molto di più rispetto a lavorare a York. Se riesco a resistere per almeno sei mesi, riuscirò a mettere insieme qualcosa per fermare un appartamento e tornerò. Tu sei riuscito a risparmiare qualcosa? Non voglio metterti pressione, ma Ruby è anche figlia tua. Cerca di rimetterti in sesto e trovare un lavoro, David, per favore, voglio che Ruby abbia il meglio dalla vita e in questo momento non ci riusciamo.

Josephine è arrabbiatissima con me perché me ne sono andata. Riaggancia il telefono quando la chiamo e non risponde alle mie lettere. Non riesco a chiamare spesso perché non ho mai credito sul telefono e la governante qui mi lascia telefonare solo due volte alla settimana. Dice che le distrazioni esterne hanno un effetto negativo. Ma cosa ne sa? Non ha una vita. È poco più grande di me ma si comporta come una cinquantenne. E si fa chiamare signora Huxley anche se io credo che non esista un signor Huxley. È una finzione assurda.

Sai, c'è qualcosa che non va a Highwood Hall. Qui le cose sono strane. Tutto il personale dice che l'ala nord è infestata e qualche volta anch'io giurerei di aver sentito dei rumori provenire da quella parte della casa. Ma è impossibile, no? Questo posto mi fa venire i brividi. Non ho mai conosciuto nessuno così rigido come la signora Huxley. La notte scorsa sono andata in cucina a prendere un bicchier d'acqua e penso di averla sentita piangere nella sua stanza. Dio, questo posto... non vedo l'ora di andarmene.

Mi sento come un fantasma che striscia lungo le mura. Quando sono in una stanza, gli Howard mi ignorano come se fossi parte dell'arredamento. Non dovremmo essere chiamate cameriere, dovremmo essere chiamate fantasmi perché è questo quello che siamo.

Almeno al figlio del capo piaccio. Bertie è gentile con me e passiamo molto tempo insieme. Forse... Forse se ci innamorassimo lui potrebbe pensare a me. Qualcuno deve farlo, David. So che non vorresti sentirlo dire ma è la verità.

Comunque, mi dispiace, sto divagando. Volevo solo scriverti per farti sapere che non starò qui per sempre. Voglio costruire una nuova vita per me e Ruby e spero che anche tu possa farne parte. È bello scrivere a qualcuno. Per favore, rispondimi. Questo posto a volte mi fa sentire davvero sola.

Dì a Josephine che la chiamerò e che la prossima volta non deve riagganciare. So che è arrabbiata di dover badare alla bambina, ma se lo può permettere e io no. Tornerò presto, lo prometto.

E, David, se tu riuscissi a risparmiare qualcosa per il mantenimento della bambina... ti prego. Non voglio restare qui. Voglio stare con la mia Ruby.

Emily

David,

Beh, tu non mi hai mai risposto. Ho aspettato per settimane senza avere notizie. Sono passati quasi tre mesi senza avere notizie dalle persone che conosco. Né Josephine né te. Non ho sentito la mia bimba farfugliare o piangere ed è da tanto che non sento il profumo della sua testolina. Di notte piango fino ad addormentarmi e la sogno.

Questo posto ha qualcosa che non va. Non mi piace il modo in cui Lord Howard mi guarda, come se fossi un premio o una preda. Voglio andarmene ma se riesco a resistere un altro paio di mesi avrò i soldi che mi servono e poi potrò riprendermi Ruby. Vorrei che Josephine mi parlasse.

Ti ricordi cosa ti ho scritto nell'ultima lettera? Di Bertie e di come potrebbe occuparsi di noi? Beh, non penso che sia una possibilità. È uno sfruttatore. Vuole solo che io faccia quei suoi giochetti sadici. Mi chiede sempre "Ti fidi di me" e io dico di sì, ma non mi fiderei se potessi evitarlo. Sto perdendo la mia determinazione, David. Ogni giorno sento che se ne sta andando. Voglio scappare via da tutto, dalla mia vita. Forse dovrei. Non so. E poi comincio a pensare che Ruby sta meglio senza di me e scivolo in questa nebbia che non riesco a spiegare. Se non fosse per la signora Huxley e questo lavoro, non so se riuscirei ad alzarmi la mattina. Mi sento malissimo, come se la mia esistenza non avesse senso.

Scrivimi. Sono davvero arrabbiata che tu e Jose-

phine mi abbiate tagliata fuori. Non lasciarmi qui da sola. Ti prego. Ho bisogno di qualcuno o penso che potrei perdermi. Ti prego. Mi sento così sola. Questa casa mi spaventa e io sono così sola.

Oh, Dio che pensieri orribili. Come ho potuto pensare di lasciare la mia bambina? Ma voglio scappare da Highwood e non ho un posto dove andare. Forse potrei ricominciare da capo, essere una persona diversa. Trovare un marito e programmare di avere un figlio. Forse in quel caso sarei una brava madre, non come ora.

Cazzo, non intendevo questo. Lo giuro, non volevo. Amo Ruby più della mia vita. Non voglio lasciarla.

Ma a volte sogno di farlo, lo sai.

Scrivimi o non ti parlerò mai più.

Emily

Capitolo Quarantadue

Avevo dei sospetti da parecchio tempo ed era arrivato il momento di trovare le prove. Sfortunatamente, non era saltato fuori niente di incriminante nell'ufficio di Lord Bertie e sapevo di dover scoprire tutta la verità prima di poter fare qualcosa. Le donne avevano l'abitudine di morire a Highwood Hall ed era il momento di interrompere il ciclo.

È iniziato tutto qualche anno fa, quando sono andata a trovare mio padre. Ci sono andata perché volevo conoscerlo ma anche perché cercavo delle risposte. Nessuno aveva più visto mia madre da quando avevo sei mesi. Era il periodo in cui si era trasferita a Highwood Hall per lavorare come cameriera. È rimasta poco più di tre mesi e poi ha lasciato un biglietto in cui diceva che non poteva più far fronte alle sue responsabilità ed era sparita.

Papà aveva riempito i buchi lasciati da zia Josephine negli anni. Mi aveva dato le lettere della mamma di quando lavorava qui e le avevo lette così tante volte che qualche volta mi sembrava di essere diventata lei, che percorreva i corridoi e puliva le stanze.

Aveva lavorato qui prima che Lord Bertie divenisse il padrone e nelle sue lettere diceva che trascorrevano del tempo insieme. Mi ero chiesta se avessero una relazione. Mia madre diceva anche che Highwood Hall la spaventava. Cosa le era successo qui? Nella prima lettera che aveva scritto sembrava che stesse pensando a costruirsi un futuro, non che si preparasse ad abbandonare tutto. E perché la storia continuava a ripetersi? Le cameriere avevano l'abitudine di andarsene all'improvviso, come Chloe.

Gli Howard assumevano giovani donne senza genitori, alla deriva, per un motivo. Sceglievano ragazze di cui non si sarebbe sentita la mancanza, che sarebbero state considerate incostanti. Era uno schema. Uno schema orrendo, disgustoso. Ero sicura che Lord Bertie fosse coinvolto, che il suo comportamento vergognoso costringesse le ragazze ad andarsene e sapevo a chi dovevo chiedere: la signora Huxley.

"Penso che lei sappia perché sono qui," dissi.

Dopo il primo whisky, se ne versò un secondo e scosse la testa. "Non vuoi saperlo. Fidati. Se hai qualcosa tra le orecchie, te ne vai ora senza guardarti indietro. Avresti dovuto andartene il primo giorno, dopo l'arrivo della scatola."

"No," risposi. "Non me ne vado finché non avrò tutte le risposte. So di suo figlio nella casa di cura. Penso che Lord Bertie abbia ucciso Roisin. E non penso sia la prima volta che uccide qualcuno, giusto?" Fissai il bicchiere vuoto sulla scrivania. Il mio cuore si mise a battere veloce, sembrava seguisse il ritmo della musica. Era stato un rischio, andare da lei. Lei collaborava, ne ero sicura, eppure avevo la sensazione... incauta probabilmente, ma comunque credevo di poter fare appello alla sua umanità. Sapevo che c'era, anche se sepolta molto in fondo. "La scatola che si è spedita, all'inizio mi ha portata fuori strada, ma poi ho capito cosa stava facendo. Mi ha mandato il diorama per spaventarmi e farmi andar via, vero? Se lei li sta minacciando, è stufa marcia di qualunque cosa le stiano facendo fare. Ma ha le mani legate. La casa di cura deve essere costosa. È Lord Bertie che la paga, in cambio del suo silenzio?"

Spalancò gli occhi, e mi sembrò che due piattini mi stessero fissando nella luce fioca della stanza. Restò a bocca aperta per un secondo, ma ogni altro muscolo del suo corpo sembrava restare rigido. Buttò giù l'ultimo goccio del suo drink.

"Non dire altro," disse, alzando il volume della musica.

"Ha messo delle cimici nella sua stanza? Ci stanno ascoltando?" Tenni la voce bassa.

"Non so." Corrugò la fronte e si alzò. I suoi occhi perlustrarono gli angoli. Li vidi schizzare verso la porta segreta. Percorse la stanza a grandi passi con le braccia incrociate sul petto.

"Lui usa il corridoio per venire da lei," dissi.

Lei annuì.

"Suo figlio. È anche figlio di Lord Bertie?"

Smise di camminare. Il suo volto scarno si girò verso di me.

Certo che era così. Questo era solo uno dei motivi per cui la signora Huxley era rimasta così fedele per tanti anni. Ma mi chiesi quando la loro relazione si fosse guastata. Se Lord Bertie era in qualche modo come il figlio, lo eccitavano il dominio e il controllo, non l'amore e la compassione.

"Ha ucciso sua moglie?" Chiesi, sempre tenendo la voce bassa.

Il volto della signora Huxley si contorse per un momento. Poi annuì lentamente.

Le lacrime mi riempirono gli occhi. "Roisin?"

Questa volta mi guardò, il suo sguardo si addolcì. "Non so. È possibile."

"Avevano una relazione."

"Lo so," rispose la Huxley.

Mi avvicinai a lei, prendendola per le braccia. Si ritirò per un momento e io sentii il suo corpo irrigidirsi nella mia stretta. "Mi dica tutto."

"Non posso." Le si inumidirono gli occhi. Scosse la testa così rapidamente che sembrava una caratteristica maniacale. "Non posso dirlo a nessuno."

"Ma lei lo desidera. *So* che è così. Ne ha abbastanza di lavorare per loro, no? È stufa di fare il lavoro sporco al posto loro e lasciare che continuino a fare quello che gli pare e piace. Posso aiutarla a fermarli."

Si liberò dalla mia stretta. "Sapevo che avresti creato problemi appena sei arrivata. Bertie non se ne è accorto, ma io sì. Il tuo cognome è un altro, vero? Ma tu sei la sua immagine sputata."

"Lei se la ricorda?"

"Certo che me la ricordo," scattò. "Tutti i loro volti ce li ho stampati in mente. Non potrei dimenticarmene nemmeno se volessi."

Tutti i loro volti. Guardai verso il diorama e un brivido mi percorse il corpo. "Quante?"

Lei chiuse gli occhi, lasciando andare un sospiro tremante. "Sono stanca. Sono così stanca."

"Le donne sulla parete della sala da pranzo." Mi si strinse lo stomaco. Mi venne da vomitare sul tappeto. "Quel volto, quello che pensavo mi assomigliasse. È mia madre, vero?"

"Sì."

"Dobbiamo fermarli. Deve parlare con me. Mi dica tutto!"

Si lasciò cadere nella sedia. "Quello che mi stai chiedendo di fare è di arrendermi. Non hai idea di cosa ho fatto. Non ne hai idea. Tua madre, lei è stata una delle prime che loro... Era il precedente Lord Howard che controllava tutto a quel tempo. Bertie aveva quasi trent'anni e... Beh, diciamo che era già un mostro. Penso che sia nato così. Lo giuro, non sapevo tutto quello che stava accadendo, ma anche se l'avessi saputo... Non so se avrei potuto impedirlo." Il suo sguardo si appannò, era persa nel passato. "Ero incinta e lo amavo. Lo aiutai. E poi... All'improvviso ne facevo parte. Quando arrivò Charlie, cercai di tirarmene fuori. Ho anche vissuto con lui nel villaggio per un po', ma Bertie mi rivoleva. Charlie aveva bisogno di cure speciali che io non potevo permettermi e questo mi ha *intrappolata* qui."

"Mi dica cosa è successo a mia madre. Per favore. Sono cresciuta pensando che mi avesse abbandonata."

"Parlava della sua bambina tutto il tempo. Mi mostrava le foto. Io rimasi incinta di Charlie poco tempo dopo il suo arrivo, perciò le guardavo volentieri." Singhiozzò. "Bertie mi disse che lei aveva raccontato delle bugie su di lui e che era fuori di senno. Mi disse che aveva cercato di scappare, e se l'avesse fatto, io dovevo assicurarmi che tornasse da lui. E lo feci. La vidi correre via, dicendo cose folli sul fatto che lui cercava di farle del male e io la riportai indietro."

"Poi cosa successe?"

"Cadde dalle scale," disse la governante. "Che è una mezza verità. All'inizio ci credetti. Quando la raggiunsi era alla base delle scale e Bertie era di sopra. Mi disse che era inciampata e caduta."

"Quale scala?"

"La scala a chiocciola."

"Allora è per questo che mi ha mandato quel diorama. Non ero io, era mia madre." Un dolore improvviso mi colpì, un crampo allo stomaco e al petto. Mi sporsi in avanti, appoggiando la testa sulle mani. "Lei è malata come loro."

Lei scosse la testa lentamente. "Tu ancora non sai quanto sono malati loro."

Feci una pausa. Dovevo sforzarmi di respirare. "Le ha fatte lei? Le scatole?"

Lei scosse la testa. "Bertie ti aveva scelta dall'inizio, lo sai. La Providence aveva mandato i tuoi dettagli. Io vidi la tua fotografia inclusa nel file e seppi subito chi eri. Feci una scelta. Per la prima volta, non lo avvisai. E poi portai la foto a qualcuno..." Si assopì.

"Perché non l'ha avvisato?"

Si versò un altro whisky. Temetti che svenisse prima di essere riuscita a carpirle tutta la verità. "Non gli ho nascosto solo i diorami... una diagnosi." Ingollò il liquore. "Non mi rimane molto tempo. L'unica cosa che posso fare è sistemare il casino che ho combinato. Eppure... Beh, ho già fatto un casino anche con *quello*. Dentro di me pensavo che se avessi potuto salvarne una, solo una, avrei fatto almeno qualcosa di buono. Ma poi ho pensato che avrei potuto spaventarli tutti. Margot e quella marmocchia, Lottie, e... lui."

"Lord Bertie?"

"Sì. Sono arrivata a odiarli abbastanza."

"Quindi le scatole erano la sua vendetta?"

Alzò le spalle. "Immagino che si possa chiamare così. Ho mandato la prima e... Beh, ho recuperato un po' di potere quel giorno. Ti sei mai sentita completamente impotente?"

Sospirai per la frustrazione, confusa e delusa dai suoi vaneggiamenti. "Signora Huxley, per favore mi dica cos'hanno fatto. Mi aiuti a fermarli."

"Prima mi devi fare una promessa." Notai un po' del vecchio acciaio tornare nei suoi occhi scuri. Sollevò il mento, un volto senza sorriso che mi fissava freddo.

"Cosa?"

"Sono riuscita a risparmiare un po' di soldi per mio figlio. Sai, ci ho pensato molto, cosa sarebbe successo se io fossi morta o finita in prigione, quale delle due arrivi prima. Lui non capirà. Un giorno semplicemente non andrò più a trovarlo e lui non capirà." Finalmente le lacrime le uscirono dagli occhi. Aveva un cuore. Mi chiesi quale sarebbe stata la sua vita senza gli Howard. "Ho abbastanza soldi perché Charlie possa restare a Heather Grove per qualche altro anno, ma dopo quello, saranno finiti. Le sue necessità sono complesse. Forse potrebbe vivere fuori dalla casa di cura, ma ho paura che non sia il meglio per lui. Lì è *felice*. È casa sua e io non posso sopportare il pensiero che la perda. Se faccio quello che mi chiedi e racconto tutto alla polizia, Bertie finirà in prigione. Ho bisogno di un'altra fonte."

"Chi?"

"Ha un debole per te. Succede, a volte. È incastrata come me, sai. Sa chi è Bertie e sa cos'ha fatto a sua figlia, ma è troppo vecchia e fragile per porci rimedio. Resta qui per assicurarsi che non succeda niente a Lottie."

"Margot."

"Devi promettermi che andrai da lei."

"Lo farò."

"E mi devi promettere che andrai a trovare Charlie ogni domenica."

"Lo farò."

Le tremò il mento mentre continuava. "E devi promettermi che la finiremo una volta per tutte. Non posso iniziare qualcosa che fallirà. Ora ti ho coinvolta. Mi sono fidata di te. È ora che tu prenda questo... questo peso dalle mie mani e ti assicuri che sia la fine." Chiuse e aprì i pugni davanti al corpo, come per passarmi il peso metaforico.

"Lo prometto."

La vidi ingoiare il resto delle lacrime, controllando gli spasmi che tentavano di contorcerle il volto e vidi la determinazione ritornare in lei. "Va bene. Ti dirò tutto quello che so. Ma non penso che possiamo farcela da sole."

"Non è un problema," dissi. "Conosco qualcuno che ci aiuterà."

Lei annuì. "Bene allora. La prima cosa che devi sapere è che Lord Bertie è un serial killer e Alex non è molto meglio."

Capitolo Quarantatré

Lord Bertie entrò nella stanza per primo, ma Ade era proprio dietro di lui, e gli puntava un fucile alla schiena. Non avevo mai visto prima una rabbia simile sul volto di una persona, ma era lì, rosso e orribile come un neonato urlante. Controllava tutto a Highwood Hall e alla fine aveva perso.

"Alex, puoi fermare quest'idiota alle mie spalle?" Comandò Bertie.

Ma Alex era ancora troppo distratto dal diorama. Ade prese il fucile, se lo girò tra le mani e colpì il lord direttamente nella spina dorsale con il calcio. Bertie crollò a terra con un sussulto, mostrando all'improvviso la sua età.

"Avete un'idea di cosa state facendo? Tutti voi?" L'uomo una volta potente, in controllo e dalla chiacchiera suadente si contorceva al suolo. Era stato ridotto a lamentarsi come un marmocchio viziato a una festa di compleanno deludente.

"Sì," risposi. "Sappiamo esattamente cosa stiamo facendo."

Bertie si strofinò la schiena e si mise dritto. Fissò Ade, che aveva il fucile puntato su di lui. Mi sentii male per Ade, perché gli avevo rivelato il mio piano solo la settimana prima. Non era uno abituato a lottare e di certo non era molto pratico di fucili, ma l'aveva fatto per me. Vidi il tremito percorrergli le braccia e sperai che non dovesse tirare il grilletto.

"Come diavolo ha fatto questo giardiniere ad assalirmi nel mio ufficio o a sapere dei tunnel che tengo espressamente per me stesso? E anche il codice della dannata porta. Che cazzo sta succedendo?" Bertie sedeva un po' obliquo, una mano sulla ferita.

Risposi io al posto di Ade. "Ho trovato l'entrata a uno dei corridoi segreti dalla cantina. E allora, quando mi sono nascosta sotto la sua scrivania, ho sentito Alex usare un'altra porta segreta nel suo ufficio. Per il resto siamo stati aiutati. Ah, e il codice della porta è 1603, la data in cui ha ucciso mia madre."

Questo riportò su di me l'attenzione di Bertie. I suoi occhi si spalancarono per la sorpresa e, per la prima volta, mi riconobbe.

"Esatto," dissi. "Emily Ferguson. Ho preso il cognome da sposata di mia zia da bambina. Ero preoccupata che potesse riconoscermi quando sono venuta per il colloquio ma non l'ha fatto. Ha lusingato mia madre, come Alex ha fatto con me, suonando il piano e portandola a fidarsi. E poi ha cercato di condurla qui. Doveva essere uccisa in questa stanza, vero? Ma è corsa via e lei l'ha spinta giù dalle scale. Quello fu il giorno in cui ha deciso di non sbagliare più. E da allora, non ha più commesso errori. Chi ha costruito questo posto? È stato suo padre?"

Alex lasciò cadere il diorama sul pavimento. Le sue braccia e la mascella sembravano inerti, ma si girò verso di me e riconobbi lo stesso sguardo nei suoi occhi di quando facevamo i nostri giochi. Il giorno che ci stringemmo nel ripostiglio insieme, quando avevo accettato la sua sfida. Quando mi ero infilata nel nascondiglio del prete. Il modo in cui avevo sempre risposto no quando mi chiedeva *Ti fidi di me*?

Quando Bertie si rifiutò di rispondere, mi rivolsi ad Alex. "Chi ha costruito questo posto?"

Alex semplicemente alzò le spalle. "Forse l'abbiamo trovato. E forse, solo forse, hai perso la testa, cercato di ucciderci e io ho dovuto legarti qui fino all'arrivo della polizia. O forse tu e il giardiniere stavate cercando di derubarci. Sono riuscito a chiudervi qui ma poi lui è arrivato con un fucile e abbiamo dovuto spararargli. È stata autodifesa."

Ignorai le sue menzogne. "Quante ragazze avete intrappolato qui? Cosa facevate loro?"

Nessuno dei due rispose.

"Lei è ricco, Lord Howard," dissi. "Ha avuto una bella moglie e sono sicura che tu, Alex, hai avuto tante belle ragazze. Ma questo per voi non era sufficiente. Dovevate avere il controllo completo. Tutti e due. Dovevate *sapere* che potevate farla franca qualunque cosa voleste fare. Giusto? Altrimenti, qual è il punto?"

"Non hai nessuna prova," disse Bertie. "Fareste meglio ad arrendervi ora prima che qualcuno di voi due si cacci nei guai. Vi dico una cosa, ora ti slegherò e potrete andarvene entrambi. Non chiameremo la polizia. Vivrete entrambi. Forse vi daremo... una buonuscita per il vostro lavoro a Highwood Hall. Come ringraziamento."

Il suo sorriso era maligno e, per un momento, sgradevole. Avevo conosciuto Bertie come il vecchio capo attraente che ogni tanto buttava lì una battuta da papà, coccolando il suo labrador mentre chiacchierava. Ma eccolo lì, nel suo vero aspetto. Lì c'era il serial killer.

"No," dissi.

"No?" Rise. "Vi rendete conto che conosco il capo della polizia, non solo nello Yorkshire, ma in Inghilterra. Siamo andati a scuola insieme. Cosa pensi che succederà ora, cameriera? Pensi che vincerai? Sei davvero così illusa, ragazzina?"

"Penso che andrà in prigione per aver ucciso non solo mia madre, ma anche sua moglie, probabilmente sua sorella, Roisin e, diciamo, una dozzina di cameriere? Quante ne ha uccise, Lord Howard?"

"Una storia molto fantasiosa," disse lui. Lentamente Bertie si mise in piedi. Si avvicinò a me, in modo un po' poco stabile.

Gli occhi di Ade si spalancarono per la paura ma gli feci cenno che sarei stata bene.

"Non hai prove," ripeté. "Te l'ho già detto."

"Ho la signora Huxley."

Per la prima volta lo vidi vacillare. Si fermò, a un braccio di distanza da me e poi la rabbia gli contorse il volto. Storse la bocca, afferrandomi per la mandibola, quelle dita forti cacciate nella carne.

Ade sollevò il fucile. "Lasciala."

Bertie mi sollevò sempre più in alto finché dovetti stare in punta di piedi. Il collo mi si tirò, gli occhi mi si annacquarono ed emisi un grido di dolore. Ma dentro di me, pregavo che Ade non sparasse.

Non era il momento. Dovevamo lasciare che vivessero e pagassero per i loro crimini. Dopo alcuni lunghi secondi, finalmente mi lasciò andare. I miei tacchi toccarono il pavimento e io mugolai.

"Stupida bambina," borbottò Bertie, scuotendo la testa. Vide il diorama sul pavimento, sollevò il piede e lo schiacciò.

"Non sono stupida," dissi. "E ho le prove. La signora Huxley, in questo momento, è alla stazione di polizia."

"Non importa," disse lui. "Non vi crederanno. Quando riusciranno ad avere un mandato, voi sarete spariti e questo posto sarà trasformato. Nessuno saprà mai niente e di certo non crederanno a una stramba come lei."

"Ma non dovranno semplicemente crederle," dissi io. "Ci sono anche altre prove."

Alex e Bertie si scambiarono un'occhiata. Vidi le rotelle nella loro mente girare. Cosa sapevo? Cosa avevano dimenticato?

"La sala da pranzo," dissi. "Siete stati abbastanza sfrontati da dipingere i volti di tutte le vostre vittime sulle pareti. Ho visto il volto di mia madre il giorno che sono arrivata."

Bertie si mise a ridere. "Questo si può negare facilmente. La maggior parte dei ritratti non sono nemmeno assomiglianti."

"È vero," dissi. "Considerato che non mi ha nemmeno riconosciuta quando sono venuta a fare il colloquio. Ma c'è dell'altro."

Lui alzò gli occhi al cielo. "La cosa sta diventando ridicola." Quando Bertie si rivolse verso la porta, Ade rapidamente lo colpì alla mandibola con il calcio del fucile. Il lord barcollò indietro, quasi cadendo sopra il figlio.

Temevo che insieme potessero attaccare Ade, ma Alex era immobile in una sorta di trance.

"Altri fatti a mio favore," disse Bertie. "Considerando che animale selvaggio è il tuo giardiniere."

Tenni un occhio su Ade, cercando di fargli intendere tramite lo sguardo di restare calmo. Era quasi finita. Quasi.

"Quali sarebbero le altre prove?" Disse Alex rompendo il suo silenzio.

Sollevai lo sguardo al soffitto. "Ci sono dieci videocamere nascoste nelle luci sulle nostre teste. Tutte quante stanno trasmettendo in diretta quello che succede in questa stanza. Ade sta usando il canale YouTube e la pagina Facebook per lo streaming. Rilevano il movimento. Non appena Alex mi ha spinta in questa stanza e mi ha incatenata è partita la live. Ci sono anche dei microfoni nascosti dappertutto. Ce n'è uno vicino alla sedia, uno nel letto e uno sopra la porta. Non potete farla franca questa volta, perché tutto quello che avete detto e fatto è stato visto da migliaia di persone su internet."

Il sangue lasciò il volto di Bertie, che diventò cereo. "Diremo che hai manomesso i video."

"Va bene," dissi. "Ma la testimonianza della signora Huxley confermerà la nostra versione."

"Questa è solo una commedia. È un film." Bertie batté le mani e applaudì.

"Le fotografie delle ragazze che avete ucciso sono state portate alla polizia," dissi. "Le ha la signora Huxley."

Lo vidi girarsi verso di me, gli occhi feroci, saliva che colava dalla bocca, ma Alex fu più veloce. L'erede degli Howard saltò dalla sedia, digitò un numero sul tastierino e scappò via mentre Ade si occupava di impedire a Bertie di farmi del male. Quando Ade fu riuscito ad allontanare Bertie da me, Alex era scappato.

Capitolo Quarantaquattro

Ade aveva messo a terra Bertie, ma Bertie aveva le mani sul fucile. Era un uomo forte per la sua età, non qualcuno che si potesse battere facilmente in uno scontro. Io diedi uno strattone alle catene, senza poter fare niente se non guardare. Mi si strinse il petto, lo stomaco si contorse, il cuore batteva forte, tutto il mio corpo era consumato dall'insopportabile morsa del terrore. Oh, Dio, stavamo per perdere. Io tirai la catena, allungandomi al massimo, cercando di arrivare con le dita il più lontano possibile. Stavo per perdere Ade. Non potevo permetterlo.

Quando Bertie strappò il fucile verso destra, Ade rimase aggrappato, ma venne trascinato di lato, lasciando all'avversario un po' di spazio per divincolarsi. Cercando di uscire, Bertie diede un forte calcio nel fianco ad Ade che grugnì di dolore. Il giovane perse la presa sul fucile e io trattenni il fiato. Entrambi gli uomini vi si gettarono. Ade era più vicino ma era sbilanciato. Cadde pesantemente sul duro pavimento e la sua spalla scricchiolò. Le sue dita erano a un soffio dall'arma ma Bertie si era buttato in ginocchio, lanciando il peso in avanti. Afferrò Ade per la fronte, cercando di trascinarlo via. Mi diventarono le nocche bianche mentre stringevo la catena nei pugni, le dita che si tendevano con forza sempre maggiore. Immaginavo di riuscire ad avvolgerle intorno alla canna del fucile, di avere il potere nelle mie mani. Ma era tutto nelle mani di Ade. Pregai che arrivasse per primo ma Bertie ne approfittò: era determinato e veloce.

Non potevo permetterlo.

"So di suo figlio," gridai. "So che la signora Huxley ha avuto un figlio da lei e che è chiuso in una casa di cura."

Non funzionò. Non gliene importava abbastanza per sorprenderlo. Lord Bertie raggiunse il fucile per primo. Lo sollevò. Ma fu Ade a scagliare il colpo successivo, cogliendo il lord di sorpresa. Il giardiniere cacciò le dita negli occhi di Bertie e, quando l'uomo gridò di dolore cadendo all'indietro, Ade afferrò l'arma, lottando contro la presa dell'avversario, e arretrò barcollando. Lo vidi fare una smorfia di dolore mentre appoggiava il calcio sulla spalla.

"Ade, non farlo!" Gridai mentre l'aria esplodeva per la detonazione.

Ade barcollò all'indietro per il rinculo, il volto sorpreso dallo shock. Lentamente, spostò lo sguardo dall'uomo sanguinante a terra alzandolo verso di me, in centro alla stanza. Sotto di lui, Lord Bertie strisciava e si contorceva in una pozza del suo stesso sangue. Il giovane gli aveva sparato al ginocchio, lasciando uno squarcio pulsante nei jeans strappati. Bertie si girò verso di noi con il bianco degli occhi luccicante, un patetico sguardo di disperazione sul volto. Gridava, stringendosi la ferita, la voce sottile e alta.

Io ignorai le urla di dolore e guardai Ade. "Vedi se ha la chiave della catena. No, aspetta, dammi prima il fucile."

Ade annuì con il capo. Aveva bisogno di entrambe le mani per cercare le chiavi. Io guardai Lord Bertie un'ultima volta, ma la vista della gamba sanguinante e storpiata mi provocò un conato di vomito. Ade mi passò l'arma, pesante e ingombrante. Imbracciato il fucile, mi convinsi che, se ne avessi avuto bisogno, sarebbe stato sufficiente che dessi l'impressione di saperlo usare.

Mentre Ade frugava nelle tasche di Bertie, tesi l'orecchio, aspettando di sentire le sirene. Non ne ero sicura, ma la stanza poteva essere stata insonorizzata. Qualcuno del personale aveva sentito rumori venire dall'ala nord, ma non abbastanza da far sospettare che qui si uccidessero delle donne.

Ora avevamo bisogno della polizia e a questo punto il piano dipendeva dal fatto che la signora Huxley mantenesse la sua parte del patto. Quella mattina mi ero svegliata un fascio di nervi, ma ero sicura che ci avrebbe aiutati. Stava comunque morendo e c'era Charlie da tenere in considerazione. Ma doveva farlo per noi. Alex era libero ed eravamo in pericolo.

Quando la signora Huxley mi aveva raccontato cosa succedeva alle cameriere, mi aveva detto quale data Alex aveva scelto per portarmi nell'ala nord. Da lì, avevamo pianificato l'intera operazione. Dal comprare le videocamere con Ade, al nascondere l'ultimo diorama della signora Huxley. Conosceva il codice della porta perché quando le ragazze erano intrappolate nella stanza era lei che portava loro da mangiare.

Eravamo d'accordo che, non appena fossi andata nella stanza della musica, la signora Huxley avrebbe preso un taxi e sarebbe andata alla polizia. Nel frattempo, io mi ero fatta incatenare e avevo cercato di far confessare Alex. Poi Ade aveva sorpreso Bertie con il fucile mentre era nel suo ufficio, costringendolo a passare nel tunnel della porta segreta verso l'ala nord.

Ma se la polizia non avesse creduto alla signora Huxley? Se la trasmissione live non avesse funzionato? Avevamo fatto delle prove. Sapevamo che dalla stanza il segnale era abbastanza forte ma qualche volta questi apparecchi perdevano comunque la connessione. Mi ero preparata a lasciarmi incatenare, ma non mi aspettavo quanto la realtà fosse terrificante e, sì, mi ero sentita forte a far trovare il diorama ad Alex, ma una parte di me aveva temuto che lui si girasse e mi uccidesse sul momento.

Avevamo cercato un modo per far sì che il piano fosse a prova di bomba. Volevamo riuscire a dimostrare che fossero colpevoli di un crimine efferato e la soluzione migliore che ci era venuta in mente era un processo da parte dell'opinione pubblica, dato che c'era anche la possibilità di non essere creduti dalla polizia. La Huxley aveva portato le fotografie come prova dei fatti, ma si trattava comunque di una storia folle e gli Howard erano abbastanza ricchi e potenti da intimidire un agente di polizia.

Ade si allontanò da Bertie che continuava a urlare. "Non trovo nessuna chiave."

"Prova sul tavolo, là," dissi.

Trattenni il fiato mentre Ade apriva il cassetto del tavolino. Se

Alex aveva portato le chiavi con sé eravamo nei guai. La fuga del giovane Howard era un problema. Eravamo certi che il fucile sarebbe stato sufficiente a tenerli entrambi a bada fino all'arrivo della polizia ma non avevamo considerato la rabbia brutale di Bertie o la rapidità di Alex nello scappare.

"Trovate," disse Ade.

Mi abbandonai al sollievo. "Hai controllato lo streaming? Funziona? Ce l'abbiamo fatta?"

"L'ho controllato mentre tu eri qui con Alex." Armeggiò con le chiavi per liberarmi. Eravamo entrambi al colmo dell'adrenalina. Potevo sentirlo. "Stava funzionando tutto bene."

"Okay." Finalmente ero libera, le catene sferragliarono a terra. Mi diressi verso Bertie con il fucile spianato. "Cos'hai fatto a Roisin?"

Era mezzo svenuto. La sua pelle era diventata di quel colore cereo malaticcio di chi è in preda al malessere e i suoi occhi erano vitrei. Forse sarebbe morto. Il suo sangue si ammassava sotto ai miei piedi, ma non riuscivo a decidermi ad aiutarlo.

"Si è uccisa."

"Stai mentendo," dissi. "Dimmelo."

Ma lui semplicemente fissò il pavimento.

"Non lo ammetterà mai," disse Ade. "Preferisce morire. Forza, andiamocene da qui."

"Dobbiamo trovare Alex," dissi.

Ade fece una pausa poi annuì. Dalla sua esitazione capii che avrebbe preferito correre via, ma io volevo che anche Alex pagasse per i suoi crimini. Dovevo trovarlo.

Attraversammo l'ala nord e corremmo verso l'edificio principale. Ero convinta che Alex si sarebbe diretto al garage, avrebbe preso la Ferrari e sarebbe andato all'aeroporto. Immaginavo che i due killer avessero pronto un piano di emergenza per il giorno in cui fossero stati scoperti. Una quantità di denaro nascosto in una cassaforte, passaporti falsi e un aereo privato che li avrebbe portati in Sud America, Russia o in una lontana isola caraibica. Non potevo sopportare quel pensiero, quell'ingiustizia.

Ma forse avrei dovuto ammettere cos'era davvero per me. Vendetta. E mi stava sfuggendo di mano.

Passai ad Ade il fucile, conscia che, a differenza mia, lui lo sapeva usare davvero e insieme facemmo il giro della residenza. Io lasciavo impronte insanguinate sul vialetto di ciottoli mentre i jeans di Ade erano chiazzati delle cartilagini del ginocchio di Bertie. A ogni passo, pregavo di sentire il suono delle sirene... ma il mondo intorno a noi restava muto.

Andammo verso il garage degli Howard in silenzio, sapendo che qualcosa non aveva funzionato.

Seduta su una sedia a sdraio in mezzo al prato c'era Margot. Aveva una sigaretta tra le dita e un turbante rosa acceso che le copriva i capelli. Uno scialle di cachemire le avvolgeva le spalle e sembrava non le importasse che il sole fosse tramontato. Quando mi vide, agitò una mano.

"Posso avere un Martini, per favore, cara?"

"Non ora, Margot," gridai in risposta.

E poi trattenni il fiato. Avrebbe notato il fucile, il mio aspetto disordinato, il sangue che lasciavano le mie impronte, Ade leggermente ingobbito dove si era fatto male alla spalla? Il cielo si oscurava intorno a noi. La vista di Margot forse non era ottima, ma le luci di sicurezza ci illuminavano bene. La donna fece scivolare gli occhiali da lettura lungo il naso e poi lasciò cadere la sigaretta sull'erba. Notai che si era seduta dritta e ci fissava mentre ci allontanavamo.

"Chiamerà la polizia," dissi.

"Bene," rispose Ade. "Lascia che vengano. Noi siamo in vantaggio. Non siamo folli serial killer."

"Hai ragione," dissi, espirando lentamente.

"Sono morti?" Ci gridò dietro Margot.

Allora mi girai verso di lei. "Alex è scappato." C'era la possibilità che Bertie fosse morto a quel punto, ma non volevo dirlo forte.

Lei annuì. "Farai meglio a trovarlo prima che lui trovi te, cara." Poi raccolse la sigaretta e fece un lungo tiro.

Capitolo Quarantacinque

Quando arrivammo al garage, la Ferrari di Alex non c'era più. La mia paura si era concretizzata e i miei polmoni rimasero un attimo senz'aria. Ci girammo e cominciammo a camminare verso la residenza, quando finalmente udimmo da lontano l'ululato delle sirene. In silenzio, entrammo in casa e azionammo il bottone del sistema di comunicazione per aprire il cancello. Tornammo sul vialetto per accogliere le forze dell'ordine, stravolti ma felici che finalmente fosse tutto finito. Purtroppo, il sollievo durò poco perché in un attimo tre poliziotti costrinsero Ade a terra.

"Cosa state facendo? Non è lui quello che cercate!" Gridai. "Non mi ascoltate? Lasciatelo andare! Dovete arrestare Lord Bertie."

"Era armato." Grugnì verso di me un agente scortese dalla mascella quadrata. Il fucile era a terra, eppure avevano messo le manette ai polsi di Ade. Smisi di scagliarmi contro di loro. "È solo la procedura. Si calmi, signora."

"Posso mostrarvi dove si trova il vero colpevole," dissi a denti stretti.

Perdendo minuti preziosi, uno degli agenti rimase con Ade in un'auto della polizia mentre io condussi gli altri due dentro la residenza.

"La signora Huxley vi ha dato le prove necessarie?" Chiesi, tenendo aperta la porta.

"Non possiamo parlare del caso."

"Dev'essere così oppure non sareste qui," borbottai tra me e me.

Cominciai a respirare un po' meglio. Nonostante tutto, inclusa la partecipazione all'omicidio di mia madre, non credevo che la governante fosse una psicopatica come Bertie. Era una persona normale, rimasta invischiata in un cerchio di terribile abuso psicologico. Era prigioniera tanto quanto le cameriere che erano state uccise. Le ci era voluto molto per strapparsi al controllo del Lord, ma alla fine l'aveva fatto.

"Aspettate," dissi mentre passavamo davanti alla sala da pranzo. Feci segno agli agenti di entrare. "Non so dove hanno seppellito i corpi, ma questi sono i loro trofei." Indicai i pannelli di legno, i numerosi volti di donna che Bertie e suo figlio, e probabilmente anche suo padre, avevano ucciso negli anni. Chissà da quando andava avanti questa tradizione? Ripensai a quando Alex mi aveva detto che gli uomini della famiglia suonavano uno strumento. Era una *tradizione*. In realtà era un modo per incastrare le ragazze. E quante generazioni di uomini Howard avevano partecipato?

Chiusi gli occhi per un paio di respiri, cercando di liberarmi dalla delusione e dal disgusto che sentivo crescere in me. No, non avevo mai pensato che Alex fosse un uomo onesto, ma ero stata attratta da lui. Ero diventata *dipendente* da lui. Affascinata. Ma lui era un mostro.

Aprii gli occhi. Eccola lì. Aveva occhi marrone, il naso ampio, occhi infossati e capelli marrone ondulati. Aveva un'espressione serena e pacifica, al contrario di come era stata la sua morte. Mia madre. Era arrivata sei mesi dopo la mia nascita, sperando di costruire una vita migliore per noi, ma non se ne era mai andata e ora era intrappolata qui. Il suo fantasma. Una sagoma su un muro.

"Quando sarà tutto finito, posso prendere un pezzo di questa parete?" Chiesi, ma gli agenti rimasero semplicemente a fissarmi con un'espressione interrogativa. "Non sopporto l'idea che resti bloccata qui."

Mi venne in mente il diorama che la signora Huxley aveva mandato a sé stessa. Quello in cui lei era all'esterno della residenza e guardava i volti spettrali alle finestre. Aveva commissionato lei il diorama, eppure era rimasta scossa quando l'aveva ricevuto. Era la custode di queste anime e le pesava.

In silenzio, lasciammo la sala da pranzo e continuammo verso l'ala nord, passando attraverso la parte in restauro verso la stanza rossa. Bertie giaceva incosciente in una pozza di sangue.

Finalmente gli agenti videro la scena e cominciarono a capire cosa stava succedendo. Il più giovane sbiancò.

"Ci servono rinforzi," disse Mascella Quadrata nel walkie-talkie.

Io mi sedetti sulla sedia in cui era stato Alex e guardai una squadra di paramedici che portavano Lord Bertie in ambulanza. Altri agenti cominciarono ad arrivare. Qualcuno faceva fotografie. Altri mettevano la polvere per le impronte. A un certo punto apparve Lottie sulla soglia, i lineamenti paralizzati, come se avesse indossato una maschera di Halloween presa dal suo stesso volto. Margot uscì dall'ombra e le appoggiò un braccio sulle spalle, guardando Lord Bertie che veniva portato via in barella.

Era successo tutto in modo confuso. Gli agenti erano indaffarati intorno a me. Fecero foto delle ferite sui miei polsi, presero le videocamere da dove le avevamo nascoste per esaminare il girato e mi chiesero di fare una dichiarazione. Verso la fine, Lottie e Margot vagavano alla periferia della mia visione. Il volto teso di Margot rivelava una rabbia gelida, ma Lottie si era accartocciata verso l'interno, lacrime che le scorrevano lungo il naso. Allontanò lo sguardo quando un agente indicò vecchie macchie di sangue e segni di graffi nell'angolo della stanza. Io sorrisi a Margot, ma lei andò via.

PIÙ TARDI, in ospedale, i medici controllarono il mio stato di salute. Avevo lividi su polsi e collo. Mi ero spaccata il labbro, o meglio, Alex me l'aveva spaccato. A parte questo, mi era andata bene. Ade non era stato così fortunato, si era rotto la spalla, ma comunque scherzavamo insieme mentre l'infermiera gli metteva una fasciatura per tenere il braccio fermo.

"Sai, adesso dovrai innaffiare le piante al posto mio," disse lui. "Questo è il braccio dell'annaffiatoio."

"Non sapevo che le braccia avessero preferenze per l'annaffiatoio."

"Devi imparare molto sul giardinaggio, giovane cavalletta."

Io risi. "Ok. Quando mi insegnerai?"

"Che ne dici di domani?"

"Direi che è meglio che dormire a Highwood Hall." Non appena le parole mi scapparono di bocca, le risate scemarono. Il mondo in quei momenti ci sembrava surreale.

"Non posso credere che Highwood Hall sia stata la mia casa," dissi, scuotendo la testa.

"Puoi fermarti da me," disse. "Davvero. Quanto vuoi. Ma capirò se preferisci andare a stare da tua zia."

Alzai le spalle. "E chi innaffierebbe le piante?"

Lui sorrise. "Buona obiezione, Rub."

Non mi era mai piaciuto molto che la gente cercasse di accorciarmi il nome e trasformarlo in un soprannome, ma con lui era diverso. Mi distesi sul letto di ospedale, fissando le luci in alto. Mi ricordarono i faretti della stanza rossa e mi vennero i brividi.

"Non ci posso credere che li hanno arrestati," disse Ade a bassa voce.

Io mi allungai e gli presi la mano. "Mi dispiace, non credo sia una grande consolazione, o forse sì, non so... ma presto il mondo saprà che sei un eroe."

Lui rise. "Sì, certo."

"Davvero," dissi. Ma lui scosse la testa.

Sapevo quanto gli fosse costato sparare con il fucile. A differenza di Bertie o Alex, Ade non era il tipo di uomo che cercava la violenza. Ma aveva combattuto per me.

"Mi dispiace che non siamo riusciti a carpirgli una confessione" disse Ade. "Per Roisin."

"Anche a me. E vorrei che Alex non fosse scappato."

Ci guardammo e lui annuì. Tra noi ci fu un tacito accordo. Forse in quel momento ci rendemmo conto entrambi che non saremmo riusciti a fermarci finché Alex non fosse stato dietro le sbarre con suo padre. Ade mi strinse la mano. Restammo lì seduti per un po', sporchi, a pezzi e abbattuti, finché un'infermiera ci interruppe per dire che potevamo andare.

"Penso che siamo più forti insieme," dissi quando l'infermiera se ne andò. "Se restiamo uniti siamo più al sicuro."

"Sono d'accordo," disse lui.

Non dicemmo altro, ma entrambi avevamo in mente una cosa: Alex era ancora là fuori e doveva finire il gioco.

Di ritorno a Paxby, nel villino di Ade, presi l'occorrente per farmi il letto dal ripostiglio e misi le lenzuola sul materasso gonfiabile. Ade infilò i cuscini nelle federe. Facemmo i turni per la doccia e per fare la guardia davanti alla porta. Ade aveva insistito per mettere il materasso gonfiabile sul pavimento della sua camera da letto. Aveva una stanza per gli ospiti, ma voleva che stessimo insieme. Io ero abbastanza convinta che Alex avesse lasciato il paese a quel punto, sarebbe stata la cosa più sensata da fare, ma tuttavia non riuscivo a stare tranquilla.

Di certo un ricco sociopatico come Alex avrebbe messo l'autoconservazione prima di ogni altra cosa. Ma forse questo modo di pensare proveniva dalla bambina senza madre che era riuscita a malapena a sopravvivere per tutta la vita. Un'altra parte di me si chiedeva se sarebbe tornato a cercarci. E finché avevo questi pensieri in mente avrei continuato a guardarmi le spalle, incapace di rilassarmi e riposare.

Quella sera sorpresi me stessa e telefonai a zia Josephine. Era tardi e non mi aspettavo che rispondesse. Invece accettò la chiamata e rimase ad ascoltare piangendo e scusandosi mentre le raccontavo tutto quello che era successo.

"Non ne avevo idea," disse. "Se ne andò una mattina presto lasciandomi un biglietto. Non diceva dove sarebbe andata ma diceva di non cercarla. E io ci credetti. Pensai... Pensai che fosse scappata. Ruby, perché non mi hai *detto* che stavi andando a Highwood Hall?"

"Non so... forse non volevo che tu mi impedissi di fare quello che dovevo fare." Picchiettai il dito sulla custodia del telefono. C'erano così tante cose da dire... avevo bisogno di tempo per raccogliere i pensieri. "Ho letto le lettere che aveva mandato a mio padre.

Tu continuavi a riagganciare ogni volta che ti chiamava. Perché non le volevi parlare?"

"Ero così arrabbiata con lei," disse. "Mi aveva lasciata con una bambina da curare. Non avevo finito di piangere mio marito che era arrivata una piccina di cui preoccuparmi." Sospirò. "Mi dispiace. Non volevo dire questo, ma è stata dura. Non sapevo cosa fare. Ero stressata e arrabbiata e non potevo parlare con lei. Pensavo che se non le avessi risposto sarebbe tornata a casa prima. Ed è stato... beh, stupido. Ora capisco. Eravamo giovani, Ruby. Mi dispiace tanto. Non averla cercata resterà per sempre il maggior rimpianto della mia vita. Mi dispiace tanto. Avrei voluto che tuo padre mi avesse contattata mentre lei era ancora alla residenza. Non sapevo che fosse nei guai."

"Lui era nel pieno della dipendenza a quel tempo," dissi. "Quando sono andata a trovarlo mi ha detto che aveva riletto le lettere un po' di anni dopo e si ricordava a malapena di quando le aveva ricevute." A quel punto piangemmo insieme. Le lacrime mi scorrevano giù dal mento mentre pensavo alla povera Emily, mia madre, che viveva come se fosse stata dimenticata da tutti quelli che amava.

"Ruby," disse Josephine. "Ho appena cercato il tuo nome online e penso che potrei aver trovato il video."

"Non guardarlo," la avvisai. "È... Non è bello."

"Va bene," disse lei. "Cosa succederà ora? La tua vita non sarà più la stessa, vero?"

"Lo so."

Nonostante la sensazione di stanchezza mi arrivasse fino al midollo, Ade e io rimanemmo alzati fino a tardi, impostando un sito web per cercare possibili identificazioni di Alex. La polizia aveva controllato gli aeroporti e faceva monitorare il suo passaporto. Margot aveva già detto alla polizia che la famiglia non possedeva un aereo privato. Qualche volta ne condividevano uno con il proprietario di una squadra di calcio, ma in quel momento era in volo e il rampollo degli Howard non era a bordo.

Era lì fuori da qualche parte. Quando finalmente ci arrendemmo al sonno, ripensai ad Alex che mi chiudeva nel nascondiglio del prete. Io e lui stretti e vicini nel ripostiglio sulle scale. In quei momenti non avevo idea di quanto fossero depravati lui e il padre. Immaginai lui seduto a guardare suo padre che torturava una ragazza.

Quella sera, nel suo ufficio privato, la Huxley non mi aveva risparmiato i dettagli. Avevo preso un secondo bicchiere di whisky quando era arrivata a raccontare che Bertie aveva l'abitudine di tenere le ragazze rinchiuse per una settimana o più, a seconda che qualcuno si preoccupasse della sparizione. Ne prendeva due o tre all'anno, a seconda dei suoi desideri. Chloe era stata l'ultima a morire nella stanza rossa. Me ne assicurai.

Roisin non era mai stata destinata a quella fine perché aveva una famiglia che teneva a lei. Aveva parenti e amici a Sligo. Ancora non sapevo cosa le fosse successo, ma doveva essere stato Bertie. La signora Huxley sospettava che la mia amica potesse essere diventata troppo esigente e che lui avesse perso le staffe, uccidendola accidentalmente. O forse lei aveva scoperto il suo segreto e doveva morire. In ogni caso, Roisin era morta perché Bertie era uno psicopatico.

Mi mancava. Il mio più grande rimpianto era di non aver scoperto cosa facesse Bertie prima che lei morisse. Avrei dovuto dirle che mia madre non era mai tornata a casa da Highwood Hall? Mi ero talmente abituata a tenere per me i miei segreti che non ero riuscita a renderla partecipe. Si meritava di meglio. Da me, dalla vita, dagli Howard. Mi addormentai, piangendo in silenzio nel cuscino di Ade, sperando almeno di non sognare.

Capitolo Quarantasei

Su un giornale online trovai una fotografia di Margot e Lottie che camminavano lungo la strada. Margot era in atteggiamento protettivo, con il braccio attorno alle spalle della ragazza. Tipico, no? C'erano due serial killer uomini, ma l'attenzione era tutta per suocera, sorella, figlia o altro. Scorsi l'articolo cercando di trovare un accenno ad Alex. Considerato che era un ricercato, diversi personaggi famosi avevano reso pubblica la loro condanna ai crimini di Alex e Bertie, esprimendo il loro orrore per il fatto che due mostri avevano vissuto accanto a loro nella buona società. A me non sembrava sorprendente, ma per quella gente si era spalancata una voragine nella bolla di sicurezza a cui erano abituati.

"C'è una montagna di messaggi, qui," disse Ade. "Non molti avvistamenti, ma girerò quello che ho a quell'investigatore della stazione di polizia."

Annuii, il corpo intorpidito. Stranamente, volevo tornare a Highwood per essere dov'era mia madre. Dove l'avevano seppellita? Da qualche parte ci dovevano essere dei corpi. La signora Huxley non me l'aveva detto. Disse che avevano un sistema, ma non sapeva quale fosse.

Bertie avrebbe parlato? No. Avrebbe fatto come Ian Brady, lasciando trasparire che sapeva dove erano i cadaveri per assicurarsi che una troupe televisiva andasse con lui alle paludi, o boschi, o fiumi o dovunque lui li guidasse, per poi indicare posti diversi, nessuno dei quali era quello giusto. Forse avrebbe usato questa informazione come merce di scambio per ottenere una cella migliore. Mi fermai per un momento indugiando sui miei pensieri bizzarri, perché non sembravano reali.

Ade scese in quel momento e riempì il bollitore. Mentre superava il tavolo, accese la televisione e con sorpresa di entrambi comparve il volto di Pawel. Con il suo forte accento dell'est Europa, raccontava di Roisin e della sua morte sospetta.

"Stanno riaprendo il caso," disse Ade, alzando il volume. "È fantastico."

Io annuii. "Sì. Lo è."

"Tutto ok?"

Guardai le lacrime accumularsi negli occhi di Pawel e mi chiesi come avessero preso la notizia i genitori di Roisin. Decisi di chiamarli quando mi fossi ripresa.

"Sì. Sto ancora elaborando. Come va la tua spalla?"

Ade picchiettò sulla fasciatura. "A dire il vero non male. Cosa ti va di mangiare?"

"Dovrei fare io..."

"No, cavolo." Ridacchiò guardandomi. "Non hai idea di quali magie posso fare con una sola mano." Piegò la testa di lato. "Sembrava una cosa sporca!"

Scossi la testa, sorpresa che riuscisse a farmi ridere nonostante tutto quello che stava succedendo e lo guardai versare l'avena in una ciotola con il braccio sano. Fece il porridge con il miele e due tazze di tè forte. Ma non riuscii a finirlo. Mi sentivo come... se non fossi del tutto lì. Un po', ma non del tutto, e probabilmente Ade se ne accorse.

Dopo colazione mi spiegò diffusamente come si prendeva cura delle piante di casa, quali avevano più bisogno di sole e acqua. Lo aiutai a inumidire le foglie. Ma ero così distratta che o le inzuppavo o passavo alla successiva prima di aver finito.

Andammo in giardino. Il cielo era azzurro e il sole caldo e innaffiammo, togliemmo le cime e potammo. In una serra esposta al sole, Ade prese pomodori per pranzo mentre io gli tenevo un cesto, fissando nel vuoto e annuendo mentre lui parlava. Cercavo di ascoltare. Cercavo di tenere gli occhi fissi su di lui, ma il mio sguardo vagava per il giardino, in cerca di pericolo. Di Alex.

Fece una frittura di pomodori freschi con bacon e patatine, porgendomi il piatto con un gran sorriso. Era colmo di cibo delizioso, ma io non riuscivo a trovarlo appetitoso.

Ade finì il suo pranzo e poi i suoi scuri occhi tristi si fermarono sulle mie mani. Avevo sparso il cibo per il piatto per quasi dieci minuti, sperando che non se ne accorgesse. "Avanti, mangia quello che puoi."

"Non ci riesco." Mi appoggiai la testa a un pugno, la forchetta che pendeva dalle dita. "Ho lo stomaco annodato."

"Lo so," disse. "Io non mi sento molto meglio."

"Lui è ancora là fuori."

La sua voce era dolce. "Lo so. Ehi, sei sotto shock. Prendila con calma. Ci vorrà un po' per superare tutto, ma lo farai, come lo farò io. Hai salvato la vita di molte persone." Appoggiò la sua forchetta, agitandosi sulla sedia. "Senti, suona maledettamente sdolcinato, ma devi sapere che hai avuto un coraggio incredibile a fare quello che hai fatto."

Io scossi la testa facendo un suono di scherno. "Non è vero. Tu sei stato quello coraggioso."

"Ruby, tu ti sei offerta come esca. A un serial killer."

In televisione apparve il volto di Alex e io sussultai. Stava in piedi orgoglioso, con il tocco e la toga, Bertie sorridente al suo fianco. Le mura di un'università coperte di edera sullo sfondo. Era così bello, con quei denti perfetti e gli occhi azzurri penetranti.

"Avevi ragione sul suo sorriso," dissi. "Non si comunica agli occhi."

"Spengo." Ade fece per alzarsi ma io lo fermai.

"No, dobbiamo tenerla accesa, così sappiamo se lo trovano."

"Va bene."

Il servizio riportava il ritrovamento della Ferrari di Alex a Edimburgo, poco fuori dalla città. Guardammo in silenzio, entrambi rigidi come statue, il fiato trattenuto nei polmoni. Ma non c'erano altre tracce. Alex non era stato visto vicino all'auto. Nessuno era stato trovato nelle vicinanze.

"Cristo, deve aver spinto a manetta quella cosa per tutta la notte," disse Ade. "Pensi che voglia lasciare il paese?"

"Penso che io lo farei se fossi in lui."

Ade annuì. Alla fine del resoconto, spense la televisione. "Mi stupisce che l'abbiano trovata. Pensavo che gli Howard avessero qualche specie di bunker a prova di apocalisse nei dintorni. Sai, con un garage per le auto sportive e cibo in scatola per un decennio. Pistole allineate sulle pareti e tute anti-radiazioni."

"Gente ricca." Sorrisi prima di ritornare alla realtà. "Non riesco ancora a credere a quello che abbiamo fatto. È incredibile che abbia funzionato."

"Davvero."

"Tranne che per Alex." Sospirai, decidendo di costringermi a ingoiare un po' di cibo. Infilzai un pomodoro e me lo ficcai in bocca, masticando rapidamente, temendo di sputarlo. "Ti prego dimmi che non vinceranno. Non possono vincere questa volta, giusto?"

"Non possono." Ade si allungò e mi prese la mano libera con la sua. "Non *possono*."

Ma io avevo provato la sensazione del vento che cambia. Sentivo che il nostro vantaggio scemava, come Alex che era scivolato fuori dalla porta dell'ala nord. Un elemento fondamentale, una parte del puzzle, rimaneva sfuggente e io non riuscivo ad immaginare cosa fosse.

Capitolo Quarantasette

Aspettai fino a sera e poi raccontai ad Ade cosa avevo intenzione di fare. Lui disse esattamente quello che mi aspettavo: che ero pazza, che era un errore e che non avrei ottenuto niente. Ma insistette anche per venire con me, richiesta a cui acconsentii, dato che avevamo deciso di restare insieme.

La stampa era stata addosso a Lottie e Margot come api sul miele e, sì, mi facevano un po' pena. Tuttavia, dal mio punto di vista Margot aveva superato un limite. Ero sicura che lei avesse capito chi fosse Bertie. Di Lottie non ero sicura.

Con tutta l'attenzione sulle due donne, il nome del loro hotel era comparso diverse volte su internet. Nessuna delle due era stata arrestata, ma ero convinta che fossero state interrogate separatamente. Non mi sembrava sufficiente. Dovevo vederle.

La spalla di Ade faceva ancora male e io non guidavo da tanto tempo, così prendemmo un taxi fino al loro alloggio. L'autista ci guardò con disapprovazione dallo specchietto retrovisore quando vide la folla di paparazzi sulla strada. "Volete fermarvi qui?" Chiese.

"Ci porti un po' oltre, per favore." Disse Ade. Percepì la mia tensione e mi lanciò uno sguardo preoccupato. Non c'era bisogno di parlare, sapeva che ero inquieta. Annuii, sperando di tranquillizzarlo anche se avevo la sensazione che stessimo per cacciarci nella gabbia dei leoni.

"Respira a fondo," disse mentre pagavamo l'autista e scendevamo.

I fotografi sapevano già chi eravamo. Anche se avevamo evitato buona parte dell'attenzione della stampa, le nostre identità erano state scoperte. Non ero mai stata così felice di aver mantenuto privati i miei account social media, in questo modo negli articoli di cronaca non comparivano foto da ubriaca o fatta. Ma ora ci avevano ripresi mentre camminavamo, con le teste abbassate, le mani che proteggevano i volti. La luce poco lusinghiera dei flash metteva a nudo ogni difetto nella pioggia leggera. Non importava, ma mi sentivo comunque come un cervo, freddo e tremante in mezzo a una strada vuota, una macchina diretta proprio contro di me.

All'interno, l'ampia reception brillava come oro, con un imponente lampadario che scintillava sulle nostre teste. Era un albergo elegante e riccamente decorato. Non sapevo ce ne fossero di simili così lontano da Londra. La mia determinazione vacillò. Le scarpe umide scivolavano sul pavimento di marmo, cigolando a ogni passo. Quando le teste si giravano, il volto mi diventava rosso. Ci affrettammo al desk principale per allontanarci da quelle facce giudicanti.

"Vorrei parlare con Margot Pemberton. Potrebbe chiamare la sua stanza?" Chiesi. Poteva essere l'istinto, ma pensavo che volesse parlare con me. "Le dica che la desidera Ruby Dean."

Il concierge annuì e fece come richiesto. Se sapeva chi ero, era bravissimo a nasconderlo. Piegai il collo, restando a bocca aperta davanti allo stucco modanato del soffitto, sentendomi quasi come il primo giorno in cui ero arrivata a Highwood Hall. Ma che importanza aveva? Sinceramente? Una casa era una casa. Tutto questo era in più. Era tutto inutile. Eppure, continuavo a fissare.

"È nell'attico," disse. "La accompagno di sopra."

Guardai Ade ruotando leggermente gli occhi. *Ovviamente* sta nell'attico. Perché avrei dovuto aspettarmi qualcosa di meno?

Le scarpe da ginnastica scricchiolavano ancora mentre ci dirigevamo all'ascensore. Per accedere all'ultimo piano il concierge usò una tessera. Io avevo lo stomaco ancora sottosopra, anche se non mangiavo dall'ora di pranzo e non avevo per niente fame. Margot e io una volta avevamo condiviso un momento delicato, ma era possibile che vedendo che mi stavo avvicinando alla verità si mettesse sulla difensiva. Invece avevo bisogno che lei si aprisse con me e per avere successo dovevo riuscire a comprenderla.

Le porte dell'ascensore si aprirono all'interno dell'attico, accanto a un piccolo ingresso. Di certo non ero mai stata prima in una stanza di hotel con un ingresso privato. D'altra parte, potevo contare su una mano il numero di stanze di hotel in cui ero stata. Il concierge ci indicò la direzione in cui dovevamo andare poi chiuse le porte dell'ascensore. Ade e io ci guardammo. Mi chiesi se dovessimo dare una mancia ma non avevo abbastanza contanti con me e oltretutto l'uomo era sparito prima che ne avessimo la possibilità.

"Sputerà nella nostra zuppa più tardi," sussurrò Ade, pensando più o meno la stessa cosa.

Cercai di sorridere alla battuta ma il sorriso si spense rapidamente. Ci addentrammo nell'appartamento e poi ci fermammo, incerti.

Ci stavano aspettando. Margot con un Martini in una mano e una sigaretta nell'altra. Lottie con le spalle incassate. Un cardigan di lana oversize le copriva le mani. Corse verso di me e per mezzo secondo pensai che volesse uccidermi. Invece, mi gettò le braccia al collo.

"Rita!" Esclamò. "Sono così felice che tu stia bene. Non riesco a credere che papà..."

Gentilmente allontanai le sue braccia. "Mi chiamo Ruby."

I suoi occhi erano vuoti quando mi guardò. "Davvero? Scusa."

Rivolsi la mia attenzione a Margot, che aggrottò la fronte. La donna sospirò e mi fece segno di seguirla in un'altra stanza, con il fumo della sigaretta che la seguiva.

"Volete qualcosa da bere?" Chiese. "Ho fatto portare una caraffa di Martini. Sarà una lunga serata." Ci fece accomodare su un divano bianco e ci indicò la brocca di vetro appoggiata in un secchio di ghiaccio. "Non fate caso a Lottie. È già al terzo." Sorrise. Il rossetto rosso si infilava nelle rughe.

"No, grazie. Sono pulita e sobria, ricorda?"

"Ma certo," disse. "Scusami." Sorseggiò il suo cocktail. "E tu?" Alzò lo sguardo verso Ade.

"No, grazie, signora."

"Signora. Cielo. Chi sono, la regina?" Margot si appoggiò allo schienale. "Beh, allora arriviamo al punto, va bene? Io non sapevo tutto quello che pensate che sapessi. Lottie non sapeva niente."

Il mio sguardo corse verso Lottie, che si stava mangiando l'unghia del pollice, fissando dritto fuori dalle finestre. Non si era seduta, ma restava in qualche modo in sospeso intorno alla sedia di Margot.

"Non sono qui per questo," dissi. "Ma mi interessa quello che lei sapeva. Cosa pensava che succedesse quando le cameriere cominciarono a sparire?"

L'espressione normalmente d'acciaio di Margot per un momento cedette. Fece una lunga boccata dalla sigaretta. "So che penserai che sto mentendo, ma sinceramente pensavo che lui le molestasse e loro scappassero. Pensavo fosse tutto qui."

"Lei non è mai andata nell'ala nord?"

"No."

"Sta mentendo," dissi. Allora mi divenne evidente. Non avevo detto quelle parole per mettermi a discutere o per irritarla. Semplicemente lo sapevo.

Lei strizzò gli occhi.

"Come osi dire una cosa simile?" Disse Lottie sul punto di piangere. "Mo-mo non mentirebbe."

"Lottie, tesoro, hai bisogno di un po' di riposo. Perché non vai a stenderti?"

"Ma..."

"Per favore, cara."

Con aria imbronciata e una mano avvolta nel cardigan sopra la bocca, barcollò verso una delle camere da letto. Aspettammo finché non chiuse la porta, prolungando il silenzio. Finalmente se ne era andata e la verità poteva venire fuori.

"Non avete idea di quante bugie mi hanno raccontato negli anni," disse Margot di getto. "Per quello che sapevo a quei tempi, mia figlia avrebbe sposato un cittadino modello. Un uomo cortese di cui non si conoscevano vizi. Non era noto come bevitore. Era abbastanza gentile con le persone che gli stavano intorno. Non c'erano lamentele, nemmeno negli affari, che è dove di solito si mostrano gli artigli e si tolgono le maschere. E poi, dopo un anno di matrimonio, Laura cominciò a presentarsi da noi piangendo.

Lui aveva delle relazioni, diceva. Con le cameriere. Non riuscivano a tenere una cameriera più di qualche mese perché Bertie non era capace di tenere le mani a posto. Qualche settimana prima, si era vantata di quanto fosse bravo ad assumere giovani donne sbandate." Margot fece una pausa per versarsi un secondo Martini. Quando vide che le tremava la mano, Ade si alzò per aiutarla. Lei lo ringraziò e proseguì. "Non ho saputo che picchiava mia figlia fino a diversi anni dopo. Così funziona questo genere di matrimonio. Lei nascondeva i segni che lui lasciava. Ed era attento a non colpirla sul volto." Chiuse gli occhi per un attimo, poi li riaprì e continuò. "Il ricambio delle cameriere rimaneva frequente ma non avevo idea che le cose fossero andate così oltre." Strinse le labbra. "Non sapevo che le uccidesse. Mia figlia era triste. A quell'epoca era lei la mia priorità. Vedete, Laura non lo avrebbe mai lasciato anche se io l'avevo implorata di farlo. Era molto più religiosa di quanto io sia mai stata e lasciare il marito era contro le sue convinzioni."

"Era riuscita a scoprire cosa faceva Bertie?"

"Bertie e suo padre," disse Margot. "A quel tempo vivevano insieme. Ovviamente, la madre di Bertie era morta."

"Mi lasci indovinare," dissi. "Un altro incidente."

"Incidente d'auto."

Annuii lentamente.

Il mento di Margot tremò. "Sono sicura che penserete che io sia stupida a non aver visto tutti i segnali, ma la mente non arriva mai a pensare al *serial killer*, no? Immagino che anche Ted Bundy avesse una suocera."

"Quando ha scoperto cosa succedeva?"

"Dopo la morte di Laura," disse Margot. Fece uno sforzo per respirare, chiudendosi la bocca con una mano. La vidi lottare contro le lacrime. "Suppongo che avrei dovuto accorgermene prima. I bambini lo fecero. Quando Lottie era piccola, una volta mi disse che il papà continuava a scomparire nell'ala nord. Alex parlava delle donne come... come se valessero meno di lui. Anche da bambino. A loro veniva detto cosa fare, diceva. Era inquietante. Ma comunque, io non pensai a un *serial killer*. Voi lo avreste fatto?" Armeggiò con lo stelo del bicchiere da Martini e lo sguardo le cadde sul tappeto. "Laura mi ha scritto un biglietto, il giorno che è morta..."

"Cosa diceva?"

"Diceva 'non posso telefonare, mamma, perché lui lo saprebbe. Lui ascolta. Ho sposato un mostro. Prende le cameriere.'" Si sporse in avanti, ancora lottando contro le lacrime, versando un po' del drink sul tappeto. Io le presi il bicchiere dalla mano.

"Perché non è andata alla polizia?"

"Non so," disse.

Di nuovo, capii che mentiva. "Sì, lo sa."

"Mio marito era morto per un infarto l'anno prima e io vivevo da sola," disse lentamente. "E... non avevo più soldi. Quel biglietto mi colpì come se fosse stato scritto da una persona fuori di testa e io ero preoccupata che nel tempo mia figlia fosse diventata sempre più instabile."

"Forse perché era sposata a un serial killer," dissi freddamente.

"Sì," ammise Margot. "Ora lo so. Io... io penso che in fondo, dentro di me, avesse senso, ma scacciai il pensiero. Lo seppellii sempre più in fondo. Mi trasferii a vivere con lui perché volevo assicurarmi che Lottie fosse al sicuro. Ma allora io..." Alzò lo sguardo alla parete con occhi spenti.

"Lo dica," incalzai. "Qualunque cosa stia per ammettere, la dica."

"Mi resi conto che c'era qualcosa che non andava per niente negli uomini di quella famiglia. Pensavo che vivendo lì avrei tenuto Lottie al sicuro e forse avrei impedito che succedesse lo stesso ad Alex, anche se probabilmente era già tardi. Ogni volta che spariva una cameriera pensavo tra me: *almeno non era Lottie*."

"Lei è rimasta per i soldi," dissi. Mi alzai in piedi, talmente arrabbiata che avevo bisogno di muovermi. Dovetti percorrere la stanza in tutta la sua lunghezza per evitare di aggredirla e colpirla senza fermarmi fino a trasformarla in una pozza sanguinante sul bel tappeto bianco.

"No," boccheggiò. "Non è vero."

"Sì, lo è, e dovrebbe ammetterlo con sé stessa." Camminai avanti e indietro vicino all'enorme tv a schermo piatto sulla parete. Avrei voluto ridurla in briciole ma non lo feci.

"Era per la mia *famiglia*. Non volevo che sapessero chi era loro padre."

"Già, perché che importa delle cameriere. A chi importa di quelle puttanelle mezze drogate che ti portano il Martini e ti mettono in ordine l'armadio? Lei è stata gentile con me, ma era tutta una scena per distrarmi dall'offerta sacrificale che gli stava fornendo. Vada a farsi fottere."

Margot annuì con le testa. Il mascara le era colato ai lati degli occhi mentre le lacrime scorrevano sul volto. Il labbro inferiore tremava. La vidi struggersi davanti ai miei occhi, trasformata in una pozza della sua stessa sofferenza. La Malvagia strega dell'ovest si scioglieva sul pavimento.

"Come posso aggiustare le cose?" Pregò.

"Se Bertie e Alex vanno in prigione lei dovrà occuparsi della tenuta di Bertie?" Chiesi. "Lei e Lottie?"

"Immagino di sì."

Sospirai. "Beh, potrebbe dire alla polizia che ha sempre saputo tutto e pagare per il suo crimine in una cella. Ma non lo farà. Invece, mi scriverà una lista di tutti i posti in cui pensa che potrebbe essere Alex e poi pagherà la retta per la casa di cura del figlio della signora Huxley per il resto della sua vita e si assicurerà che viva nel lusso. È chiaro?"

"Sì," disse.

"E se il processo finisce male... Se rimane una scintilla di speranza per Bertie Howard, beh, allora dovrà farsi avanti e dire tutto alla polizia e far avere loro il biglietto di sua figlia perché non credo assolutamente che l'abbia distrutto. E si assicurerà che sia fatta giustizia."

"Va bene," disse. "E voi? Voi cosa volete? Soldi?"

"Io voglio indietro mia madre," scattai. "Voglio ventun anni con lei."

Margot abbassò lo sguardo al pavimento.

Capitolo Quarantotto

Ci fu un cambiamento fondamentale nel mio mondo, nell'aria intorno a me, quando lasciammo l'hotel. Come se l'ossigeno fosse stato sostituito da zuppa. Mi colpì tutto in una volta. Il dolore, la paura, la madre che mi mancava e non avevo mai conosciuto. Era possibile sentire la mancanza di qualcuno che non si è conosciuto? Desideravo sentirmi meglio, spingere il tasto di avanti veloce e passare oltre, a quando avrei potuto camminare tranquilla, con davanti a me tutta una vita, piena di opportunità. Come una drogata, cercavo metodi comodi per raggiungere quella sensazione di calma e la mia mente correva vagliando le possibilità.

"Stai bene?" Chiese Ade. Mi aiutò ad allontanarmi dai fotografi, conducendomi delicatamente con una mano sulla schiena.

Tutto il calore lasciò il mio corpo. Mi era impossibile respirare e iperventilai sentendo il terrore pronto a scoppiarmi in petto. Cercai di stare calma mentre affrontavo il mio primo attacco di panico da quando avevo smesso di drogarmi. Ma il mio corpo cercava di impedirmelo, rendendo tutto più difficile. Ogni respiro, ogni passo incerto, ogni lacrima che gocciolava lungo il naso. Ade guidò il mio corpo ingobbito per il resto della strada. Il marciapiede liscio rifletteva i lampioni e i fari che danzavano davanti ai miei piedi. Non riuscivo a sollevare lo sguardo da terra.

"Continua a respirare," mi disse. "Un respiro alla volta."

Mi appoggiai a lui, dimenticandomi della spalla ferita, pensando solo al mio bisogno ingordo di calore e forza umana. Ma Ade non si lamentava mai. Un po' più giù lungo la strada trovammo un ristorante e io riuscii a calmarmi abbastanza da non attirare l'attenzione. Era tardi e io non avevo fame, ma comunque entrammo, sedemmo al bar e ordinammo Coca Light.

"Mi dispiace," dissi.

"Non dire che ti dispiace. Come ti senti?"

"Ora meglio, grazie." Sollevai il bicchiere, piegandolo lentamente come per fare un brindisi a noi. La bevanda frizzante, fredda e dolce era proprio quello di cui avevo bisogno per calmarmi.

"È stato intenso," disse Ade. "E davvero impressionante. Non riesco a credere a quello che le hai detto."

"Nemmeno io."

"Ma andava detto." Scosse la testa. "Lei non verrà punita, vero?"

"No." Sorseggiai la Coca. "Mi chiedo quante ragazze avrebbe potuto salvare... ma non l'ha fatto." Poi sospirai. "Mi chiedo come sia, vivere con un mostro come quello. Continueresti a reprimere i tuoi sospetti? Saresti paralizzato dal terrore? Gesù, Ade, sono venuta a Highwood Hall a causa delle lettere di mia madre, ma ho anche lavorato e mi sono fatta degli amici. Ho iniziato una sorta di strana relazione romantica con il figlio dell'uomo che penso abbia fatto del male a mia madre. Cioè... non lo sapevo. Nelle sue lettere la mamma diceva di aver avuto una relazione con Bertie e che a volte aveva paura, ma non avevo idea che lui avesse ucciso qualcuno. Non finché è morta Roisin. Di certo non immaginavo che lo avesse fatto per *decenni*. Non lo sospettavo nemmeno finché la signora Huxley mi ha fatto sedere e mi ha raccontato tutto. E..." Alzai lo sguardo verso Ade, poi mi girai.

"Cosa?"

"Io avevo un legame con lui. Alex. Non era amore, niente di simile, ma ero attratta da lui. Cosa dice questo di me?"

Ade rise. "Dice che puoi restare affascinata da un giovane bello e ricco. Notiziona!"

"No, è più di questo," dissi. "Ero attratta dai suoi giochi, non da lui. E se ci fosse qualcosa di sbagliato in me?"

"Non c'è. Sei andata a Highwood per risolvere un mistero e sei rimasta invischiata in un altro."

Buttai giù mezza Coca. "I diorami mi hanno mandata in confusione."

"È comprensibile," disse Ade. "Forza. Finiamo di bere e andiamo a casa." Ingollò la sua bevanda. "Dannazione, vorrei avere con me il furgone. Anche se probabilmente non riuscirei a guidare."

"Il tuo furgone è ancora alla residenza. Me ne ero completamente dimenticata."

Alzò le spalle. "La polizia l'ha perquisito e l'ha sbloccato ieri. Hanno detto che posso andarlo a prendere ma non devo entrare in casa."

"Anche le lettere di mia madre sono là. E il suo ritratto." Non riuscivo a sopportare l'idea di lei sulla parete di quella sala da pranzo.

Camminammo insieme nella pioggerella fine. Ade alzò il colletto della giacca e piegò le spalle, gli occhi che perquisivano la strada. Io feci lo stesso, rabbrividendo al freddo improvviso dell'aria, cercando le luci di un taxi. Dall'altra parte della strada, mi sembrò di vedere qualcuno che ci guardava. Qualcuno alto, con le spalle ampie. Un fotografo? Ma poi arrivò un taxi, impedendomi la visuale. Una volta dentro, guardai fuori dal finestrino e quella figura non c'era più.

Ade diede il suo indirizzo all'autista e partimmo per Paxby, ma per tutto il tempo continuai a pensare a quella persona che ci guardava.

DAL CONFRONTO con Margot e Lottie mi aspettavo che avrei trovato la pace che mi serviva per andare avanti, ma non fu così. Ade quella mattina cucinò di nuovo porridge dolce e caldo, ma io continuavo a non avere fame. Non riuscivo a smettere di pensare agli Howard e con che genere di delitti erano riusciti a farla franca. Ero sicura che Alex avesse lasciato il paese e non sarebbe mai finito nelle mani della giustizia. La perquisizione di Highwood Hall era ancora in corso, ma fino a quel momento non era stato trovato nessun corpo. Qualcuno aveva creato un meme con lo streaming di me nella stanza rossa. *Quando spendi 150$ per una cena ma la tua ragazza non te la dà. Portala nella stanza rossa*. "Portala nella stanza rossa" era diventato un trend su Twitter. Sembrava che torturare le ragazze fosse una cosa divertente.

Dall'altra parte della bilancia, qualcuno aveva creato una raccolta fondi con GoFundMe per me e Ade, e aveva già superato le centomila sterline. Io ero senza parole. Ma io e Ade non ne avevamo parlato. Immagino che non riuscissimo a superare la surrealtà della nostra situazione. Ogni ora qualcuno cercava di chiamarmi per avere un commento sulla sparizione di Alex o su Margot Pemberton nell'attico o i soldi di GoFundMe. Le reti ci volevano in televisione. I giornali volevano un'intervista. C'erano dibattiti online sul nostro streaming live. Un esperto disse che era contraffatto, un altro diceva di no. La sezione dei commenti era esplosa con ferocia da entrambe le parti.

Una petizione online per la liberazione della signora Huxley aveva raggiunto le diecimila firme. Ritenevano fosse una vittima e dato che era malata avrebbe dovuto essere rilasciata. Una petizione online contraria, che sosteneva che non avrebbe più dovuto vedere la luce del giorno, aveva raggiunto anch'essa diecimila firme. Tutto quello che sapevo era che era stata arrestata come complice in omicidio. In tutta questa follia mi era impossibile elaborare come mi sentivo.

Ero a pezzi. Facevo scorrere le pagine, guardavo e leggevo. Il giorno passava e io restavo in pigiama, senza lavarmi, senza scopo, pensando a cosa fare per evitare che la mia mente continuasse a girare in tondo senza controllo. Ogni tanto mi sedevo sul divano di Ade e immaginavo di camminare nel salone di Highwood con i pannelli di legno sui due lati, i cavalieri ghignanti che mi fissavano dall'alto. La signora Huxley che si muoveva silenziosamente accompagnata dal fruscio del suo abito bordeaux. In quel momento mi sentivo vicina a mia madre. Vedevo la sua immagine sul muro. Sapevo che era stata lì, ci aveva respirato e vissuto, anche se per poco tempo.

"Ruby." Ade mi appoggiò delicatamente una mano sulla spalla. "Cosa dici se andiamo fuori? Qui c'è odore di chiuso. Hai bisogno di aria fresca." Mi spinse un pochino, tanto da farmi alzare. Mi convinse a lavarmi e cambiarmi.

Era una giornata soleggiata. Una giornata da occhiali da sole, ma io non ne avevo a casa di Ade. Mi resi conto, mentre uscivamo, che non mi ricordavo che giorno fosse. E poi mi chiesi se la signora Huxley lo sapesse. Non avevo idea di dove l'avessero portata, se fosse chiusa in una cella, in una prigione da qualche parte. Mi sentivo completamente tagliata fuori, all'oscuro nonostante il sole luminoso.

Andammo in un pub a Paxby e ordinammo fish and chips anche se io non avevo particolarmente fame. Ero sempre stata magra, ma ora ero scheletrica.

"Rub." Ade posò un dito curvo sotto il mio mento. "Parlami."

Eravamo più che amici? Con tutto quello stress, non riuscivo a decidere.

"Non va bene," ammisi. "Non riesco a smettere di pensare a lei. A mia madre. È ancora bloccata nella residenza. L'hanno dipinta sulla parete e lasciata lì come un trofeo per essere vista da tutti, e io non posso... Non lo sopporto. Il loro segreto sadico e malato. L'ho riconosciuta il primo giorno ma allora non ho capito. Non so come ho fatto a lavorare in quel posto, preparare la tavola, servire il cibo e per tutto il tempo lei era lì che mi guardava. È malato. Io non... non posso *sopportarlo*. È come se avessero vinto loro. A te non sembra che abbiano vinto loro?"

"No," disse lui. "Non li lasceremo vincere."

"Alex è scappato. Probabilmente sarà su una spiaggia da qualche parte." La mia voce divenne amara, gocce di aceto nell'acqua. "Vorrei che fosse morto."

"So che è difficile, ma dobbiamo credere che la polizia lo troverà."

"Vuoi dire la polizia che ti ha ammanettato dopo che la Huxley gli aveva parlato di due serial killer bianchi?" Scossi la testa.

Storse la bocca. "Sì, beh... Ma devono trovarlo. Tutto il mondo li sta guardando."

"E guardano anche noi," dissi. "Sono così stanca."

Una cameriera adolescente ci servì due piatti enormi di fish and chips. Avrei dovuto avere l'acquolina in bocca ma invece mi si strinse lo stomaco. Presi la forchetta, pronta a costringermi a ingoiare un po' di patatine.

"Riportiamola a casa," disse Ade. "Devo andare a prendere il furgone alla residenza. Lì dentro ci sono degli attrezzi che potrebbero servire a staccare un pannello di legno dal muro. Puoi recuperare anche le lettere di tua madre."

Sospirai. "Non possiamo. Rischiamo di compromettere le prove."

Lui scosse la testa. "Io penso che tu ne abbia bisogno, non è così? Per andare avanti?"

"Sì," dissi. "Ma il procedimento giudiziario..."

Lui alzò le spalle. "Non vedo cosa possa cambiare. Non arriviamo da fuori. Tracce di DNA mio e tuo sono dappertutto comunque."

"Io sarei la prima sospettata. Verrebbero a prenderci."

"Chi se ne importa?" Disse Ade. "Non abbiamo ucciso nessuno. Fanculo gli Howard e fanculo la polizia. Facciamo qualcosa per noi."

"No," dissi. "Non possiamo. Posso aspettare. Non voglio fare niente che possa incasinare le prove." Misi giù la forchetta. "Anche se vorrei che potessimo."

"La polizia finirà presto." Si allungò attraversò il tavolo, appoggiandomi la mano sul braccio. "Poi la riporteremo a casa. Te lo prometto."

Il calore della sua mano, la gentilezza nei suoi occhi marrone, fecero sciogliere il crampo che avevo allo stomaco. Annuii, riprendendo la forchetta. Dovevo credergli. Desideravo farlo. E alla fine, mi lasciai convincere che sarebbe andato tutto bene.

Capitolo Quarantanove

Un paio di giorni dopo la nostra cena al pub, Ade mi svegliò tutto eccitato. Appoggiò una tazza di tè sul comodino e batté le mani come se avesse una grande notizia.

"Ha appena chiamato l'investigatore. Hanno intercettato Alex."

Mi sedetti di colpo sul letto. "Dove?"

"Spagna."

"In Spagna?"

Lui annuì. "Stanno lavorando con la polizia spagnola per trovarlo." Ade si strofinò le mani. "Prenderanno quel bastardo, me lo sento."

Presi il tè, aspettando che arrivasse il sollievo. Che si sciogliesse quella stretta nel mio addome. Forse quando sarebbe stato in custodia. O dopo la fine del processo, quando sarebbe stato dietro le sbarre.

Ade notò la mia espressione mogia e si sedette sul bordo del letto. "È un grande progresso. Sembra che ci siamo. La polizia si sta impegnando sul caso."

"Hai ragione. È così." Le mie dita si strinsero intorno alla tazza calda. "Ho solo bisogno che lui sia rinchiuso. Fino ad allora non riuscirò a rilassarmi."

Lui annuì. Un accenno di sorriso gli allargò le labbra. "Ti giuro, Ruby Dean, non appena Lord Psycho e Mini Psycho saranno dietro le sbarre noi andremo nel più bel ristorante di Paxby, che è… beh, Gino's il ristorante italiano vicino al torrente. Ma ordineremo aragosta o caviale o qualunque cibo raffinato mangia la gente ricca e la migliore e più grande bottiglia di champagne che tu abbia mai visto."

Io risi. "Ade Bello, corri parecchio rispetto al tuo solito."

Alzò le spalle. "Sono stanco di perdere tempo."

"Anch'io."

Scosse la testa e si morse il labbro inferiore e io pensai che fosse la cosa più carina che avessi mai visto. E mi resi conto che non c'era un'altra persona al mondo con cui avrei voluto attraversare l'inferno, se non forse Roisin. I nostri sguardi si incrociarono, una domanda nella sua espressione. Lo vidi lottare con la decisione se baciarmi o no. Ma non appena mi resi conto di cosa pensava, mi tesi e ruppi l'incantesimo. Lui ritornò sui suoi passi e io pensai di spiegargli che non era mia intenzione. Io *volevo* che Ade mi baciasse, solo magari non la mattina appena sveglia dopo aver scoperto che avevano trovato Alex Howard in Spagna.

Si fermò sulla porta. "È quasi finita, Rub. Il peggio è passato."

Annuii.

"Ehi, quasi mi dimenticavo. Pawel mi vuole vedere per un drink più tardi. Sta soffrendo, poveretto. Ti dispiace se vado a prendermi una birra con lui?"

"No, certo che no."

"So che non ci siamo più separati…"

"Sì, no, va bene," dissi. Cercando disperatamente di non far trasparire la paura dalla voce.

"È in Spagna. Non può farci del male."

"Lo so. Davvero, va bene."

"Okay," disse. "Preparo il pane fritto, quindi mettiti subito seduta. Non esagero quando dico che il mio pane fritto è il miglior maledetto pane fritto di tutto il mondo."

"Non esageri? Beh, assaggiamolo allora." Mi costrinsi a sorridere per nascondere la punta di panico con cui convivevo ogni secondo di ogni giornata.

Lasciò la stanza strizzandomi l'occhio e io sprofondai nel

cuscino. Il pensiero di restare sola mi faceva morire di paura, ma non potevo ammetterlo davanti ad Ade. Era irrazionale e stupido. L'uomo che mi terrorizzava era dall'altra parte del mare, lontano. Ero al sicuro. Eppure, mi tremavano le mani.

ADE USCÌ di casa poco dopo le sette di sera per andare al Crossed Scythes. Pawel aveva chiesto di vedere Ade da solo, probabilmente per un po' di chiacchiere da uomini. Io mi ritrovai a girare per la casa, facendo passare le dita sulle foglie delle piante, indugiando davanti ai cassetti chiedendomi cosa ci fosse dentro. Ma alla fine non curiosai. Mi sistemai sul divano e guardai vecchi episodi di *Friends* e *Frasier*. Ogni battuta nota mi faceva sentire meno sola. La casa rabbrividiva di vuoto. Mi misi una coperta sulle spalle e mi addormentai davanti ai battibecchi tra Ross e Rachel.

Mi svegliai al suono del mio telefono. Il sonoro del televisore si era spento da solo e ora girava in muto un episodio di *Sex and the city*. Mi strofinai via il sonno dagli occhi e risposi al telefono, aspettandomi che fosse Ade che mi diceva che tornava o si fermava fuori fino a tardi. Assonnata, non avevo notato il numero sullo schermo.

"Ciao, Ruby."

Lasciai cadere il telefono.

Un grido mi rimase piantato in gola e mi affannai per scendere dal divano, cadendo pesantemente sulle ginocchia. La coperta mi si era attorcigliata addosso e mi ritrovai seduta sul pavimento, a fissare lo schermo illuminato del mio telefono. Una voce metallica, sottile proveniva dall'altoparlante.

"Ruby? Rispondimi Ruby. Mi devi ascoltare."

Lo afferrai dal cuscino del divano. "Come hai avuto il mio numero?"

"Hai sempre fatto domande così affascinanti," disse Alex. "Ma questa volta forse vorresti sapere *perché* ti chiamo e perché è passata mezzanotte e il tuo giardiniere non è ancora rientrato al vostro piccolo nido d'amore."

Un sordo pugno di disperazione mi colpì in tutto il corpo. "Cos'hai fatto ad Ade?"

"Perché non vieni a vedere?"

Scossi la testa incredula. Non volevo che fosse reale. Una voce gracchiante mi uscì dalla gola. "Ma tu sei in Spagna."

Alex rise. "Oh, Ruby. Sembri così diversa. Così mansueta. Dov'è la manipolazione ora? Dove sono le tue stupide videocamere e la piccola casa delle bambole?"

"Mi stavi seguendo?" Pensai alla figura vista nell'ombra dall'altra parte della strada vicino all'hotel di Margot. "Margot ti ha aiutato a fuggire?"

"Così va meglio," disse Alex. "C'è quella curiosità che conosco e che apprezzo. Se vieni a trovare il tuo amante forse risponderò ad alcune di queste domande."

"Dove sei?"

"Dove tutto è cominciato," disse.

Feci un respiro profondo, mi ripresi, controllai la paura. "Arrivo."

"Brava ragazza. Ora facciamo un patto, Ruby."

"Cosa?"

"Se chiami la polizia, io gli taglierò la gola."

Allontanai per un momento il telefono dall'orecchio, lasciando che la rabbia dentro di me montasse. Poi lo riavvicinai. "Come faccio a sapere che non l'hai già ucciso?"

"Un momento," disse Alex, con il tono che si usa di solito per lasciare una persona in attesa.

Aspettai.

"Ruby, non venire. Ci ucciderà entrambi. Vai alla polizia..."

"Ade!"

La mia mano stringeva il telefono con tale forza che sentii il sangue lasciare la punta delle dita. Un'ondata di lacrime mi invase gli occhi. Non mi era mai sembrato così nel panico, così spaventato. Ribollivo e bruciavo.

"Ecco fatto..."

"Ti ucciderò," scoppiai. "Stanne certo. Lo giuro."

Ridacchiò. Non era la risata da cattivo dei film di supereroi, ma il genere di riso sciocco che si fa quando si ascolta una battuta poco divertente. Era ancora più terrificante.

Stavo per riagganciare quando lo sentii dire ancora qualcosa. “Ti fidi di me?”

“Mai,” risposi.

Il suono della sua risata mi rimase in testa a lungo dopo che la comunicazione fu chiusa.

Capitolo Cinquanta

Seguii il limitare dei boschi, dove i rami degli alberi erano piegati e le radici spuntavano dalla terra. Era una serata calda e io sudavo con la maglietta e il cardigan. Il palmo della mano in cui tenevo il manico del coltello da cucina che mi ero portata diventava scivoloso e ogni tanto dovevo cambiare presa. Le braccia mi formicolavano. Dozzine di pensieri mi passavano per la mente. Come aveva fatto Alex a superare il blocco della polizia. E io come avrei fatto?

I cancelli di ferro battuto incombevano più in alto, con le torrette della casa che sbucavano più sopra. Camminai verso il pannello di controllo e usai il codice per aprirli. A quanto potevo vedere il posto era vuoto. Il ronzio metallico mi fece fare un salto e la mano con il coltello si alzò in posizione di difesa.

"Stupida," sussurrai, guardando il cancello che si apriva. Abbassai il braccio.

Un paio di luci di sicurezza si accesero quando misi piede sul vialetto. Il nastro giallo della polizia svolazzava tutto intorno, in parte legato al cancello, in parte sciolto, e si muoveva con il vento. Un'area di prato era stata scavata, distruggendo il duro lavoro di Ade. Scoprii che non riuscivo a guardare dove la terra era smossa; mi faceva stringere il petto.

A parte un paio di luci accese dentro la casa, Highwood sembrava silenziosa e tranquilla. Mi diressi all'entrata principale, fermandomi per stabilizzare il respiro. Non avevo chiamato la polizia. Non potevo correre il rischio. Non importava quanto desiderassi che fosse fatta giustizia per mia madre, la vita di Ade valeva molto di più. Se l'unico modo per salvarlo era di venire da sola, allora lo avrei fatto. Ma questa volta non avevo assi nella manica. Nessuna videocamera o microfono nascosto. Nessuna signora Huxley con le chiavi per le stanze chiuse. Nessun Ade con il fucile rubato tra quelli da caccia di Bertie.

Tutto quello che avevo era me stessa e il coltello nella mia mano.

Aprii la porta. Forse quello era sufficiente. Ero arrivata fino a lì, no?

Non appena entrai, sentii la musica. Chopin. Lo splendido *Studio* aleggiava attraverso i corridoi. Conoscevo il suono di quel pianoforte e l'inconfondibile tocco di Alex. Mi fece gelare il sangue, ora, fin dentro le ossa. Eppure, camminai nella sua direzione. Alex doveva essere nella stanza della musica, quindi non potevo utilizzare i corridoi di servizio per coglierlo di sorpresa. Nessuno di questi era collegato a quella parte della casa.

Rigirai il coltello nella mano mentre percorrevo il salone a grandi passi, notando che mancava qualcosa. Highwood aveva un odore *diverso*. Sembrava benzina. L'aria intorno a me ne era impregnata.

Il cuore cominciò a battermi forte. Ovviamente mi ero cacciata in una trappola. Non potevo aspettarmi niente di meno. Quell'odore mi provocò una paura ancestrale e tremenda. Procedetti fino a raggiungere la porta della stanza della musica. Dentro questa stanza Alex e io ci eravamo sentiti come se fossimo in un altro mondo. Ma era quello il punto, no? Abbattere le mie difese, lusingarmi, portarmi al suo livello. Rendergli la cosa divertente.

Per prima cosa vidi la guardia di sicurezza. Allora era così che Alex aveva superato il controllo. Aveva messo ko oppure ucciso il poveretto piazzato a guardia della proprietà. Giaceva in un mucchio per terra vicino alla porta della stanza della musica. Mi chinai per controllare il polso prima di notare altro.

"È morto. Metti giù il coltello, Ruby."

Mi allontanai dal corpo per terra. Fui percorsa dallo shock, veloce come corrente elettrica. Lo sgabello del pianoforte era vuoto.

Il suono che avevo sentito era una registrazione e Alex non si vedeva da nessuna parte. Invece, Pawel era rilassato in una poltrona con un telecomando in una mano e un oggetto più piccolo nell'altra. Una latta di benzina ai suoi piedi. Mi sorrise. Non potevo credere a quello che vedevo.

"Metti giù il coltello o do fuoco a tutto. Giuro che lo faccio."

Lasciai cadere il coltello sulla moquette.

"Brava."

Un suono attutito mi costrinse a riprendermi. Ade era legato a una sedia dall'altra parte della stanza. Corsi verso di lui e gli tolsi il bavaglio, mentre Pawel con il telecomando spegneva la musica.

"Non saresti dovuta venire," disse Ade. "È pericoloso." I suoi occhi andarono verso il piano, dove notai il ritratto di mia madre, appoggiato allo sgabello. Metà del pannello di legno era stato strappato dalla parete della sala da pranzo. La vista del suo corpo tagliato mi fece venire la nausea. "È tutta una trappola per te."

"Com'è successo?"

Gli occhi di Ade indicarono il cuoco.

Pawel ridacchiò mentre giocherellava con un piccolo oggetto quadrato e una fiammella appariva tra le sue nocche. "Il tuo ragazzo, qui, è troppo stupido per aver sospettato qualcosa. Quando è salito sulla mia auto, Alex e io l'abbiamo legato. Abbiamo eliminato la guardia, spento tutte le apparecchiature di sorveglianza e lo abbiamo legato a quella sedia."

Io lo fissai incredula. "Ma perché? Perché sei qui?"

"Distruggere le prove prima che sia troppo tardi. E questo include te."

"Dov'è Alex?"

Alzò le spalle.

"Perché lavori per lui?"

"Lui è buono con me." Il tono della sua voce fece suonare una campanella d'allarme nella mia mente. Conoscevo il pericolo quando lo sentivo. Avevo avuto intorno abbastanza spacciatori e pessimi fidanzati e riconoscevo un uomo sul punto di perdere il controllo. Era ubriaco. Lo capii dai suoi occhi rossi. I suoi capelli erano unti e tirati in avanti. "Andava tutto bene. Finché *tu* e *Roisin* siete arrivate. Voi due donne siete riuscite a mandare tutto all'aria."

"Anche tu uccidi le cameriere? Hai aiutato gli Howard tutto questo tempo?"

"Io non ho ucciso quelle donne. Io..."

"Cosa?" Scattai. "Le stupravi?"

"No!"

"Ah, allora tu eri uno dei loro lacchè. Un patetico leccapiedi pronto a fare qualunque cosa gli venga chiesta. Compreso bruciare le prove. Perché lo stai facendo, Pawel? È perché hai ucciso Roisin?" All'improvviso capii. Ora ogni cosa si sistemava al suo posto. Non me ne ero accorta prima e anche Ade fece un sussulto.

Gli occhi di Pawel erano scuri e pericolosi. "Non avrebbe dovuto stare con lui. Doveva stare con me."

"E così l'hai strangolata?"

Stuzzicò l'accendino e un'altra fiamma gli arrivò sulla punta delle dita. La luce arancione si rifletteva nei suoi occhi opachi, portandoli in vita. "È stato un incidente."

"Ti è caduta tra le mani e per sbaglio le hai strizzato via la vita?" Mentre Pawel era preso dai suoi pensieri, io indietreggiai avvicinandomi ad Ade. Con le mani dietro la schiena, raggiunsi le corde che gli legavano le braccia. "Come hai fatto a cavartela? C'è stata un'autopsia."

"Bertie conosce delle persone," disse Pawel. "Comunque, ho usato... la cintura di un grembiule. I segni... sul suo collo... erano simili a quello..." Si schiarì la gola. Come osava essere sconvolto? "Bertie mi ha aiutato a metterla sull'albero. Abbiamo aspettato fino a notte."

Pensai agli amanti di Roisin che legavano il suo corpo senza vita. Ma nonostante la storia vomitevole, riuscii a darmi da fare sui nodi della corda alle mie spalle. Ben presto, Ade ebbe un braccio libero. Mi misi tra lui e Pawel per impedirgli di vedere. Dietro di me, sentivo i movimenti del mio amico che si scioglieva il secondo braccio.

"Come ha fatto Alex a liberarsi dell'auto? Perché è stato visto in Spagna?" Continuavo a parlare, prendendo tempo per Ade.

"C'era un garzone di cucina che ha lavorato qui per un po'. Vive a Leeds. Quando è stato preso a spacciare, Lord Bertie gli ha pagato un avvocato. È rimasto fedele."

"Quindi Alex ha portato l'auto da questo ragazzo che poi l'ha portata guidata fino a Edimburgo?"

Pawel annuì. "Sono alti quasi uguale, stesso colore di capelli. Sai, nel caso ci fossero delle riprese via CCTV. Mentre per il riconoscimento in Spagna ho dovuto semplicemente mandare delle e-mail convincenti da diversi account."

"Furbo," dissi con tono sarcastico. "Dov'è lui, Pawel? Mi ha telefonato. So che è qui."

Ma il cuoco alzò le spalle in modo indifferente, come se non gli importasse per niente. Guardai alle mie spalle per controllare che Ade fosse libero. Poi indirizzai lo sguardo al pannello di legno appoggiato allo sgabello del pianoforte. Era la cosa più vicina a un'arma che avevamo, che potessi raggiungere e afferrare.

Pawel giocò con l'accendino, facendo apparire e sparire la fiamma. Io afferrai un'estremità del ritratto di mia madre, lo sollevai e lo gettai con violenza sulla mascella di Pawel, che cadde all'indietro con la sedia. L'accendino gli scivolò di mano e colpì la moquette facendo un salto.

Le fiamme presero vita.

Capitolo Cinquantuno

Non potevo lasciarlo andare. Anche a metà, il pannello era pesante e con il suo peso mi tirò il braccio verso il basso. Dietro di me, le fiamme lambivano ogni cosa: tende, mobili decorati, ritratti. Senza discriminazione. Ma dov'era Alex?

Ade avvolse con il braccio sano la parte posteriore del pannello in modo che potessi spostarmi più velocemente. Evitammo le fiamme, ma di pochissimo. Quando arrivammo all'entrata della residenza, la sala era distrutta ma, con nostra sorpresa, anche la cucina. Qualcuno aveva appiccato un incendio anche lì. Alex?

Il calore usciva dalla porta aperta della cucina. Piccole fiammelle delicate lambivano gli stipiti, crescendo ed allargandosi a ogni momento. Dall'altra parte, Pawel si era messo tra noi e l'uscita. Doveva essere scappato dalla stanza della musica e aver utilizzato il corridoio di servizio. Mi diedi della stupida per non aver fatto lo stesso.

"Ade, al tre," dissi, sperando che lui capisse. Contai all'indietro e gettai il pannello di legno in avanti con tutta la mia forza. Sentii anche la forza di Ade che lo accompagnava a scontrarsi con il petto di Pawel, facendolo volare all'indietro verso la porta.

Ma Pawel era rimasto semplicemente senza fiato e riuscì a riprendersi dal colpo con facilità. Io girai lo sguardo verso la cucina: il fuoco continuava a crescere e il calore fuoriusciva, colpendomi il volto a ondate. Poi mi si gelò il sangue perché vidi due occhi azzurri che mi fissavano dall'ombra.

Era accucciato a metà delle scale e strisciava come un serpente, le mani un gradino più in basso del corpo. Aveva cercato di assalirci di soppiatto, ma il fuoco aveva illuminato i suoi lineamenti nel buio. Sapevo esattamente da dove arrivava. Alex si era nascosto al piano di sopra. Probabilmente era corso nel ripostiglio quando ci aveva sentiti camminare per la casa. E ora mi sorrideva. Sorrideva, le sue labbra si allargavano e comparvero i denti.

Si raddrizzò, mettendosi in piedi.

"Penso che quello appartenga a me," disse Alex, con un cenno verso il pannello di legno.

"Sta per bruciare tutto, Alex," dissi. "Lasciaci andare. Non fare niente di stupido." Mi ero girata per affrontarlo e poi mi ero voltata di nuovo per cercare Ade alle mie spalle. Pawel si era rialzato e bloccava l'uscita, con le braccia intrecciate. La mia mente mi gridava di restare calma e pensare razionalmente, ma il calore del fuoco e il battito del cuore me lo rendevano quasi impossibile. Nel frattempo, Alex scendeva con noncuranza le scale, come se fosse una domenica mattina e non avesse di meglio da fare che leggere il giornale e fumare un sigaro.

"Rivoglio quello che mi appartiene," disse, tenendo lo sguardo su di me.

Era così. Ero la prossima sulla loro lista di omicidi e quello indicava che appartenevo a lui. Lasciai la mia metà del pannello e Ade fece lo stesso. Almeno avevamo le mani libere. Mi concentrai al massimo, cercando di pensare a una via d'uscita. Ma eravamo circondati dal fuoco. Controllai se Alex avesse delle armi ma non vidi niente. Nessun coltello o pistola.

"Allora prendilo," dissi.

Cominciò ad avvicinarsi. Nel suo sguardo non c'era un minimo di esitazione. Camminò verso di me finché fummo faccia a faccia.

"Non è quella la proprietà a cui mi riferivo," disse.

Così veloce da essere quasi sfumato nei contorni, Ade comparve al mio fianco e con la mano spinse indietro Alex. "Corri, Ruby."

Ma con la coda dell'occhio avevo visto Pawel muoversi e sapevo che il mio amico era in pericolo. Ade era riuscito a mandare Alex all'indietro verso il fuoco, ma il cuoco stava allungando le braccia per attaccarlo alle spalle. Dovevo agire in fretta così mi accucciai di colpo, presi il pannello con entrambe le mani e lo feci girare finché colpì Pawel dietro alle ginocchia. Lui fece una smorfia ma non avevo impresso forza sufficiente per farlo cadere. Barcollò e poi si riprese ma io ne approfittai per lasciar cadere il legno e correre verso la porta, pregando che fosse aperta. Lo era.

"Ade!" Gridai, ma lui stava lottando con Alex sul pavimento, entrambi pericolosamente vicini al fuoco, che ormai bruciava violento, con un suono rombante e le fiamme rosso-dorate che coprivano le pareti. Stavano aggredendo anche l'ingresso e sentii il fumo spesso arrivarmi in gola. "Ade! Dobbiamo andare!"

Misi la testa fuori dalla porta, inghiottendo disperatamente la fresca aria notturna, quando un paio di mani mi strinsero la gola. Respirando a fatica, lottando in mezzo alle volute di fumo, cacciai le unghie nella carne dell'aggressore, cercando di aprire un varco, lottando per la vita. Un suono acuto e gorgogliante uscì dal mio corpo. Lui era forte. In qualche modo sapevo che era Alex e non Pawel. Avevo riconosciuto quelle dita senza nemmeno vederle.

Improvvisamente, come avevano afferrato la mia gola, le mani lasciarono la presa. Quando mi girai, dovetti alzarmi la manica per ripararmi dalle fiamme bollenti e allora vidi Alex comparire attraverso la cortina di fumo. Il volto serrato in un'espressione di fredda determinazione. Mi afferrò per le spalle e mi costrinse a uscire dalla casa. Non avevo mai provato tanta paura come in quel momento. Alex aveva puntato su di me tutta la sua risolutezza di psicopatico e io non avevo idea se Ade fosse vivo o morto dentro quella casa. Provai a correre dentro ma Alex mi spinse giù, facendomi atterrare sul sedere, con le mani che raspavano nella ghiaia. E lui continuava ad avvicinarsi. Io mi allontanavo, ma lui era sempre più vicino.

Non doveva andare così. Quando mi ero proposta come esca, avevo un piano. Mi ero organizzata in modo da sapere cosa stavo facendo in ogni momento. Sì, era stato pericoloso e spaventoso ma sentivo di avere il controllo, perché ogni elemento del nostro attacco era stato pianificato meticolosamente. Ora non avevo più assi nella manica, nessun gioco di prestigio, ma forse...

Afferrai una manciata di sassi e li lanciai con tutta la mia forza, puntando al suo volto. Almeno la metà colpì il bersaglio, e lui alzò le braccia per proteggersi. Mentre Alex portava le mani al volto ferito, io mi rimisi in piedi e corsi indietro verso Highwood. Non potevo lasciare Ade là dentro, anche se le fiamme erano ormai così alte da arrivare al soffitto. Le finestre erano illuminate dal fuoco e questo significava che era solo questione di tempo prima che qualcuno a Paxby avvisasse la polizia.

"Ade!" Mi coprii la bocca con la mano, socchiudendo gli occhi attraverso il fumo, cercando di vederlo.

Era disteso sulla schiena ai piedi delle scale, braccia e gambe molli e senza vita. Non avevo idea di come tirarlo fuori di lì ma comunque corsi dentro, cercando di non far caso alle piccole esplosioni e ai sibili che percorrevano la casa. Gli afferrai il piede e tirai, tirai. Ero riuscita ad arrivare quasi alla porta, ma le braccia di Alex si avvolsero intorno alla mia vita. Mi trascinò fuori, mi gettò sul prato e si mise sopra di me, bloccandomi sull'erba. Era illuminato di arancione dal fuoco, la pelle solitamente perfetta segnata da piccoli tagli intorno al naso. Tagli che avevo causato io con i sassi. Notai una macchia rosso acceso in un occhio.

"Smettila di rendere le cose difficili!" Ordinò Alex.

Gli sputai addosso e lui mi ruggì contro.

"Se non rendessi le cose difficili ti annoieresti," dissi, provocandolo. "O sbaglio? Dopo tutto, tu sei il voyeur, no? A te piace solo guardare. Questa è una cosa nuova per te, la violenza. Sei stato coccolato e viziato. Il bambino di papà. O la piccola delusione di papà? Non sei abbastanza sadico per lui? Non abbastanza assassino?"

Il suo respiro aspro e affannato colpì la mia pelle umida. Sopra di me, la sua pelle bruciava, era tutto rosso di rabbia o vergogna o tutte e due. Le sue dita si strinsero intorno ai miei polsi eppure esitava ancora. Mi aveva bloccata ma non cercava di farmi del male.

"Mi dispiace che il tuo piano non abbia funzionato. Pensavi che Pawel mi avrebbe uccisa, vero? Che avrebbe dato fuoco a tutto lasciandomi morire lentamente e dolorosamente. Ma ora ti trovi a dover fare tu il lavoro e non riesci a farlo." Lo guardai storcere il labbro e ne fui felice. "Quanti anni avevi quando ti fece guardare per la prima volta? Eri solo un ragazzino? Ti ha raccontato delle tradizioni di famiglia, di come i potenti uomini Howard prendevano quello che volevano quando volevano?"

Alex non disse nulla ma la pressione delle sue mani sui miei polsi divenne quasi insopportabile. Mi agitai sotto di lui ma rimase fermo.

"Ti ha sempre fatto guardare. Allenava il suo ragazzo a diventare una psico-miniatura di sé. Sei una vittima, Alex. Lui non ti capisce, vuole solo dominarti."

"Stai zitta."

"Lasciami andare. Lasciami andare e scappa. Non sei più il cagnolino di Bertie. Non hai bisogno di stare qui e distruggere le prove. Fammi andare ad aiutare Ade e poi spariremo via da qui. Dai retta al tuo spirito di sopravvivenza."

Ma Alex scosse la testa.

"Perché sei tornato?"

Lui sorrise. Voleva parlare. "Dovevo mantenere un accordo."

"Come sei riuscito a gestire tutto questo?" Più a lungo parlava, più a lungo io restavo viva.

"C'è il modo di entrare in casa senza essere visti. Sotto le stalle."

"Avresti semplicemente potuto andare in Spagna."

Lui scosse la testa. "Papà e io siamo sempre stati d'accordo sul fatto che qualcuno doveva distruggerlo. Distruggerli. Che li avremmo distrutti."

"Chi?"

"Cosa pensi?" Disse a denti stretti.

"I corpi." Mi percorse un brivido. "Mia madre."

"Sì," disse. "Ho dovuto bruciare quelli e la stanza e tutto il resto."

"Perché perdere tempo? La polizia ha abbastanza prove comunque."

Alex alzò le spalle. "Era il nostro accordo."

"Qualunque cosa ti aiuti a farla franca." Ovvio, pensai. Uomini come Alex e Bertie non vedevano mai la fine, vedevano a cosa potevano aggrapparsi. Avrebbero lottato a oltranza. Avrei dovuto tenerlo presente.

"Dimmi dove l'hai messa," dissi. "Ti prego."

Con mia sorpresa, Alex mi tirò su a sedere. Continuava a dare la schiena alla casa, ma il suo peso non incombeva più su di me. Indicò verso le stalle, a ovest della tenuta disordinata, lontano dai cancelli. Non avevo nemmeno notato che stava bruciando.

“Sotto,” disse. “Una specie di cantina.”

“Ogni giorno tu vai a lavorare, fare telefonate e siedi alla scrivania e hai incontri di lavoro sopra alle ossa delle donne che tuo padre ha ucciso.”

I suoi occhi azzurri rimasero fissi nei miei. Non c’era rimorso, ma vidi che era intrigato. Vedeva le cose dal mio punto di vista non solo di cameriera, ma anche di figlia di una vittima. Vidi la sua bocca aprirsi e chiudersi come se volesse dire qualcosa. Allora io sorrisi e lui si fermò. Non lo sapeva. Non vedeva quello che vedevo io.

“Addio Alex,” dissi dolcemente, e Ade schiacciò i resti del ritratto di mia madre sulla testa del rampollo degli Howard.

Il suo corpo mi cadde addosso e io lo spinsi via. Ade girò il pannello sul lato e glielo scagliò contro altre tre volte, finché fummo sicuri. Poi lo gettò via, si tenne la spalla ferita e cadde in ginocchio. Io corsi al suo fianco e ci stringemmo insieme. Il lamento delle sirene ululava lontano.

Capitolo Cinquantadue

Ade faticava a respirare. Lo aiutai ad allentare i vestiti intorno alla gola e rimisi a posto la fascia che sosteneva la spalla ferita. Non riuscivo nemmeno a immaginare il dolore che aveva provato nel sollevare il pannello di legno e farlo cadere su Alex.

"Riesci a respirare?"

Ansimava e respirava a fatica. Cercai di aiutarlo a trovare un ritmo con il respiro. Ma mentre si sforzava, le lacrime mi riempirono gli occhi. Lo vedevo perdere conoscenza e gli strofinavo il petto, senza sapere cosa fare. Davanti a noi la residenza ardeva, la struttura collassava. Vidi le tende di Margot precipitare da una finestra mentre un'autopompa correva lungo il vialetto.

Agitai le braccia e diversi uomini scesero correndo dal veicolo. Due di loro portarono Ade verso l'autopompa mentre uno rimase con me sul prato.

"Sta bene?" Chiese. Il suo volto impallidì quando vide la faccia sfondata di Alex.

Io annuii e lui si abbassò per aiutarmi a rimettermi in piedi.

"Facciamo un controllo."

Ma io mi fermai. Era lì, sull'erba. Il pannello di legno. Allungai la mano ma poi cambiai idea e lasciai il ritratto dov'era. Niente l'avrebbe riportata indietro. Sì, il suo corpo sarebbe rimasto legato a Highwood Hall per sempre, soprattutto dopo il crudele ultimo atto di Alex, ma non importava. Era solo il suo corpo, non la sua essenza. Qualunque cosa la rendesse Emily Ferguson non esisteva più.

Non avrei mai potuto tornare indietro e incontrarla. Dovevo farmene una ragione. Prendere un pezzo di legno con su la sua faccia non avrebbe cambiato niente. Lasciai che il pompiere mi accompagnasse dov'era Ade.

"Ho detto loro di Pawel," disse Ade, ripiegato su sé stesso, una coperta sulle spalle.

Io annuii, sospettando che a quel punto Pawel dovesse essere morto. Faticai a provare pena per lui. Aveva ucciso la mia amica e aveva avuto il coraggio di fingersi disperato.

Mentre aspettavamo l'ambulanza, guardai srotolare il lungo tubo. Udii il rombo dell'acqua che colpiva quello che restava di Highwood Hall. Sopra le nostre teste, le ceneri si alzavano nella notte. Piccole schegge d'oro incendiate. Danzavano.

Senza dubbio, con il tempo Lord Bertie avrebbe parlato degli atti odiosi portati a termine lì, desideroso di attenzione. Ma per il momento, non sapevo cosa avesse portato Pawel a mettersi dalla loro parte. Ero così sicura che fosse innamorato di Roisin. Forse voleva solo possederla.

Lord Bertie e Alex Howard non usavano il loro potere solo per fare quello che volevano: corrompevano le persone intorno a loro. Margot, la signora Huxley, Pawel e altri. Dovevo credere che se non avessero conosciuto Bertie sarebbero stati capaci di fare del bene quanto avevano fatto del male, che sarebbero rimasti buoni. Ma nello stesso tempo, avevo bisogno di convincermi che io non sarei stata corrotta così facilmente. Ed eccola lì, la favola che mi raccontavo. *Quello che era successo a loro non sarebbe mai successo a me perché io sono migliore.*

In ambulanza ad Ade fu messo un respiratore per l'ossigeno e presto fummo sulla strada che si allontanava da Highwood. Cercai di tirare via i residui di fumo e sporco dalla mia faccia senza riuscirci. Rinunciai e mi appoggiai all'indietro sull'ambulanza mentre immaginavo i rami scuri degli alberi che si inclinavano verso la casa. Highwood crollava ma la natura intorno sarebbe sopravvissuta. Forse sarebbe anche rinata.

UNA SETTIMANA DOPO L'INCENDIO, andai a Heather Grove a far visita a Charlie. Lo avevo promesso alla signora Huxley e volevo mantenere la parola. Ade era stato dimesso dall'ospedale il giorno prima e io sarei rimasta a casa sua finché fossi riuscita a rimettermi in piedi. Margot, tuttavia, mi aveva pagato un mese di stipendio insieme alla retta per la cura di Charlie. Almeno ora avevo qualche soldo da spendere. La raccolta di GoFundMe continuava e l'ultima bravata di Alex era terminata con me e Ade che ricevevamo più di mezzo milione di sterline in donazioni. Eravamo sopraffatti per usare un eufemismo. Non avevamo nemmeno pensato a cosa fare con quel denaro. Non ancora.

Avevo sentito dire che la signora Huxley era stata portata in ospedale dove stava facendo la chemioterapia per cancro al polmone in stadio avanzato. Le era stato concesso di fare una visita a Charlie per salutarlo. Io stavo ancora decidendo se volevo andarla a trovare o no. Avevo molte cose da elaborare.

Il sole brillava su Heather Grove, facendo risaltare le viti frondose verde smeraldo contro i muri calcarei. Fiori rosa e viola erano sbocciati in tutto il giardino, ricchi di petali sottili come la carta. Ade avrebbe saputo dire i nomi di tutti, ma io no. Guardai un ciuffo di rose, ricordandomi della signora Huxley che raccoglieva un fiore e sorrideva al figlio. Lei era indirettamente responsabile della morte di mia madre, eppure non riuscivo a odiarla. Nemmeno un po'.

"Salve," dissi alla giovane dietro il bancone della reception. "Ruby Dean. Sono qui per vedere Charlie Huxley."

"Certo," disse lei. "Una delle infermiere l'accompagnerà."

"Grazie."

Aspettai un po', sfogliando a caso internet sul mio telefono. Gli Howard erano la notizia del giorno. I paparazzi avevano scattato una foto di Lottie che piangeva per la strada. *Ereditiera piange il fratello mostro*. Pensai che fosse scorretto.

La foto di Bertie era stata appiccicata a ogni notizia. Aveva gli occhi talmente azzurri e penetranti ed era così bello che sembrava ricevesse lettere dai fan mentre era in prigione. Ormai non mi sorprendeva più niente.

"È pronta?" Un'infermiera sorridente attirò la mia attenzione.

Annuii, riponendo il telefono nella borsetta.

"È così contento di vedere qualcuno di nuovo. Vuole mostrarle i suoi lavoretti," disse.

"Che bello! Avete ricevuto i soldi?"

"Sì," disse. "È tutto a posto."

"Bene." Il mio petto si alleggeriva mentre procedevamo attraverso diversi corridoi bianchi fino alla stanza.

"Mi dispiace per tutto quello che ha passato," disse l'infermiera. "Cioè... spero che non le dispiaccia se lo dico."

"Grazie." Mi strinsi le braccia intorno al corpo e arrivammo in uno spazio ampio, dipinto allegramente. Alcuni dei residenti facevano giochi da tavolo o leggevano un libro o guardavano la televisione. Erano rumorosi, scatenati, ridevano e cantavano. La vita andava avanti e questa era la prova.

"Sono scioccata per Vera," disse l'infermiera.

"Chi?"

"Vera Huxley."

Risi e l'infermiera mi restituì uno sguardo divertito. "Scusi, è che non ho mai saputo il suo nome. Non so come ma non l'avevo capito nemmeno ora. Per me è sempre stata la signora Huxley." Anche nei giornali la signora Huxley era chiamata "la governante" o "una donna di mezz'età", mai con il suo vero nome.

"Ah, capisco. Sa, era una signora talmente carina. Non riesco a credere a quello che ha fatto."

Lasciammo l'area comune e l'infermiera si fermò davanti a una stanza con la porta azzurra e una targhetta con il nome all'esterno.

"Per quello che serve, non credo che l'avrebbe fatto se non fosse stato per il figlio. Si è sentita in trappola, penso."

"Eppure..." disse l'infermiera, indicando con gli occhi la porta. "Comunque, Charlie è un ragazzo delizioso ma deve sapere che a volte non riesce a comunicare bene. Se non le parla, non la prenda come un'offesa. Qualche volta Charlie attraversa delle fasi non verbali. Ma lei comunque può parlare con lui. Adora il suono delle voci. Lo rallegra tanto. Lascerò la porta aperta nel caso lei si senta sopraffatta, ma penso che andrà tutto bene. Io aspetterò di fuori."

"Grazie."

Aprì la porta e io entrai. Capii subito perché la signora Huxley aveva voluto che il figlio vivesse lì. La stanza era molto bella. Luminosa e ariosa con grandi finestre che lasciavano entrare il sole. Si vedevano le rose e il paesaggio fino ai campi disordinati che avevano un effetto patchwork. Feci scorrere lo sguardo sul resto della stanza, fino al ragazzo, no, uomo, seduto alla scrivania accanto alla finestra. Un volto aperto si sollevò per guardarmi. Assomigliava molto alla signora Huxley ma allo stesso tempo era molto diverso. Lui aveva gli stessi zigomi alti ma più dolci. Gli occhi erano nocciola scuro e avevano la stessa forma di quelli di Bertie. Mi fece un cenno e io risposi.

Poi vidi cosa aveva tra le mani. Era un piccolo ammasso di plastilina che lui modellava tra il pollice e l'indice. Trovai una sedia vicino al muro e la trascinai vicino alla scrivania.

"Stai facendo i tuoi lavoretti?" Chiesi.

Lui annuì.

Si allungò, per prendere una scatola da mostrarmi. Era tagliata e all'interno aveva dipinto la sua stanza. Era realizzata con maestria. Ogni dettaglio era stato ricreato, dalle grandi finestre alla scrivania, realizzata in cartone, fino ai pennelli allineati lungo il muro e alla figurina un po' ingobbita su una sedia. Aveva usato una bambolina che aveva personalizzato perché gli assomigliasse. Una sedia vuota era vicino alla scrivania, quasi nella stessa posizione in cui l'avevo spostata io per mettermi accanto a lui.

"Fai anche me?"

Alzò lo sguardo verso di me e sollevò il mucchietto di plastilina. Vidi che lo stava modellando nella forma del volto di una persona.

"Hai terminato le bambole?"

Fece di sì con la testa.

"Ma ti ricordi che aspetto ho perché la tua mamma ti ha mostrato una foto?"

Annuì di nuovo. Poi alzò un dito come per chiedermi di aspettare. Spinse la sua sedia all'indietro e si chinò sotto la scrivania. Da lì prese un'altra scatola, che si apriva nello stesso modo. Dentro, aveva riprodotto l'area comune della casa di cura, con bamboline e figure di plastilina su divani e sedie. Aveva anche dipinto una televisione sul muro con gli attori sullo schermo.

"Sono bellissimi," dissi. "Tua madre ti ha chiesto di farne alcuni speciali?"

Lui sorrise e fece di nuovo sì con la testa. Mi chiesi se avesse compreso alcune delle scene che aveva realizzato. Sapevo che il primo diorama rappresentava mia madre, distesa sul pavimento alla base delle scale con il sangue che usciva dalla testa rotta. Lady Laura che pendeva dal lampadario. Ma lui era così felice di farli, nonostante i temi oscuri.

"Devo restare seduta ferma così puoi fare la mia bambola?" Chiesi.

Lui annuì con entusiasmo e prese la sua plastilina. Io feci una faccia buffa e lui rise. Anch'io risi. Era finita, pensai. L'incubo era finalmente terminato.

L'ora con Charlie era trascorsa in un attimo. Aveva promesso di finire il mio diorama per quando sarei tornata la settimana successiva. Mentre uscivo dalla casa di cura, un peso mi si sollevò dalle spalle. Non avevo mai provato prima una tale leggerezza. Un così abbondante senso di possibilità. Per tanto tempo avevo avuto un solo scopo nella mia mente e ora non ero sicura di cosa avrei fatto. Non potevo restare da Ade indefinitamente. La nostra relazione si era evoluta in qualcosa di più di una semplice amicizia, ma era una cosa nuova e delicata e non potevamo andare a vivere insieme senza aver prima costruito una base solida. Eravamo usciti da Highwood entrambi con colpi e ammaccature nascosti. Avevamo bisogno di spazio per guarire da soli.

E questo significava che dovevo trovare un lavoro. Avevo ricevuto offerte da giornalisti ed editori. *Racconta la tua storia*, dicevano. Io sentivo *Facci fare soldi* e mi veniva la nausea.

Presi il bus per tornare a Paxby, camminai per un po' nel villaggio, presi un caffè e studiai gli annunci nella vetrina di un'edicola. Poi tornai alla villetta di Ade. Lui usava ancora il suo canale

YouTube come piattaforma per parlare di giardinaggio, anche se era esploso dopo lo streaming dalla stanza rossa. Ora doveva gestire una quantità di domande sul mostro di Highwood Hall invece che su problemi di orticoltura. Era anche stato contattato da produttori della TV che gli chiedevano se volesse apparire in *Gardener's World*.

Ade aveva un futuro. Era preparato e sapeva quello che voleva. Io no. Non avevo ricevuto nessun addestramento e, a parte catturare un serial killer, non avevo concluso niente nella mia vita. Cosa potevo fare?

Per una settimana rimasi in sospeso, dormendo fino a mezzogiorno, restando alzata fino all'alba, cercando di non ricordare gli occhi di Alex Howard che apparivano nell'oscurità di Highwood Hall. Per tutta la settimana pensai a Heather Grove. Le pareti allegre, i sorrisi, i risolini e le voci alte. Forse era quello di cui avevo bisogno dopo tanti anni di silenzio a casa di mia zia.

Mi chiamava. Finalmente avevo immaginato la fine, no l'inizio, della mia storia.

La mattina della visita successiva mi svegliai eccitata per la prima volta e non ebbi nemmeno bisogno di una vasca di caffè per trovare le energie di affrontare la giornata. Anzi, mi alzai presto e indossai i miei vestiti migliori. Quando la stessa infermiera cominciò a parlarmi, decisi di provarci.

"Mi può dire che addestramento ha avuto per il suo lavoro? Penso che mi piacerebbe farlo."

"Con piacere," disse lei. "Perché non ci vediamo per un caffè alla fine del mio turno? Oggi finisco alle quattro. L'autobus per tornare a Paxby c'è fino alle sei."

Quel pomeriggio, Charlie finì la mia bambolina. Gli chiesi se potessimo farle indossare l'uniforme da infermiera. Lui acconsentì e iniziammo a farla insieme.

L'AUTORE

Sarah A. Denzil è una scrittrice del Derbyshire, autrice di thriller e storie di suspense. Tra i libri pubblicati: IL BAMBINO SILENZIOSO, che ha raggiunto la cima delle classifiche Kindle nel Regno Unito, negli Stati Uniti e in Australia. APRIL È SCOMPARSA e UN PERFETTO COLPEVOLE, entrambi nella classifica dei trenta bestseller di Amazon negli Stati Uniti e nel Regno Unito.

Nel complesso, tra libri pubblicati tramite editore e auto-pubblicati, più gli audiolibri e le traduzioni in lingua straniera, Sarah ha venduto più di un milione di copie in tutto il mondo.

Sarah vive con il marito nello Yorkshire, dove si gode la campagna e il tempo imprevedibile. Adora scrivere libri con intrighi di impianto psicologico, ricchi di colpi di scena.

L'iscrizione alla mailing list consente di avere aggiornamenti sulle nuove uscite e le offerte speciali.

Libri pubblicati come Sarah Dalton - http://www.sarahdaltonbooks.com/

Printed by Amazon Italia Logistica S.r.l.
Torrazza Piemonte (TO), Italy

49384785R00165